魅丽文化 花火工作室

今朝渡

日日复日日　著

下

江苏凤凰文艺出版社
JIANGSU PHOENIX LITERATURE AND ART PUBLISHING

图书在版编目（CIP）数据

今朝渡．下 / 日日复日日著．-- 南京：江苏凤凰文艺出版社，2023.9
ISBN 978-7-5594-7903-7

Ⅰ．①今… Ⅱ．①日… Ⅲ．①长篇小说－中国－当代 Ⅳ．① I247.5

中国国家版本馆 CIP 数据核字 (2023) 第 142005 号

今朝渡．下

日日复日日 著

出版统筹 曾英姿
责任编辑 张 倩
特约编辑 雷凤伶
封面插图 苏 辰
装帧设计 阿 和
出版发行 江苏凤凰文艺出版社
南京市中央路 165 号，邮编：210009
网 址 http://www.jswenyi.com
印 刷 湖南天闻新华印务有限公司
开 本 880mm × 1230mm 1/32
印 张 9
字 数 215 千字
版 次 2023 年 9 月第 1 版
印 次 2023 年 9 月第 1 次印刷
书 号 ISBN 978-7-5594-7903-7
定 价 46.80 元

目录

CONTENTS

第十三章 我知道你喜欢我了

聂音之的视线一直停留在蚌雾上，她完完整整地看完了白英的死。那活泼可爱的小姑娘，明年春日才及笄，若没有这些变故，她现在还和她的“讨厌鬼”小打小闹。安淮这时候应该在绞尽脑汁准备及笄礼，而不是像现在这样眼睛通红，心怀恨意。

到了现在，萧灵难不成还觉得她会说出什么话使她宽心吧？

聂音之不由得笑了一声，但她眼中并无笑意，那双与萧灵肖似的眼眸中只有漠然。她理所当然道：“我呢，我当然会选择自己去死啊。”

她的话引得周围修士纷纷侧目。

萧灵闻声转头，嘴角的笑意凝固。她怔愣了片刻，忽然歇斯底里地叫起来：“你不会！你怎么可能……你这样的人……”

她这样的人，当然不可能。但可不可能跟萧灵有什么关系呢？

“我做梦都没想到聂音之会这么回答。”

“聂音之，你胡说！哼！”

“聂音之睁眼说瞎话的本事也是绝了，我突然觉得萧灵有点儿可怜。”

“笑死了！那不然呢？聂音之要说什么？你的选择是对的，我也会跟你一样？聂音之跟萧灵很熟吗？还得配合她的心情，跟她共沉沦，安慰她？”

“聂音之这完全是在伤口上撒盐，哈哈哈！”

“当着所有修仙门派的高层曝光这一段，我的天，就算云笈宗想包庇她都不成了。萧灵会被怎么处置？该不会被处死吧？”

“要是萧灵被处死，那这部剧的男女主角都可以换人了。”

“绝了，这部剧可以改个名字吗？改成《聂音之传》。”

蚌雾里，朱厌的神识记忆还在不断流淌。他的神识寄生在萧灵的灵台，被顾绛溯流而上，将他的整个神识都抓了过来。

扔进蚌液前，顾绛那一下只是将他的神识捏散，并未掐灭，如今该看的都看得差不多了，为避免夜长梦多，被朱厌醒来钻了空子逃脱，顾绛将朱厌的神识从玄蚌液里抽出，直接碾碎了。

神识和魂魄相连，神识湮灭，魂魄也会随之消散，不论他身处何处，也不过只剩下一具空壳。

顾绛做这些看上去很轻松，但和朱厌的神识对抗的确很耗神。他只要有大的动作，就算只是神识发出的，压在他身上的天威都会加剧。

聂音之跟他共享的感官还没有断开，感觉到他神识的疲惫，周围还有十几个化神期的正道修士虎视眈眈，她在顾绛手心里挠出一个字：走？

她不关心萧灵会有怎样的结局，这么多仙门修士看着，就算是颜异想要袒护萧灵，都不是件容易的事。

严格来说，聂音之跟萧灵其实没有直接的仇怨，只不过是被桑无眠这种人推到了对立面罢了。聂音之只想从萧灵的故事里消失。

她看了一眼安淮，他才是最有资格处置萧灵的人吧？

顾绛的手心被挠得发痒，他捏住聂音之的手指点点头。红叶刀发出红光罩住两人，带着他们瞬间从刀山剑林里消失。

周围的修士悚然一惊。洛声扬起手，止住了众人的骚动，身子一晃，从原地消失，下一瞬出现在悬崖内侧一片草丛外，他指尖的符咒同时落下，烙往兔子的眉心。

“封寒缨。”洛声的声音毫无起伏。

剑林山崖上闹出这么大的动静，封寒缨又不是只死兔子，自然发现了。炎炎兔早就从林子里蹦出来，躲在草丛里偷看了许久。他当然也早就发觉这些正道修士里有他看不透修为的人。

化神巅峰都出来了，那他应该早就被发现了，只是碍于顾绛还在，对方没有动手。

顾绛和聂音之干脆利落地消失的同时，封寒缨就自绝了这一缕神识，堪堪和洛声的符咒擦肩而过。

洛声提起兔耳朵，对上炎炎兔懵懂的红眼珠子。

余摇清跟过来："师叔，如何？"

"逃走了。"

崖上的蚌雾收束回去，重新落回圆盘里。萧灵靠在石头上，脖子上的血淌了半身，那双毫无焦距的灰败眼瞳反倒让她看上去十分无辜。她道："安师弟，你杀了我吧，为小白师妹报仇。"

安淮握着剑的手青筋暴突，牙关咬得几乎渗血，喘气间都是血腥味。他眼中的恨意熊熊燃烧，有隐隐的红光从瞳孔深处蔓延出来，他下意识抬手举剑。

颜异喝道："安淮！"

太虚门柳桦眼看这个少年行将走火入魔，飞快地从袖子里掏出一张清心符弹到他身上，元明大师诵念佛经的声音同时灌入他耳中。

安淮浑浑噩噩的脑子瞬间清醒，眼中红光散去，他的剑一偏，从萧灵的肩上划过，鲜血飞溅开："我不杀你，杀了你多痛快啊，你身上不止背负着白英一条命。"

少年声音嘶哑道："萧灵，萧师姐，每日听我说起白英时，你怎么还笑得出来？"

萧灵低下眼眸，只道："我不记得了。"也不知她说的是真是假。

颜异拍了拍安淮的肩膀，对萧灵道："你不记得没关系，但你所做之事会有很多人替你记得。”

萧灵木然的神情有了波动，片刻后又恢复冷漠。

几名化神巅峰的修士聚在一起讨论。

有人问洛声：“顾绛的情况，你看明白了吗？他的魔气为何会消融？是共生咒的作用？”

洛声就像是一个毫无感情的木头人一般说道：“共生咒没有这个作用，他的魔气消融是好事，先观望。”

众人当然知道是好事，若不是这世间灵气匮乏，最高修为也不至于受限于化神巅峰。

魔气消融，化为灵气，此消彼长，正道修士看到万魔窟上的封魔印，都恨不能加快耗损魔修的进度。

有人抚着胡须叹一声：“封魔印的升级改良有新进展吗？”

洛声道：“从这里出去，我便会去无量宗与慧悟尊者共同试验新的封魔法印。”

从刀山剑林出来，聂音之立即带着魔头御剑跑路，先离焦渡山越远越好。

两个人一起坐在狭长的剑上实在有些局促，鸿鹄剑灵被召出来，剑气从刃上平铺开。雪白的大鸟张开双翼，漂亮得就像是山间生出的祥瑞，背羽柔软，除了有点儿烫屁股，没有其他缺点。

顾绛半躺在鸿鹄背上，靠在聂音之怀里，被她轻柔地按摩着太阳穴。

这个时候，他们的五感已经断开了。

聂音之问：“你舒服些了吗？”

“你的技术不太好。”顾绛嫌弃道。

聂音之沉默了一会儿，道："从来都是别人伺候我，本姑娘又没伺候过人，不舒服也给我憋着。"

顾绛从鼻子里嗯一声。

聂音之妥协了："那你是嫌力道轻了还是重了？"

顾绛道："再重一些。"

聂音之听话地加重了一点儿力道，顾绛又吃痛似的抽了一口气，聂音之立即放轻力道："又太重了？"

顾绛半点儿不懂得"适可而止"几个字如何写，挑剔道："嗯，轻一些。"

聂音之觉得魔头真的好烦人！澄碧给她按摩时，她都没有提过这么多要求！

她深吸一口气忍了，继续给他按揉，反正也不记得刚才是什么力道了，就随便乱按。聂音之换了个话题转移他的注意力："鸿鹄这样招摇，我们真的能避开正道的眼线吗？"

顾绛眯着眼睛，懒洋洋地拖长了笑音："有点儿出息的，都在刀山剑林里。"

聂音之思索了好一会儿，担忧地说道："我觉得一个刀山剑林，应该没有重要到能劳动这些化神巅峰的大能亲自出关。哥哥，他们是冲着你来的吧？"

她以前不清楚封寒缨的实力，拜弹字幕所赐，对他抱有盲目的信心。如今看来，封寒缨的修为还在化神巅峰之下，那他统御的万魔修为只会更低。

正魔两道的武力值实在不对等，他们这边情况堪忧。

顾绛抬起眼看向她："害怕了？"

聂音之眼神闪烁道："不怕。"

顾绛笑了一声，道：“别骗我。”

“我还不是怕打击到你身为魔祖的自尊？”聂音之撇起嘴，加重语气道，“你看看你，对付个朱厌就这么难受，若是真和他们动起手来，那还不得一个月都下不了床？”

“聂音之，下不了床，并不代表我杀不了他们。”他堕魔之时，天威正盛，几乎压得他五脏六腑全部破碎，为正魔两道所不容，他依然提着一把刀杀出了一条生路。顾绛抬手拍了拍她的额头，“别害怕，有我在，不会让你有事。”

可她在意的，是他会难受得下不了床。

还是要怪封寒缨这只兔子！一点儿为师尊分忧的本事都没有。

她的身体突然一震：“封寒缨！他还在里面呢！会不会被那些仙门长老烤来吃了？”

顾绛被她震得皱起眉不悦道：“你管得还挺多。”

聂音之沉默了，毕竟她还是有心跟封寒缨合作的，总不能合作还没开始，就寒了同伴的心。

“你不是说那个法修修为比他高吗？万一被捉住，像你对付朱厌那样，循着他的神识顺藤摸瓜，宰了他怎么办？”

顾绛耐着性子给她解释：“那只兔子里只有封寒缨的一缕神识，与朱厌将大半神识都寄生在萧灵的灵台不一样，没那么容易溯流而上。”

聂音之点点头：“那就好，希望他能自求多……”

顾绛打断她的话：“聂音之，本座头疼。”

“那我再给你揉揉。”

万魔窟，玄塔顶端的大殿内。

深黑的四壁让这大殿始终晦暗不明，正中那张玄石榻上的人忽然晃了晃，偏头吐出一口血。

自绝一缕神识，让他神魂受损，封寒缨那本就苍白的脸看上去更加惨白了，眉心的朱砂痣红得渗血。他抬手将嘴角的血迹抹去，赤脚从石榻上起身，走向殿外的露台。

玄塔四面四座城池泾渭分明地划分开彼此的地盘，封寒缨勾了勾手指，一条两指粗细的小蛇破开虚空，缠到他的手腕上。

那条蛇通体玄黑，只有额头上嵌着一片细小的朱红鳞片，像是点上的一点朱砂，看上去竟和他有几分神相似。

小蛇咝咝吐着舌头，冰凉的蛇信扫着他的指尖。

封寒缨身在玄塔，不代表他就真的两耳不闻窗外事，四城之间的明争暗斗，同城魔修之间互相侵吞，他都了如指掌。

不久前，熔金城的城主被他杀了，金黄的“熔金”魔气爆开，熔金城内大乱，势力重新洗牌。熔金城魔首的魔气被一个人独吞炼化，那人现今即将破境，晋升化神，正与头顶的封魔印拉锯。

新上任的熔金城主是个听话的人。

青州是一片得天独厚的地域，城池相连，水路和陆路都四通八达，商贸兴旺，每日的人流量十分壮观，在这里跟丢了人，那就如同放游鱼入海，再想找到就很难了。

如今脱离了仙门视线的两条“小鱼”正栖身在一艘云舟上，这船名为“大鹏”，扶摇直上，乘风而行，是洲际最快捷的交通工具，一般只为修士和民间的达官显贵服务，上层载人，底舱运货。

封兔子卖身的那家酒楼属连锁酒楼，生意遍布九州四海，和云舟有长期合作关系。他当初来到青州，就在云舟底舱度过了一段痛苦而煎熬的时日。

万魔窟在西北境，离青州十万八千里远，除了这种长途云舟，传送阵更为便捷。只不过长途的传送阵需要大量灵力维护，基本都只在仙门大宗才有。

聂音之和顾绛这一对贪图安逸的魔头和“妖女”，自然不可能没日没夜地御剑赶路，更别说坐马车什么的，因为就算跑死那匹汗血宝马，可能也到不了。

聂音之在青州府处理完琐事，两个人从仙门眼皮子底下消失，大摇大摆地进了散修聚集的黑市，买了两个身份牌，乔装为散修上了云舟。

按照顾绛的作风，他当然不耐烦搞这种复杂的套路，但他喜欢看聂音之瞎折腾。

这云舟的票价贵得很，饶是聂音之，亲自往外掏灵石的时候，也有点儿肉疼。

上船后，聂音之没跟他一起进屋，而是跟他挥了挥手，往隔壁房间走去。顾绛蹙着眉头不解地看着她：“你不跟我住一起？”

他问得太理所当然，聂音之一时间都卡壳了：“啊……是啊，本来就不应该住一起。”为了提醒顾绛他们如今的身份，她喊了一声，“哥哥。”

顾绛听习惯了这个称呼，根本就没有被提醒到，抓住她的手臂将人扯进屋里，关门之际，威压从门缝里扫出去，将那些好奇打探的目光都扇了回去。

两个人在屋内大眼瞪小眼，聂音之只好解释道：“我们现在是一个修仙小家族里出来历练的两兄妹，亲的。”

“你买的这是什么乱七八糟的身份牌？”顾绛不满地说道。

“我之前问过你的意见的呀，你也同意了。”

他当时哪里想得到这么多！

聂音之点了一下他蹙起的眉头，对着他甜甜一笑：“早点儿休息吧，哥哥。”

顾绛有些恼火，没有理她。

聂音之回到隔壁房间，打量了一圈房间内的摆设。她买的是云舟内的上房，房间很宽敞，用具一应俱全，屏风后还隔出了一个小洗漱间，浴桶上装有法阵，想沐浴的话，随时都有热水。

等她泡完澡从屏风后出来时，一眼便看到躺在榻上的人。

聂音之对上顾绛那双黑黝黝的眼眸，他的眼睫垂了下去，目光往下移去。

聂音之立即拉拢衣襟，系上腰侧的系绳：“你怎么过来了？”

顾绛懒洋洋地回道：“我没走门，已经沐浴过了。”

聂音之下意识地看向窗外，天边只余最后一丝光，暮色已经笼罩住天地，有轻薄的云浮在云舟的结界屏障外：“这不是走不走门的问题。”

顾绛看了她一眼：“那是什么？你还真把自己当……”他召来身份牌看了一下，扔到一旁，“……林氏兄妹了？”随后对她招招手，拍拍自己身旁，就不管不顾地闭上了眼睛。

聂音之瞪了他半晌，骂骂咧咧地爬上床榻，被顾绛伸手捞进怀里，轻车熟路地在她的肚子上揉了揉。

比抱枕头和被褥舒服多了。

聂音之没好气地抓住他的手，顾绛的手指冰冰凉凉的，没有发热的迹象。

“萧灵被押回云笈宗待审，聂音之在魔头怀里睡觉，这可真是云泥之别。”

“可不是？音音现在云上飞着呢，爽歪歪。”

“等萧灵的处置结果出来，不知道有多少书粉会疯。我要是原著粉，看着自己喜欢的女主在衍生作品里沦为阶下囚，肯定会气得爆炸。”

“不是说书剧分离了吗？”

“怎么说呢？这个剧确实崩得太惨了，虽然我看得很爽。”

“那要是萧灵没了，这剧还会继续吗？好多坑都还没填完啊，魔修也没有解决，书里面可是以灵气复苏为结尾的。”

“别做梦了，聂音之可不会度化万魔，她连度个魔头都舍不得。”

她当然舍不得。

聂音之翻了个身，面向顾绛，指尖悬在他脸上方一寸远处，探到他浅得几乎感觉不到的呼吸。

自从那次她稀里糊涂哭过后，顾绛睡着时都会保持着很微弱的心跳，不会完全死寂无声，她猜，可能是怕再吓到她。

魔头肯定是喜欢她了。聂音之笃定地想，就算还不到喜欢的程度，那也心动了片刻。

虽然很荒唐，但这一段时日也确实证实了她的猜测。顾绛只要对她动心，她的血对魔气的蚕食作用就会愈发厉害。那若是爱上她，岂不是时时刻刻都会蒸发？这种用爱救赎魔头的方式和话本子里完全不一样！

她该怎么做，才能好端端地抓住他呢？

睡着的人突然抬起手来，将她的手按到脸上，眼睛都没睁，说道：“要摸就摸。”

聂音之被抓个正着，尴尬无语了一会儿，指尖动了动，捏了他的脸一把，嘀咕道：“谁想摸你！”

顾绛含糊地笑了一声。他知道聂音之在探他的体温，若被她察觉到他有一点点儿发热，她又会像惊弓之鸟一样想方设法躲着他。

云舟从夜空中静静飘过，船上灯光如繁星，晴朗的夜空中生出了云。

自从上了云舟，顾绛就窝在房间里睡觉，几乎就连门都没出过，聂音之在甲板上放风，顺便听一些八卦。

修士之间聊得最多的，便是青州池航山上刀山剑林重现人间之事。如今赶去青州的修士很多，尤以刀修和剑修为最，大宗门在前，小宗门其次，无门无派的散修自然排在末位，谁都想去分一杯羹。

刀山剑林秘境一现世，独立的环境被打破，灵气流逝加剧，仙门只好又在其上加了阵法结界。

千年前的刀山剑林是开放的，因为器宗会随时增补被取走的刀剑。现在刀剑有限，秘境便不是人人都能进的。于是按照众仙门的主张，在池航山外设立比试台，举办试剑会，通过考核的修士才能入秘境选择兵器。

这艘离开青州的船，起航时满员，有不少听到此消息的修士都在中途陆续下船，导致现在船上只剩下一半人，宽敞了许多。

云舟要接待普通人，船上吃食很多，种类也齐全，聂音之取了一大堆吃的回房间。房间里昏暗无比，窗棂外的清风钻进来，有一下没一下地扬起轻纱。

聂音之揭开房中的夜明珠，荧荧光辉照亮房间。她朝床榻上看了一眼，想了想，决定还是不叫醒顾绛，让他好好休息一下。

聂音之一个人坐在桌边慢吞吞地吃起来，舀一只小馄饨，觉得不好吃，夹一块香酥鸭，还是觉得没滋没味。

这云舟的票价如此贵，饭食却这样难吃，实在岂有此理！聂音之只吃了两口就放下筷子。

床幔里突然有了动静，顾绛掀开床幔出来，身上只松松垮垮地套了一件冰蚕丝制的睡袍，藏青色印着浮光的暗纹，一看就是聂音之的品位。凌乱的黑发夹在敞开的领口里，顾绛抬起手抓了一把头发，坐到桌边来。

聂音之看他吃，又跟着吃起来，忽然觉得味道好像也没那么差，其实还挺好吃的。小馄饨肉质紧实，汤底很鲜，香酥鸭外酥里嫩，甜汤也很爽口，她之前完全就是冤枉了云舟上的厨子。

聂音之咬着筷子皱起眉，深觉自己现在太依赖顾绛了，甚至没有他陪着吃饭，都觉得东西没滋没味。

顾绛给她夹了一块鸭腿："别啃筷子，啃这个。"

聂音之放下筷子，张口叼住鸭腿，都用不上手，嘴巴很灵活地把骨头剔出来吐掉，细嚼慢咽了一会儿，才吞下，嘴边又递来一筷子青菜。

她看了顾绛一眼，没有拒绝魔头的主动服务，在顾绛的投喂下又多吃了些，实在吃不下了，顾绛才把剩下的食物都扫光。

聂音之托腮看着他，问道："顾绛，你被召唤出来前，一直都在睡觉吗？在哪里睡？"

"浮云川中的一处岛上，法宗废弃的宫殿里。"

浮云川，聂音之知道，这个名字在修真界的历史典籍里有，是法宗的地盘之一。

四大掌门在前后不到五百年间相继堕魔，牵连甚广，当时修真界中几乎一半的修士都跟着一同入魔，仙门发生内战，浮云川便是在内战中塌毁的。

当时死的人太多了，再加上后来正魔两道一起又被顾绛削了一次，这中间两千多年的岁月，愣是出现了传承断层。

那废墟之上，残留着太多现在无法解开的阵法铭文，可能一块砖头上都刻有一个致命的阵法符箓，所以基本无人敢踏足其中，现在的法修都只是在浮云川外围探索。

聂音之好奇地问道："你是法宗弟子？但你不是刀修吗？"再怎么说，也应该是剑宗才对。

"我不是四大宗门的人。"顾绛吃饱了，停下筷子，"只是因为那座殿内没有灵气，也不会有人进来打扰，气候宜人，周围多水，睡觉很舒服。"

聂音之眼中映着夜明珠的光辉，兴致勃勃地听着。

顾绛端起茶杯漱口，慢吞吞道："不过，那里到处都是残破的阵法，布阵的人虽然没了，阵法却还苟延残喘着，每甲子变动一回，很烦人。"他说着"啧"了一声，"就是在阵法变动时，那残缺不全的阵法不知丢了个什么玩意儿进来，本座一睁眼就闻到了你的血味。"

聂音之特别会抓重点，一下坐直了："听起来，你很不乐意遇到我？"

顾绛沉默了一下，觑了一眼聂音之的脸色："我没有这个意思。"

吃完了，聂音之摇铃唤来船上的傀儡童子将碗筷收回去，回头问他："你现在又要去睡了吗？"可她刚刚吃得好饱，现在就躺下的话，根本睡不着。

顾绛从屏风后面转出来，他已经换了一身外出的衣衫："陪你出去走走。"

聂音之立即高兴了："好呀。"

这艘云舟很大，称得上它的名字。因人走了大半，入夜后更显得冷清，他们这一层的甲板上空无一人。聂音之低头看了一眼他的手，犹豫片刻，捏住他的袖摆。

天幕上飘着云絮，星辰璀璨，仿佛触手可摘。

云舟上的屏障并不是密不透风的，秋夜的晚风很舒服，甲板上夜风更烈，吹得人衣摆呼呼作响。顾绛将她的手从袖摆上扯下来，握进手里。

聂音之垂下头，抵在他胸口，低声道："顾绛，我是元婴期修士了，怎么会感觉不到周围灵气的变化呢？"

聂音之的额头抵在他的心口，能清晰地听到顾绛胸腔里鼓动的心跳声，他的手心是微凉的，云舟之外的灵气却越发浓郁了。流动的云絮不断消逝，但涌出的灵雾更多，结成连绵不绝的云，将星光都遮挡住了。

"我知道你喜欢我了。"聂音之道。

顾绛感觉到浸透衣衫的湿意，退开半步，托起她的脸："聂音之，你怎么这么容易就掉眼泪？"

聂音之哽咽着眨了一下眼睛，泪珠顺着下颌滴落到他的手心里。顾绛有些烦躁地低头啃一口她的下巴，将那不断汇聚到下颌的眼泪舔进嘴里。

他软下语气道："别哭了，那些被压迫了两千多年的老头都能支撑起一个万魔窟，我的魔气尽归我掌控，这点儿魔气消融对我来说根本不算什么，不值得你掉眼泪。"

聂音之的眼中现出了迷茫。他说得似乎有点儿道理。可是就算如此，他的魔气终究是在流逝。

"怎么可能不算什么？我又不是傻子，你以为我想不明白吗……"

顾绛一边要扛着天威，一边还要忍受她的血在他体内灼烧，他现在还能和天道，和正道修士抗衡，可若他的魔气流逝，实力下降到一个点，一旦打破那个平衡，他就会同另外四个魔祖一样无法掌控自己的魔气，根本不需要他变得太虚弱，就会有很多人想要他的命。

“现在那几个魔祖还活没活着都不知道，说不定他们整个人都已经化作魔气，根本不复存在了。”

聂音之满脑子胡思乱想，心脏一揪一揪地疼。

而让她心疼的人正捏着她下巴，在她脸上嘬来嘬去。他以前只觉得聂音之的血香甜，现在就连她的眼泪都如此诱人。顾绛垂眸盯着她喋喋不休的嘴看了片刻，低头含住，探入其中。

“你到底有没有听我说……”聂音之被迫消声，瞪大眼睛，整个人都有点儿蒙。

聂音之不由自主往后退去，后背抵上船舷，完完全全被顾绛高大的身形困住了。她胡乱地揪住他的袖摆，脑子里只剩下一片空白。她又闻到了那股冷肃的幽香。

顾绛这个吻根本称不上吻，就跟那次魔气钻进嘴里纠缠是一个德行。

紧贴在身上的人又开始发烫，聂音之浑身发软，从微阖的眼眸看到他身上冒出的稀薄灵雾，蓦地睁开眼睛清醒过来，哼唧着推拒他。

她一反抗，顾绛便退开了。他抬手抹了一下唇，过了好一会儿，脸上那种沉溺的神情才退去，萦绕在领口、袖摆间的灵雾倏地消散，转移到云舟外，很快汇成了连绵不绝的云团。

突然，顾绛眼神一沉，回过头去，袖子里一道风刃呼啸着向通往甲板的甬道射去。

风刃与冷铁撞出当的一声锐响。

一个人影飞速掠开，翻身躲到侧旁的楼梯之后，忙不迭道："不好意思，在下不是有意打扰你们，只是修炼之余出来走两步。"

顾绛没理会他，收回手抱住聂音之，从原地消失。

威压消散，躲着的人慢慢从楼梯后冒出个头，看到甲板上空无一人后松了一口气，一步一顿地谨慎观望着走上甲板，往结界屏障外的云团望去。

房间内，一团魔气出现在床榻上，魔气散开后现出两个人来。聂音之晕头转向地坐在顾绛身上，还没反应过来，就被扣着后脑勺往下按去。

等等，还要亲吗？

聂音之眼疾手快地抬手捂住他的嘴，他便亲在了她的手心。

"你干什么啊？别以为你出卖色相就能转移话题，就算……就算你这样，我也能坐怀不乱的。"聂音之的声音软软的，眼眸里还残留着被吻出的水色，她皱着眉，一副不知道该拿他怎么办才好的纠结模样。

顾绛的呼吸烫着她的手心："你自己进来看看。"

"进去……哪里？"聂音之说完，眼前蓦地暗下去。

随即，一道惊雷划过，聂音之下意识往后一退，被人抱进怀里。顾绛在她耳边道："这是我度劫飞升之时，亦是我堕魔之时。"

天空中浓云翻滚，一眼望不到尽头，无数巨大的电柱落下，被暗影似的刀光撕开，这应该是到了雷劫的最后，那一涌而下，惊天动地的闪电过后，天幕上撕开了一道缝，透出一束光。

聂音之不由得抓紧了顾绛的手。她看着半空的人踏入光中，就在那抹人影即将消散之时，不知何故，一道凌厉的刀光突然迸发出来，劈向上空，斩断了他的飞升之路。

紧接着，是方才数倍的闪电密密匝匝地落下，连接着天地，每一个呼吸都会落下数不清的电柱。

电光太耀眼了，几乎什么都看不清，只能模糊地看到半空中的人影不断被劫雷撕碎，重新凝聚。聂音之其实听不到声音，但能看到倾覆的山河和龟裂的大地，即便是隔岸观火，也被这样大的阵势骇到了。她问：“这是飞升天劫？”

顾绛道：“是堕魔的天诛。”

聂音之能感觉到两股力量的博弈，翻滚的灵气在雷鸣电闪之间化成雾，化成雪，凝成春夏时的花，须臾后又化作黄土，黄土垒成高山悬崖，山巅覆上白雪，雪化为水，奔涌而下。

这些海市蜃楼一样的图景变幻得实在太快了，最后刀光撕开劫云，幻象碎裂，澎湃涌动的灵气全部收拢，从天地之间剥离了出来，归于一人掌控。

聂音之看到他手心里诞生的第一缕魔气，黑红交织，缠绕在他的指间：“血月影？”

“嗯。”顾绛现在已经认可了这个名字。

这之后，聂音之的神识跌入一片浓稠的黑暗中，就像是浸泡在水里。

大约是感觉到她的想法，那透着暗红的黑水晃动几息，凭空生出了一座小岛，将她托上水面。周围什么都没有，只有一个宛如墨水汇成的湖。

她伸手掬起一捧，那凝结成水的魔气从她白皙的手指间漏出去。她蒙了片刻，总结道：“血月影，所谓的魔气，其实就是从天地间剥离开的灵气？”

顾绛应道：“这么说也没错。”

修士修炼的第一步，就是开灵窍，和天地沟通，引入灵气淬炼自身，灵气在经脉里被炼化成自身真元，归根究底那还是“灵气”，身死道消后会归还天地。

但魔气不同，被剥离出来的魔气不和天地相融合，成了独立户，需要通过封魔印这样的中间手段，才能重新回归本质。聂音之的血和封魔印是一个效果。

难怪魔气可以转化为灵气，也难怪魔祖不为天地所容。

聂音之思索了片刻，问道：“那你消融了多少魔气，再从天地间剥离多少灵气转为自己所用，补起来，可以吗？”

她这个想法真是幼稚得让顾绛发笑：“修士修炼需要开灵窍，沟通天地，吸纳灵气入体。自我堕魔开始，便不为天地所容，连灵气都引动不了，又如何剥离它们？”

顾绛身体里有一片独立的空间，自成一个小天地，不与外界相通。

此时这个小天地里犹如火炉一般，“血月影”的湖面上萦绕着被蒸腾起的雾，这些雾气不再受顾绛掌控，只能被他排出体外。

“你得加把劲，才能把这片湖蒸干。”

聂音之从顾绛的“小花园”里退出来，一时之间不知该说些什么好。

“我悟了，聂音之就是烧锅炉的呗，负责把魔头烧化了，把他掠夺的灵气都还回去。”

“这不就相当于你吃我的，穿我的，到最后翅膀硬了，抢了我的东西搞独立，自成一国？”

“五个魔祖薅羊毛，难怪现在修真界灵气匮乏。”

“搞了半天，天道才是被迫害的小可怜。”

“我不关心什么天道，我只关心你们真的就这？”

“啊这，要是真的双修的话，魔头会不会被烫坏啊？”

“只是聂音之在顾绛身体里的血会沸腾，导致魔头发烧，严格来说，应该问聂音之会不会被烫坏。”

“那你现在还是很烫，是吗？”聂音之刚从他那火炉似的“小花园”出来，明知故问道。

顾绛嘴硬道：“不烫。”

“就算我现在不亲你，你也会这样烫。”聂音之的逻辑非常说得通，“那在你冷静下来之前，可以抓紧时间亲一亲。”

顾绛眼睛一亮，扶着聂音之一起仰面倒在床榻上，摆出一副任君采撷的配合姿势，很认真地说道：“来吧。”

聂音之无语了。

聂音之趴在他身上，突然想到了一个很严肃的问题，于是半撑起手臂，盯着他的眼睛问道：“你之前为什么突然亲我？是因为我哭得太好看了，让你心生怜惜，情难自禁对不对？”

顾绛的喉头滚动一下，咽了一口唾沫，目光闪烁，含糊地“嗯”了一声。

聂音之看出来了，魔头满脸都写着“还有这回事？”五个大字！她生气地瞪他一眼，伸出食指使劲地按了一下他的喉结，从他身上跳下去：“亲个屁！你这辈子都别想再亲我了。”

她转身出门：“今天晚上别来爬我的床。”最后还一字一顿道，“哥！哥！”

合上门前，聂音之听到顾绛压抑不住的笑声。

顾绛听到隔壁房门打开，重重的脚步声朝床榻走去。聂音之扑到床上，在床上翻滚了几圈，蒙在被子里低声骂道：“臭魔头，连我的口水都馋，怎么这么变态！”

顾绛笑够了，手背搭在额头上，难受地皱起眉头。他闭上眼睛，沉入自己那片“血月影”的湖中，挥开湖上越发浓郁外散的雾气，视线落在虚空中一丝指节长的裂纹上。

第十四章　你只能有我一人

聂音之一夜没睡，顾绛也就没有机会趁她睡着了爬上她的床。前几日，她每天早上起来都要出去溜达一圈，今日也没有出门，隔壁房间连一丝动静都没有。

顾绛从榻上起身，想从魔气中遁过去看看，却意外地被弹了出来。他蹙眉站在两屋之间那木质的隔墙边，意识到聂音之可能真的生气了。

这种小结界对他来说，两根手指头都能捏碎。但捏碎的话，聂音之肯定会更生气。他一时间竟不知该如何是好了。

顾绛在屋里转了两圈，往床榻上躺去。早知道就夸一夸她了，聂音之可真麻烦。

他想到昨夜聂音之流泪的模样，体内的血又开始沸腾。没有聂音之在身边，他连灵雾都懒得转移，就任由灵气在屋里蔓延，被钻入窗棂的风搅散了带出去。

顾绛躺了一会儿，忽然想到了什么，一翻身坐起来，挥走面前的灵雾，拉起袖子，摸上手腕上的咒印。

隔壁房间里，聂音之抱膝坐在榻上，正好也在研究共生咒，手腕上的金色小芽浮在咒印上，面前铺着共生咒的卷轴。

共生咒下有一个难度极高的衍生术，可冻结七情。从猜测到顾绛越喜欢她，魔气就会越快被她的血消融开始，聂音之就想到这个衍生术了。

只是七情不同于五感，很难清晰划分，要锁便要一起锁住。聂音之并不想顾绛成为一个没有感情的人，她想将七情分离出来，只锁住顾绛的“爱”，让他拥有喜、怒、哀、乐等情绪，只是不能爱。

只是暂时锁住。

不过，这实在太难，也太耗神识了。聂音之的神识几乎被耗空，再一次失败后，她不免有些沮丧，更何况还是要研究一个方法，亲手封存顾绛对她的喜欢。

聂音之走了一会儿神。脑袋一空，情绪就容易冒头，她抱着膝盖，面无表情地蹲在那里流眼泪。

手腕上的金色小芽忽然晃了晃，唯一的小叶子里冒出一缕魔气摇来晃去。聂音之回过神来，胡乱抹了一把脸，看到叶片上摇曳的魔气，她就忍不住想见他。

不过，就算过去，也是和顾绛在一起睡觉，没有任何意义。聂音之按捺住心里的想法，指尖钩住那缕魔气，伸手捏住叶片。

顾绛本来只是想看看能不能通过咒印跟聂音之打个招呼，让她主动打开禁制。有什么话不能好好说？把自己关起来作甚？

结果聂音之现在在做什么？

他皱起眉，很想一巴掌拍碎她的小禁制，但魔气徘徊了片刻，还是没有强闯，就让她摸一摸，消消气好了。

这一次聂音之没有刻意调动他的感官，所以就算被这样摸着，他其实还能忍受。

一开始，顾绛是这样想的。

可聂音之摸起来没完没了，她的指尖落在叶片的触感，反应到他身上，就像柔软的指腹直接触摸在他的皮肤上，就算他将自己包裹得严严实实，也毫无用处。

而且被抚摸的触感散布在身上各处，甚至是一些隐秘的地方。

他一开始是想让她消消气，才没有捏开禁制，现在不上不下，就算很想让她赶紧停下，却更加不敢捏开禁制惊动她了。

感觉到拂到身上的温热呼吸，顾绛简直无可奈何，从鼻子里发出一声隐忍的叹息：“聂音之……”

聂音之玩了一会儿叶片，情绪稳定下来，盘膝入定，恢复神识。

顾绛反倒折腾了好半天，整个人累得够呛。他躺在榻上休息了片刻，起身站在床边想了想，魔气淌出来，直接将床榻融得一干二净。他挥散屋里的气息，沐浴完换了一身衣服。

做完这一切，聂音之还是没有动静。

他准备去敲门了。正在此时，一张小纸条从窗口啪嗒啪嗒飞过来，在他眼前摊开。

上面写着，她要闭关，在下云舟之前，都不要去打扰她，让他乖乖地自己睡。

顾绛看了一眼连尸骸都不存在的床，很是无奈。

他抓住纸条，捏住末尾那仿佛哄小孩的几个字，犹豫了片刻，就地坐下，闭目入定，想办法修复身体空间里的裂纹。

自刀山剑林现世，已经过去了半月。

朱厌的气息彻底从萧灵的灵台里消失，她一开始还不太习惯，有些时候还会下意识地呼唤他，但那个总会回应她的声音再也没有响起过。

萧灵也分不清自己对他究竟怀有什么样的情感。她很厌恶他，讨厌他盘踞在自己灵台里的血腥戾气，讨厌他每天夜里无休止的纠缠，但是朱厌就这么死了，萧灵还是为他掉了泪。她觉得很难过。

朱厌这种凶兽，也算是难得的真心待她的人。

池航山上的试剑会办得如火如荼，萧灵暂时被关押在山脚下的别院里，等着盛会结束回宗门受处置。就算无人告诉她，她也能猜到，云笈宗肯定来了很多优秀的年轻弟子。

萧灵身为云笈宗大师姐的时候，修真界中每有盛会，除却师长，都是她领着云笈宗弟子出席，师弟师妹们都围着她转。

没想到如今却沦落到这番田地。萧灵靠在墙边，讽刺地笑了几声。她感觉到经脉里残留的绯红剑气突然消散了。这把剑与她极为契合，一直都在召唤她，可惜她给不了它回应。她的灵脉被封，神识也被困住了，什么都做不了。

现在这把剑应该是匹配到另一个主人了。

萧灵浑浑噩噩地被押回宗门，推上受刑台。颜异当着云笈宗所有弟子的面，昭告她的罪行。

她听到颜异念那些因她而死的同门的名字，荆重山找的都是些入门不久，修为也并不高的小少年。他们的灵脉稚弱，还不够强大，排异反应也会弱很多，但相应的，就得以量来堆砌，所以才需要这么多人为她填命。

萧灵离开宗门十年，回来后便苦痛加身，根本来不及认识他们，只知道一个白英。

“萧灵身为云笈宗前掌门座下大弟子，因其心性不坚，放出凶兽，致使民间百姓深受其害，之后又引凶兽入仙山，引起门中弟子心境波动，纷争不断，纵容荆重山残害同门性命，罚断灵脉，碎灵基，废除全部修为，受三十六雷鞭刑，关入思过崖，每日受寒冰烈焰之苦，至死不出。”

萧灵被数道剑气钉穿灵脉中枢，痊愈不久的内府重新被剑气绞碎，她疼得几乎当场死过去，又被脚下的法阵生生吊着一口气。蚕灵咒失效，如意剑气在她残破的经脉里嗡鸣。

一道光从明霄峰上射出来，纤细的长剑悬在她身前，为她挡下了三道雷鞭，灰暗的剑刃越发黯然失色，在电流中龟裂，几声细小的金鸣之后，长剑碎成小片，落入脚下的血泊中。

萧灵听到了如意剑最后的哀鸣，她的眼睛霎时通红。受刑台上有丝丝缕缕的魔气破开虚空，被她引来。萧灵曾经憎恨魔修，现在她却想要变成自己曾经憎恨的人。

她当初也是为了救人才被卷入虚空裂缝，跌入死寂深渊，才会金丹破碎，换来这一身断经蚀骨的折磨。

她只是想活下去，又有什么错？

不知是谁惊呼了一声："她要走火入魔了！"

"青绿，是回春魔气。"

萧灵偏头，回春魔气，被她引来的竟然是回春。

正魔之战时，她曾被回春魔气困住。青绿色的魔气鬼魅一样飘浮在整个战场上，所到之处，尸骸齐刷刷地站起来，不分正邪，全成了行尸走肉的傀儡。

回春不仅吞噬尸体，还侵蚀重伤濒死之人。在回春魔气的威胁下，正道修士在战斗中时不仅要碾碎敌人的身躯，还要在自己并肩作战的同伴身死，或者受伤被侵蚀之后，将其挫骨扬灰。

经历那一场大战后，很多人都有了心理创伤，萧灵也有。若不是战场上的这些遭遇，她又怎么可能那么轻易就被朱厌蛊惑？

说她心性不坚？萧灵突然笑出声，她一边笑，嘴角一边往下淌血。

她这样癫狂的样子，令周围的长老都皱起眉。

魔气被射向受刑台四柱上的封魔符消融，雷鞭又一次落下。

游走的雷光将她抽得皮开肉绽，萧灵骤然感觉不到疼了。她断裂的经脉，残破的内府，每一处伤口上都黏着如同游丝一样的青绿魔气。这些魔气被封魔符不断消融，又不断从她的伤口里冒出来，仿佛是一场拉锯战。

“萧灵要入魔了？惊不惊喜？意不意外？”

“看来萧灵还不会下线啊，那这个故事应该还会继续。”

“毕竟萧灵是整部作品的灵魂人物，我猜不会这么容易下线。桑无眠死得那么早，纯粹就是级别不够。”

“好多人都觉得女主角肯定要死了，女主角粉丝要求赶紧下架这部垃圾剧，剧粉要求女主角死了也要继续播，敢情大家都白忙活了。”

“果然，女人还是得靠自己啊，那些男人没一个靠得住的！”

聂音之看到这些文字的时候，已经从云舟上下来了。他们如今到了西北境的坞城，从这里到无量宗镇守的万魔窟，御剑只需两日就能到达。

之前都有封寒缨跟在身边，顾及炎炎兔的心情，聂音之都没点过那道烧烤名菜，如今到了坞城这个炎炎兔之乡，自然要尝一尝当地地道的炙烤炎炎兔。

肥瘦相宜的兔子滋滋冒着油，外皮金灿灿的，十分酥脆，撕开时肉香扑鼻。

聂音之嫌烫手，顾绛只好挽起袖子，按照她的要求撕下后腿上一块肉，蘸上酱料裹进菜叶里，递到她嘴边。

“这么大的哦。”聂音之无从下口。

顾绛便给她切成两半，重新喂给她。魔头简直是体贴入微。聂音之吃一口，看他一眼，又吃一口，再看他一眼。

顾绛被她看得莫名其妙：“怎么了？有话就说。”

聂音之又在兔子身上一指，点了一块肉，看他伸手去撕。他的手指修长，圆润的指尖沾上了油脂，还有一点儿红，应该是被烫到了。

不过，顾绛连眉毛都没皱一下。这点儿烫对他来说，还不足聂音之的血带给他的灼烧感的万分之一。

聂音之不安地问道：“你这几日怎么都不睡觉了？”还愿意陪她吃饭，陪她四处逛，比起以前整日瘫在床上，顾绛现在差不多是在配合着她的作息时间。

“你是不是瞒着我什么？”聂音之有些食不知味了，“是不是类似话本里说的那样，最后的陪伴了？”

顾绛被她逗笑：“你哪里来的那么多话本？”

“你以前给我的啊，我闲暇的时候会看看。”聂音之张口咬住他裹好的兔肉，慢慢嚼完了吞下，凑到他面前想去碰他的额头，“别转移话题，我要看看你的湖。”

顾绛推开她，指尖上的油脂沾到了她脸上：“别在这里。”

聂音之转头看了看，现在正是饭点，周围人确实很多。她暂时作罢，不过，还是强调道：“你说过，会陪着我直到我死，所以，你不会比我先死的，对吧？”

顾绛漫不经心地点头：“嗯，我答应过你的。”

聂音之掰着手指头给他算：“我现在是元婴修为，有五百年寿命，我现在才十七岁，下个月才年满十八，在这四百多年里，定然能突破到化神修为，到时寿命便有八百岁了。”

她认真说道：“所以，你至少还要陪我七百八十二年又一个月哦。”

顾绛原本已经习惯身体里时时刻刻的灼烧，此时那灼烧感猛然又加剧了几分。他的动作一顿，不动声色地开始适应新的热度，调整自己的体温。

他拿过旁边备好的湿帕子擦手，又把聂音之脸上的油渍擦干净，用他那惯常的慢吞吞的语气问道：“你不要求我让你修为更高，活得更久？”

“用消耗你自己的那种方式吗？我才不要。”聂音之白了他一眼，接过手帕自己对着镜子擦，“更何况修炼归根结底在于自身，又不是单靠灌入灵气就能行的。”要是可以这样，她肯定时时刻刻把魔头绑在身边当灵气熏香，对着自己熏。

在刀山剑林时，她能从金丹突破至元婴，很大一部分原因是她契合了命剑，还是一把有灵的命剑。

顾绛支着下巴笑道：“那你多要求本座一点儿别的也可以。”看她掏出胭脂盒要开始补妆，顾绛手指头动了动，一股无形之力托住了她的镜子。

聂音之偏头看了他一眼，她没想到魔头竟然会提出这种需求。聂音之认真反思，她要求顾绛的还不够多吗？将他召唤出来后不就一直在让他做这做那？明明之前她提出的很多要求他都懒得做！

窗外，不知是哪个大嗓门的，惊奇地叫道：“快看，天上突然冒出好大一团云！”

坞城这种地方气候干燥，很少会有云，更遑论是这种突然生出的成片成片的云团。

聂音之咬咬唇，有些强人所难道：“那你可以先不要喜欢我吗？”

顾绛愣了一下，眼里透出真实的疑惑：“我什么时候说过我喜欢你？”

窗外那大嗓门又说：“还越聚越多了，风都吹不散，不会是要下雨吧？看着不像是雨云。”

聂音之无语片刻，她算是明白了，顾绛根本就不知道为什么她的血对他的作用会突然变强。她说：“算了，你先想想别的，克制一下你自己。再继续下去，无量宗一定会发现这里灵气异常。”

“你吃饱了吗？”顾绛突然问道。

“饱了，你……”聂音之被他拉起来往外走，“等等，还没结账呢。”她慌忙从荷包里掏出一块灵石放到桌上，下一刻就被人掐着腰从原地消失。他御风而行，缩地成寸，眨眼工夫就回了两人居住的客栈。

聂音之晕晕乎乎地被他抱在腿上，听到他说：“那趁着现在抓紧时间亲一亲。”

她一把捂住顾绛的嘴，纠结了一下：“那你等等，我要漱口。”他们才吃完那么油腻的食物！

顾绛无语了。

等被聂音之拉着一起洗漱完毕，又含了一会儿香片，顾绛身体里的冲动已经消退了大半，已经快没有那种世俗的欲望了。

聂音之把头发都绾了起来，趴到他身上，吐气如兰：“你还要亲吗？”

顾绛抬手扣住她的后颈，将她往下压。聂音之先在他的唇上蹭了蹭：“我要用共情。”

“嗯，随你，只要你不怕疼。”

顾绛吻起她来真的毫无章法，汲取着她口中的津液，狭长的凤眸半阖着，睫毛轻轻地颤动。

聂音之通过共情，能感觉到他身上承受的天威变弱了，他暂时被天地接纳，不再被排斥和压迫。所以，其实并非一定是血，只要是她的体液都可以的吗？不过，效果却比不上血，只要聂音之退开，消散的压力就会重新聚过来。

他们亲吻时，天威虽然消散，但她的血将顾绛灼烧得更厉害了。

聂音之想，所谓的天降神女，就是应天道而生的诛魔武器罢了。以香甜的血肉和暂时消弭的天威为诱惑，让他沉溺其中，等到了一个临界点，之前能带给他舒服感的血，就变成了诛杀他的武器。

如果顾绛对她的喜欢会催化这种作用，那凭什么她对魔头的喜欢就不能抵消这种作用？她又不想要顾绛死，难道是她喜欢得还不够？

聂音之正胡思乱想，突然被推开，顾绛扶着她坐起来，屈起一条腿："你回屋吧。"

"嗯？"聂音之擦着自己被啃得湿漉漉的唇，还没反应过来。

"你说得对，这里灵气太浓，会惊动无量宗。"顾绛看上去很冷静，嘴角边还有水痕，"你准备一下，等入夜后，我带你进万魔窟。"

聂音之还没来得及应声，就晕晕乎乎地被他赶出门了。

聂音之回到自己的房间里，从窗口往外望了一眼。天上的云早已经消散了，但以她元婴期的灵感，还是能感觉到整个坞城的灵气确实浓郁了许多，气候都变得舒适了一些，想来是顾绛把灵雾弄到了其他更不易被人看到的地方。

他现在都还没冷静下来，未断开的共情里传来一种疼爽交织的感受，莫名的愉悦夹在被灼烧的感受里，还有潮水似的"聂音之"，从小叶子上涌入她的心中。

顾绛明明满脑子都是她，却还把她赶出门！

聂音之身上不由得发软，她紧闭窗户，扑到床榻上，在一波一波袭来的情绪中，烧红了脸。她眼神迷离，双手双脚缠紧了被褥，没好气地想，魔头到底在想着她做什么啊！

她倒是想偷偷去看看，不过，顾绛肯定立马就会发觉。

这种时候，那除了她就无人能察觉的文字又不在了，真是没用。

聂音之在榻上翻滚了好几圈，喉咙里干渴得不行，最后她实在受不住了，气喘吁吁地主动断开了共情。

入夜后，坞城的灵气更浓郁了，灵气往周边散去，形成凉爽的晚风，格外宜人，饭后出来散步的人很多。

这种异样的灵气波动自然引起了修仙人士的注意，无量宗派驻坞城的佛修将这里的情况传回宗门。

此时，修真界中的高阶修士全都聚集在无量宗了，包括所有的化神期大能。

青石广场上，正在运转着新的封魔印，封魔印下困着一头相当于元婴巅峰的高阶魔兽，在封魔印符光作用下，那魔兽身上的魔气几乎在以肉眼可见的速度抽离。

收到坞城的消息，化神修士们互相看了看，太虚门洛声道：“看来我们猜测得没错，顾绛确实是往万魔窟来了。万魔窟上旧的封魔印定然挡不住他，一旦里面的魔修被放出来，就会撞上新的封魔印。”

看到藏在兔子身上的封寒缨时，他们就猜到顾绛应该会往这里来。

洛声转头看向那头短时间内已经消融在封魔印下，只剩空壳的魔兽，拂了一把从封魔印上飘出的灵气，说道：“被消融的魔修越多，万魔窟上空的灵气就越浓郁，能被催动的新封魔印就越多，到时候天上地下全都是封魔印，就算杀不掉顾绛，也能消耗掉他大半的魔气。”

这是他们在这么短的时日内，集众仙门之力，为顾绛布下的天罗地网。

“如果有机会，抓住聂音之。”

为了不引起顾绛的怀疑，无量宗还是在万魔窟外布下了重重防守。

聂音之被顾绛抱着穿行在黑夜里，他的速度实在太快了，周遭的空间被不断压缩，变成了光怪陆离的景象，看久了让人头晕。她只好抬起头盯着顾绛的下巴，视线不自觉地落到他突出的喉结上。

此时如果有正道修士察觉他们的踪迹的话，就会发现两人行进的方向与万魔窟相背，离得越来越远。

聂音之临时改了主意，她想找个地方继续闭关，研究共生咒“锁七情”的衍生术。

在解决她的血对顾绛的伤害之前，她才不想进万魔窟。

虽然顾绛满不在乎地说不用担心，从折丹峰上的经历也能看出来，封魔印对他的作用不大，但那时候，她的血还没有对顾绛起作用。如果现在进万魔窟，她的血、天威，再加上封魔印，三重作用下，万一效果倍增，直接把他掏空了该如何是好？

就让封寒缨继续等着吧。

顾绛被她折腾得没脾气了：“都行，你说什么都好。”

大概行了半天，顾绛才停下来。他伸手在一片林子上一抹，那荒林豁开一道口子，聂音之听到瀑布的哗哗声，一呼一吸都能感到空气里的湿润气息，比起坞城的气候要好太多了。

这里是一个山谷，山谷中还有一间小木屋。聂音之好奇地问道：“原来你不是随便乱跑的？这里怎么会有一个小秘境？”

顾绛在她的后腰上一推：“你先进去。”

“等等！顾绛？”聂音之急忙回头，秘境已经在她眼前合拢了。

她站在树林里茫然四顾。并不大的瀑布下方冲出一个深潭，周遭是高大深绿的云杉，距这水潭百步远处便是那间木屋。

聂音之一仰头就看到了久违的文字。

“怎么回事？还不进万魔窟吗？封总都等得快要抠脚了！”

“正道白安排了是吗？怎么不按套路出牌？聂音之是不是有什么未卜先知的能力？”

“我懂了，这部剧可以改名为《魔尊他望眼欲穿》。该不会要到结局才进万魔窟吧？”

“不不不，我觉得应该叫《封申克的救赎》。”

“其实我有点儿害怕，聂音之和顾绛把原著有名有姓的角色都给祸害了，只有萧灵还靠女主角光环活着，这下说不定就轮到封寒缨了，毕竟连封寒缨一开始都觉得他师尊是会杀他的。”

废话真是太多了，就不能看看顾绛到底在外面做什么吗？

小秘境之外，顾绛回身对着荒林深处道：“韩竟，出来吧。”

一个人从枯朽的树后走出来，拱手一拜，受宠若惊道：“没想到前辈认得我。”

“只是认出了你的剑气罢了。”玄魄剑是云笈宗护山大阵的根基，顾绛和大阵中的剑气对过一招，自然能辨认出里面威势最盛的一束剑气，“你从云舟开始便一路跟着我们做什么？”

韩竟愁苦地望了望天：“我快要度劫了。”

顾绛轻笑一声：“恭喜。”

韩竟是现在为数不多还知道飞升真相的人，只可惜知道得太晚了，还是当初准备度劫前夕，一位他曾助过一臂之力的前辈匆忙出关，冒着被天道抹杀的风险，告知他真相，并送了他一枚法宗掌门留下的符箓。

自那之后，他就再也没有见过那位有恩于他的前辈。

那时劫云已经在云笈宗上空成形，整个修真界都在关注韩竟的雷劫。

韩竟想要压制自己的修为，也不过只多拖延了些许时日。天威时时刻刻悬在头顶，动摇他的道心，退无可退之时，韩竟被骤然降下的雷击追着登上云笈宗之巅的天度台。

天劫之下，他用那枚替身符箓蒙蔽了天道一瞬，只是这须臾一瞬，他硬生生拆了自己法身和神魂，将自己一分为三，抹杀掉了那个整体的“韩竟”，才觑到一线生机。

与其说他的玄魄剑是云笈宗护山大阵的阵脚，不如说这是用云笈宗创建至今数万弟子的剑气封印玄魄剑。

如今玄魄剑出世，它的剑气让韩竟辛辛苦苦拆分开的三个自己之间，有了割舍不断的联系，被蒙蔽的天威觉醒，雷劫就又追在屁股后面了。

“你既然可以躲避天劫这么久，自然是有本事的，来找本座作甚？”顾绛淡淡地问道。

韩竟一脸苦相，再次躬身行礼：“晚辈有个不情之请，想请求前辈让我看一看您度劫之时的景象。”

顾绛笑了：“你觉得这是可以随便给人看的吗？”

“只要前辈让我观上一观，前辈若有差遣，只要不违背道心，晚辈定会肝脑涂地为您完成。”

“笑话，你能做到的事，你觉得本座……”顾绛说到一半顿了顿，改口道，“你可知如何抹掉剑铭？”

韩竟呆怔了片刻，回答道：“剑铭一旦落下，就改不了了。前辈是……想要为夫人的灵剑改名？”

顾绛摆摆手：“你若是找到抹消剑铭的办法再来找我，本座或许能让你看一眼。”

他说完退后一步，身影从荒林里消失。

韩竟愁眉苦脸地坐到一株枯树上，自我安慰：“有要求总比没要求好。

不过，如何抹消剑铭还真是个难题……”他坐了片刻，决定先去冶金门问问看。

顾绛一踏入秘境，就有一个人影扑到面前：“你做什么去了？去了那么久！”

“打发跟屁虫。”顾绛扶住她的腰，“才一刻钟不到而已。”

“可我觉得很久了。”她都快把那一片草薅完了。

聂音之紧张地问道：“什么人？竟然能够跟得上你的踪迹？”

顾绛干脆抱起她，往云杉林旁边的木屋子走去：“韩竟，也算得上是你的师祖。”

“韩竟？”聂音之想了片刻才想起这个名字，她在云笈宗的课堂上学到过，他是云笈宗开宗伊始那一辈的人，“我记得在宗门记载中，他已经飞升了啊！”

顾绛意味不明地笑了一下：“看来他没有飞升成功。”

想到顾绛给她看的度劫景象，再联想到韩竟这个记载已飞升，实际却未能飞升的人，聂音之不得不怀疑飞升另有隐情：“他找你做什么？”

“他又快要被逼度劫了，想要看看我度劫之时的情景。”顾绛将她放到门廊下，伸手推开门，屋里腾起一阵灰尘。这里环境很好，但经年累月还是积了一层薄薄的灰。

“被逼？”聂音之顺手掐了一个祛尘诀，一边打量屋内，一边追问，“该不会这世间其实不能飞……”她的问题还没问出口，头顶已经响起了闷雷声。

聂音之本是随口一猜，却没想到会被天威示警，她浑身的汗毛都立了起来，赶紧咽下嘴里未说完的话。这雷鸣威胁恰好证实了她的猜测。她的眼睛骨碌碌地转了转，笑靥如花道：“那好啊，既然有求于我们，那不如把他拉到一条船上来？”

顾绛微微蹙眉：“你想如何拉？”

“绑上后宫咒！绑上后宫咒！！”

“把这帮实力雄厚的老年人都一起绑了！”

“笑死我了！聂音之干脆开个老年福利中心算了。”

“支持！还以为封总会是第二片叶子呢！不过，韩竟也可以，瞧着长得也不赖，是那种阴郁帅哥。”

“集邮集邮！把不同类型的美男都凑齐！”

“这不好吧？绑太多了，以后搓叶子都搓不过来。”

聂音之看到这些文字，下意识抚上手腕处的缎带。顾绛眯了眯眼，在她开口之前断然拒绝道：“不行，想都别想。”

聂音之无语了。她想什么了？

顾绛看着她，一脸严肃道：“聂音之，阮家当年有所作为的族人，到最后都被咒术反噬，疯的疯，傻的傻。你以为阮家是如何没落的？”

聂音之被他的表情吓到了：“咒术的反噬作用这么大？你给我卷轴的时候怎么不说？”

顾绛抿了抿嘴，因为那时候他并不在意聂音之会不会疯。

“本座不会伤害你，你自然没有这种担忧。”他伸出食指点在聂音之的手腕上，盯着她的眼睛说道，“你只能有我一人。”

聂音之的心扑通跳了一下，接着激烈地鼓动起来。虽然他的表情很吓人，但她还是被他勾引到了。

顾绛的听觉何其敏锐，立即察觉到了。他以为自己真的吓到了她，收回手，又轻轻拍了拍她的头："抱歉。"

他沉默片刻，放软了语气劝说她道："这世上没有不受限制的功法，越是精妙，越是威势极大，所受到的辖制，所承担的后果自然也会越大。创出共生咒的阮家祖先的确是一位惊才绝艳的人物，就连他最后也迷失在自己所创的咒术里，被他养的无数叶子吞噬。"

"我傻了，我的封总没了！呜呜呜，有美人痣的封总！"

"后宫三千佳丽也没了！"

"老年人福利中心也没了！"

"我等了好久的师徒一起爬也没啦！我不活啦！"

"音音创业未半而中道崩塌，呜呜呜！"

"我就说这种咒术怎么可能这么强大，原来要疯，哭泣！"

"其实……就算是疯了也值得，弱弱地说，要色不要命。"

"不绑别人，就多绑一个封寒缨总可以吧？我看魔头根本就是在吃醋！在吓唬聂音之！"

顾绛只觉得心口有些发闷，但他不想把自己的情绪发泄在聂音之身上，只是微不可闻地叹息了一声，轻声问道："聂音之，有我一人，你还不满足吗？"

他的语气太轻了，身影消失得太快，聂音之被"哀号"的文字分了神，反应过来时根本抓不住他。她从屋里追出去，四处都没能找到顾绛的身影。

聂音之茫然地站在水边大声喊道："哥哥，我答应你，只绑定你一个人，你别生气好不好？"

“我没生气，你安心闭关吧。”

顾绛没有出现，空中只飘来这么一句话，就又无声无息了。

聂音之循着声音去找，却没能找到。

这处秘境很小，就是云杉围起来一圈小空间，并不需要太多灵气支撑，所以才能在野外存活至今。

聂音之感觉到顾绛离开了秘境，只丢下她一个人在这里。

他这样子，她根本就静不下心来闭关。聂音之咬咬牙，即便知道他听不见，也对着虚空说道：“我要用共情哦。”

共生咒下的这一衍生术是为了监控手中人的心理，就算她使用了，顾绛也发现不了，但聂音之习惯了每次使用前都要告诉他一声。

共情生效的那一瞬间，从金芽的叶子上涌来的灼烧感直接让聂音之痛哼出声，她仿佛一刹那落入熊熊燃烧的烈火中。她下意识抱住手臂，有那么片刻，她恍惚以为自己已经被烧得皮开肉绽了。

她几乎是下意识地踩进了水里。

不，这不是她的错觉，这就是顾绛现在的感受。

聂音之按住心口，跪在水边上，额头上的汗浸湿了鬓发。感受到他的心念，聂音之简直哭笑不得：“顾绛，既然这么难受，你就不能想想别的……”

她花了好一会儿才从这种灼烧中挣脱出来，断开共情，呆呆地坐在水里。等残留在身体里的情绪缓缓退去，聂音之擦了擦脸，从水里起身，往小木屋里走去。

聂音之先打坐入定了近一个时辰，才终于静下心来，从芥子里取出共生咒卷轴。

小秘境之外的荒林里，地面弥漫的灵雾浸润进干裂的土地，就如久旱的土地迎来甘露，枯败的树木、矮小的灌木丛、潜藏的虫兽，都在大口大口饮着灵雾。

不过一日，荒林里生出新绿，顾绛转眸看到一只被吸引而来的赤狐。它正夹着尾巴观察着他，走两步就趴在原地观望片刻。那狐狸眼中警惕不足，透着懵懂和天真，是只年幼的小狐狸。

顾绛对它招了招手。

赤狐歪了歪脑袋，琥珀色的眼睛一眨不眨地盯着他，迟疑好一阵子，才试探性地又朝他靠近几步。

顾绛屈起一条腿靠坐在一棵树下，身后那棵树受到的润泽最多，干裂的树干恢复生机，树冠已经可以遮荫了。

搭在膝盖上的手垂下去，指尖被一个湿乎乎的东西舔过。

他偏了一下头，懒怠地微微睁开眼睛。赤狐又用鼻尖小心翼翼地碰了碰他的手指，见他没有什么动作，在原地转了一圈，然后卧在他的身旁。

等赤狐习惯他后，顾绛才伸手摸了摸它的毛，狐狸嘤嘤叫了两声。

“你在我身边多无聊。”顾绛低声道，将一缕神识藏在狐狸毛里，伸手在赤狐前方画一圈，画出一个小洞口，洞口里面的青绿透出来，水声哗哗作响。

赤狐转着脑袋来回打量，终于抬步钻进洞中，秘境重新合上。

聂音之耗尽神识，正躺在地上休息，感觉到秘境波动，她蓦地坐起身，跑出门外，没看到顾绛，反而看到一只赤红的小狐狸在草地上翻滚。

那狐狸浑身湿漉漉的，显然刚玩过水，它被聂音之的动静惊到了，警惕地钻进草丛里，只露出一双圆滚滚的狐狸眼。

聂音之和它对视片刻，勾唇笑了起来。她从芥子里取出一盘牛肉放到台阶上，退回屋里打坐，恢复神识。

她只用了一盘肉就俘获了赤狐的芳心，这之后，小狐狸开始亦步亦趋地跟在她脚边，会四脚朝天地躺在地上让她揉肚皮。

每当聂音之神识耗尽，精疲力竭地抱着狐狸睡着的时候，顾绛藏在狐狸毛里的那缕神识就飘出来，在无知无觉的人脸上蹭一蹭。

这么做的后果是，他又要忍受一番加剧的灼烧。

聂音之想要分离七情，这里没有实验对象，就只能在自己身上尝试。比起从丰富的情感中隔离出一种，先全部锁住，再一种一种去释放、辨别要更简单一些。

聂音之将自己的七情锁住的那一刻，整个人都变得空洞、麻木起来，就算想到顾绛，都不能带给她丝毫波动。这个人于她而言，和身边的狐狸、草丛里的石头，没什么差别。

那么，她何必为他做到这个地步？

这个动摇的念头一起，便有心诀驱动，缠上金芽，灼烧的感觉从叶子上灌入心中。

灵台里响起她自己事先留下的一缕心念："别动摇，你就是为了他才会这么做的，不要胡思乱想，做就对了。"

随着灼烧的感觉一起传来的，还有……顾绛这个时候的心绪。

聂音之转头看了赤狐一眼，他的神识藏在狐狸毛里了。

赤狐从她身边翻身坐起来，狐狸眼与她对视片刻，脑袋歪来歪去，仿佛不认识她了。片刻后，赤狐嘤嘤叫着退到门外，躲到了云杉林里。

不得不说，动物对人类的情感变化其实很是敏锐。

顾绛藏在狐狸毛里的神识飘回去，隔空看着木愣愣坐在卷轴前的人。

他很想进来看看聂音之究竟在搞什么鬼，但小秘境封闭，以他现在的状态，可能不足一盏茶的工夫，这处小秘境就会被灵气撑破。

聂音之开始单释自己的七情。负面情绪要好分辨得多，她一时怒一时悲的样子着实把顾绛和小狐狸都吓得奓了毛。

顾绛在秘境外的林子里坐立难安，元神离体，落入秘境。聂音之手中掐着诀，闭着眼睛，眉目不安地微动着。

他蹲在不远处看着她，暂时不敢去打扰。地面上铺着那张共生咒卷轴，旁边铺满了画着咒术符文的宣纸，顾绛来回扫了好几遍，对这上面的字符一知半解，实在看不明白。

等到聂音之睁开眼睛，他才蹙眉问道："你到底在做什么？"

聂音之正好细细分离出爱念，一睁眼看到他，脑子里嗡的一声，依恋地抱上去，紧贴在顾绛的元神上，心里只剩下一个念头，只想和他融为一体，永远跟他腻在一起。

顾绛只听到缠在身上的人在他耳边呢喃，柔软的唇贴在他的耳侧，黏糊糊地蹭过脖颈、下颌，在他的唇上徘徊。

"顾绛，我好想你，我好喜欢你。如果我的血把你烧化了，是不是这样也算是永远在一起，再也分不开了？我觉得这样也挺好，让我烧化你好不好？"

"聂音之……"

顾绛的元神哪里受得住她这样蛇似的纠缠？感觉到自己的身体又开始起变化，他伸手想将她推开一点儿，反倒被她抱得更紧了。她道："你说好不好呀，哥哥？你想不想和我在一起啊？我们永远都不分开，好不好？你回答我啊。"

"好。"顾绛顺着她的意，轻声应道。在他应声那一刻，聂音之敞开了自己的灵台，把他的元神往灵台里拽，神识朝他缠来。

顾绛浑身一颤，一连深吸了好几口气，强迫自己在这种温香软玉的诱惑中定下神，慢慢将自己从她的身体和神识的双重纠缠中往外抽离。现在的聂音之明显不对劲，他不可能在这种情况下接受她的邀请。

聂音之偏头看向他，眼瞳中带着迷恋：“你拒绝我？”

“聂音之，你想做什么，我都会同意，但是要在你全然清醒的时候。”顾绛动作轻柔又坚定地抽离开。

“我想与你合为一体。”聂音之不依不饶地黏上去。

顾绛被她缠得没办法，元神缩进了在门外探头探脑的赤狐皮毛里。看到聂音之茫然跌坐到地上，他下意识动了动。

赤狐脖子发痒，蹲到地上，抬起后脚疯狂地挠痒痒。

顾绛屈指弹开赤狐黑色的爪子。

聂音之闭了闭眼，搅乱她心潮的身影消失，她身体里那种令人飘飘然的感觉退去，她终于清醒了一些，返回屋里打坐了好半晌才勉强冷静下来，继续尝试。

顾绛躲在狐狸身上看了她一会儿，退出秘境。

红叶刀插在荒林的地面上，在这里布下结界，将浓郁的灵气尽数锁在此地。顾绛强压下身体的冲动，闭上眼睛，意识沉入自己体内。“血月影”湖上的裂痕被他强硬抹平后，再次龟裂了，甚至变本加厉，枝蔓似的往外蔓延，雪白的裂痕在这片以黑红为主色调的空间里格外醒目，就连湖上蒸腾起的雾都遮挡不住。

从那裂纹中漏出第一缕魔气，“血月影”凝成的湖中飘出一缕黑红色的影子，与周遭的灵气互相排斥，从裂纹中渗出。顾绛睁开眼睛，伸手钩住那缕逃逸的魔气，“血月影”毫不留恋地从他指间游走。

这一缕魔气不再受他控制了。

在万魔窟准备守株待兔的正道修士一直未等来动静，洛声的隐翅蝶以万魔窟为中心往四面飞去，寻找蛛丝马迹。

透明的蝴蝶隐藏在深秋金灿灿的阳光中，随着灵气的细微波动追到此处。洛声透过隐翅蝶看到那一片格外葱茏的绿洲。灵气下沉，进入地面，使得这周遭的荒漠都重新焕发出生机。

有几缕魔气从刀光的屏障中逸散出来，消散至虚空中，其中一缕被隐藏在岩土中的虫兽吞噬。

顾绛开始控不住他的魔气了。

不需要他们做什么，顾绛也开始衰弱了。

绿洲中的人抬起眼眸，直直朝他看过来。

洛声心中一惊，隐翅蝶从半空中消散。

第十五章 我觉得被你烧化挺好的

斜阳西坠，晚霞铺染在天边，和地表的黄土沟壑连成一片，安插在其中的那一处嫩生生的绿洲仿佛是老天误丢在此地的一幅画卷。

顾绛从树下站起身，朝前伸手：“酸菜。”

红叶刀呜咽一声，拔地飞起，落入他的掌心中。刀光建立的屏障碎裂，与夕阳的余晖揉在一起，树下的玄色身影就像被风吹散的一缕烟雾，从原地消失。

他的身影直接破开虚空，在距离绿洲几十里开外的一座小山崖上现身，与才落到此地不久的一名修士狭路相逢。

那修士感觉到空间波动的瞬间，就立即祭起法器，攻守兼备。化神期的灵力波动搅得周围黄沙漫天，无数符光自黄沙中射出。顾绛没有半点儿犹豫，简单粗暴地一刀绞碎了扑面而来的符箓。

碎裂的符箓无火自燃，烟雾在半空结成一个巨大的阵法，一瞬将顾绛的身影吸入了其中。

顾绛落入一个封闭的空间内，放眼望去全是封魔印的铭文符光。封魔印算得上是顾绛最为熟悉的法阵，只看上一眼，他就看出其中似乎有些细节变了。

从他落入这里开始，身体就往外飘散灵雾。

“呵。”他偏头低笑了一声。

山崖上的黄沙落下，周边的几十个高阶修士同时围拢过来。那名修士脸上的表情没有半分松懈，那个阵法只困了顾绛须臾，就被从中破开。

黑红色的“血月影”和浓郁得呈奶白色的灵雾一同爆开，又因彼此排斥，泾渭分明地散往周遭。“血月影”利刃一样卷过周遭，在浓郁的灵雾中和各路法器撞出无数锐响，鲜血从半空泼下。

顾绛的长刀搭在一名修士的肩膀上，那人手上的法印掐了一半，一动也不敢动。顾绛在他身上擦了擦红叶刀身上的血，并未看他，而是将目光落在虚空中某一处：“能请诸位别来烦我吗？本座杀掉你们几个化神，只是动动手指的事。”

隐翅蝶后的人被他的目光看得脊背发凉，心中生出久违的怯意，不由自主地切断了与隐翅蝶的联系，避开他的视线。

顾绛回头扫一眼落了满地的修士，有几名已经重伤濒死。他说：“一不小心出手重了些，见谅。”他揉了揉眉心，收回长刀，周遭弯月似的暗红色刀光猛地收束回刀身内。

有几缕魔气飘散出去，脱离了他的掌控，顾绛毫不在意。

感觉到聂音之在摸叶子，他的动作顿了一顿，转过身被一阵风吹散了。

过了好半晌，小山崖下的修士才从这种刺骨的威压下回过神来，急忙去救助重伤的同伴。

顾绛回到绿洲内，送了一缕神识进秘境：“别摸了。”

聂音之立即绽开笑颜，又恢复了往日的灵动。她对着声音来处说道：“顾绛，你进来吧。”

“不行，秘境承受不住现在我身上溢出的灵气。”

聂音之立即道：“那你放我出去吧。”

她话音刚落，眼前的空间波动了一下，她被人揽着腰拉出了秘境。

聂音之一出来就看到满眼的绿意，惊讶地问道：“我记得之前是荒林吧？”

顾绛没回答她这个问题，岔开话题道：“你忙完了？”

“嗯。”聂音之露出一抹轻松的笑容，她转头打量四周，揪下了身边灌木上的一朵小花。她已经猜到这片绿洲定然都是顾绛身上蒸发出的灵气滋养出来的。

她从芥子里取出一张小几，将两个蒲团放到草地上，示意他坐下，摆出两国谈判的架势，一本正经道："哥哥，你说过我想做什么，你都会同意，还说过要我对你多提点儿要求，还说过我说什么都是对的，还说过……"

顾绛打断她的话，无奈道："直接说吧，你又想做什么？"

"共生咒下的衍生术之一，锁七情，我要暂时封掉你七情之一的爱念。"聂音之一眨不眨地盯着他道，"你应该知道的吧，同样的血量，为何之前我的血在你体内就没有什么作用，现在却无时无刻不在消耗你？"

"你闭关就是在研究这个？"顾绛皱起眉，有些烦躁地问，"封掉之后会怎么样？"

聂音之面不改色道："会让你感受不到别人的爱，也无法爱人。只是封掉爱念而已，其他情念都是正常的。"

"只是不喜欢你了？"顾绛问道。

聂音之抿了抿唇："你也没说过你喜欢我。"

"那你有没有想过，神女降世，以身饲魔，你我的立场是天道注定？"顾绛说着嗤笑了一声，"你的血对我永远有效，那么，你要永远锁住我的爱念，让我无法爱你？"

其实不需要永远的。

冰中火燃不了多久，顾绛这点儿刚刚萌芽的爱念和豆大的烛火也差不离，被封住爱念之后，没有养分供给，很快就会熄灭的。

或许连百年都要不了。

但是她才不管这么多，如果他们之间的这个问题永远也没办法解决，那就这样让他陪在身边，直到她死的那一刻。然后她会解开共生咒，锁住他爱念的咒术也会失效，他会恢复爱人的能力。

聂音之藏在小几底下的手指绞紧了裙摆，面上却波澜不惊。她既然说出口，自然已经在心里做好了决定：“别这么绝对，我们总会找到其他解决的办法啊。但是首先，你要好好活着。”

顾绛气笑了，捏住她的下巴：“你还真以为你的血能烧死本座吗？”

聂音之眼角泛红，两手握住他的手，歪头贴到他的掌心轻轻蹭了一下：“我希望你吻我的时候，感受到的是欢愉，而不是灼烧的痛苦。”

顾绛手背上青筋突出，整个手臂肌肉都绷得极紧，他无可奈何道：“你以后还想我吻你？”

聂音之放开他，从袖子里取出一张绢帛展开：“关于这个，我拟了一份契约，希望你能跟我签一下。”

顾绛垂下眼眸，一目十行地浏览完上面的娟秀小字。

顾绛必须履行的事：

每日晨起按照聂音之的要求，搭配其服饰和妆容，描绘花钿，包括普通花钿和魔气花钿；

每日要主动亲吻聂音之至少一次；

每日要夸奖聂音之至少一次；

每日早上起床后，晚上就寝前，都要在心里想聂音之半个时辰；

……

要宠着聂音之，保护她，不能恐吓聂音之，不能凶她，不能骗她，不能拒绝她，不能让别人欺负她……

“一份不含丝毫灵力的契约，连凡人都约束不了，你想约束我？”

顾绛抖开袖摆，露出手腕上的咒印，“你何不直接将这些规定写进共生咒里？咒术里应该有违逆的惩罚。”

聂音之委屈地看着他，急急地喘了两口气，颤声道：“顾绛，你再这样说话，我要生气了。”

顾绛不知道要说什么好了。

聂音之抽噎了一下，取出笔，又在契约末尾补上一句：不能惹聂音之生气，聂音之生气了必须要负责哄好。

顾绛沉默片刻，挪开隔在他们中间的小几，对她张开手臂：“过来。”

聂音之把小几挪回原处，隔在他们中间，说道：“现在，我是不会碰你的，你也不准碰我。”她转眸看向四周葱郁的绿色，“虽然这么做可能也没什么效果，但总比什么都不做，光看着你难受要好。如非必要，我们不要见面，不要有肢体接触，总会慢慢淡掉……”

顾绛打断她的话：“你又要像你之前那样，想尽办法避开我？”

聂音之咬了咬唇道：“是。”

顾绛抬手按住眉心，对她用一张小几就想隔开他的做法感到好笑：“你知不知道你这个威胁很无用？我不答应的话，你就算躲到天涯海角，也别想避开本座。”

身体里的血几乎沸腾，他没有心思去控制、调节自己的体温，身旁地面上新发出的嫩草叶被烫得卷曲起来，袖摆处往外逸散出丝丝缕缕的魔气。

他知道聂音之为什么会这么做，他看过她累得神识耗尽的样子，那么讲究的人，躺在地上就睡着了。

顾绛对她说不出重话。

聂音之眼眶通红，软绵绵地说道：“才不是威胁，我只是让你选嘛，我知道你不会强迫我的。”

她把那张绢帛推到顾绛面前。

“呜呜呜，这是虐文的走向。”

“前面明明那么甜，遍地是糖！这是把我们骗进来杀？”

“姐妹们，快来答题了！没有爱，但可以亲亲抱抱，和有爱，但见不着，摸不到，二选一，你们怎么选？”

“我觉得聂音之这路走窄了啊。”

“咕咕只是一个老实巴交的魔头，为什么要让他做这种残忍的选择？聂音之你没有心！心疼咕咕。”

“顾绛不爱就不会伤心，阿音却要时时刻刻对着一个不爱自己的人，这虐的明明是阿音。”

“正因为聂音之有心才会让他选吧？不然她自己开心就好，管魔头会不会被烧死呢！没准魔头烫烫的时候，还更爽。”

“你们在说什么奇怪的东西？这让眼泪流到一半的我真的很尴尬。”

“宝，你不必为聂音之掉眼泪。我觉得她怎么着都不会让自己过得很悲惨，瞧瞧她写的不平等条约。”

顾绛黑沉的眼眸盯着她看了片刻，伸手捏起桌上的笔，在那份契约上写下了自己的名字。

聂音之弯起眼睛笑了，一直含在眼里的泪珠顺着脸颊滑下去。她显出一副很高兴的样子道：“以后我亲你，你都会很舒服的哦。”

顾绛顿了顿，将绢帛扔到一边，那张小几顷刻间就在他手里化作尘埃。他一把捞过聂音之，炙热的掌心扣在她的后脑上，不容拒绝地将她按进怀里。

他用发烫的指尖轻揉着聂音之的耳垂，低垂着眼睛道："你之前不是还想烧化我的吗？"他含着她的唇呢喃，"我也觉得被你烧化挺好的。"

"我……"她一张嘴就被他侵入，后面的话根本说不出来。

顾绛身上太热了，以往那种若有似无的幽香越发浓郁。她脑子里晕晕乎乎。他笨拙地尝试着去取悦她，而不是像之前那般，只知道吸吮。

聂音之抓紧他的肩膀，忍不住想要蜷缩起来，但被他禁锢住，只能无力地用膝盖蹭他的腰侧。

嗯，坐在他怀里就是有一点儿烫屁股，还有些硌……

聂音之一下子清醒了，睫毛颤得像蝴蝶的翅膀，惊慌地眨着眼睛。

顾绛终于退开，垂眸看了她一眼，吮掉她唇边的水痕，把她扔回秘境里。聂音之一脸蒙地坐在水边的石头上。她及笄之后，有女先生教过她通晓人事，所以她知道顾绛现在是怎么回事。

聂音之呆愣了片刻，抱着膝盖，把通红的脸埋进手臂间。

被独自留在秘境里的小狐狸正慌里慌张地四处找她，看到她的人影后，高兴地跳过来，用脑袋拱她的手臂，嘤嘤叫着往她怀里钻。

聂音之神思不属地揉着它的毛发。

"怎么回事？发生了什么？怎么一眨眼两人就分开了？"

"魔头在秘境外做什么呢？怎么还专门把音音扔开，多见外呀！"

"为什么要切镜头！撸狐狸有什么看头！尊贵的会员要看撸铁！"

"点击就看烧红的铁棍是如何炼成的！"

"聂音之，别愣着啊，开共情啊！"

"别瞎说，现在开共情会被烧的吧？"

“啊，原来是这个意思吗？”

“谢谢大师指点，我悟了。”

聂音之用只有自己和小狐狸能听见的声音嘀咕道：“我就开一下下。”

赤狐抖抖耳朵，懵懂地抬起脑袋，清澈的眼眸里映出聂音之的脸。她紧蹙着眉，脸上的表情似痛苦又似欢愉。顾绛的心念里，满满都是她。

她抱着肩发颤，深吸了好几口气，切断共情。所以，在坞城的那天，他把她赶出房间，就是在做这种事？

聂音之盯着水面发愣，实在没事可干，便提起赤狐，蹲到水边给它洗澡，转移自己的注意力。

对于无辜遭受池鱼之殃的赤狐来说，玩水可以，洗澡不行！

它四只爪子在水里扑腾，左右躲闪，拍得水花四溅。聂音之挽起袖子，踩进水里，誓要将它洗了不可。

顾绛重新将聂音之捞出秘境时，和面前落汤鸡一样的一人一狐大眼瞪小眼，聂音之的视线下意识下移，又急忙转开，脱口而出：“这么快？”她都还没洗完狐狸呢。

顾绛表情一僵。

即使是魔头也笑不出来。

小狐狸从聂音之怀里挣脱，跳到地上抖毛，转头打量四周，飞快地钻进了草丛里。

聂音之看了一眼天色，尴尬地说道：“你不快，是我洗狐狸洗得太久了，都怪它到处躲。”

顾绛让聂音之回秘境里换了衣衫，才重新放她出来。他坐在蒲团上，摆出一副任人宰割的样子：“你来吧。”

这个衍生术聂音之已经在自己身上试验过很多回，已经练出手感了。她召出共生咒印上的小金芽，掐了一个繁复的手印，默念心诀。

顾绛皱了一下眉，他能感觉到有什么通过手腕上的咒印，顺着经脉流淌入他心中，在他心口生成一个拳头大小的法印。他的情感就像是被这个法印一瞬间抽空了，人被一把拽入冰冷的水中，周遭一切都失去了色彩，从心口透出一股麻木的冰冷感，连面前的人都不能带给他任何悸动了。

然后聂音之一个一个地放出他的喜、怒、哀、惧、恶、欲，唯独锁住了爱念。

这一切只不过花了一盏茶的工夫，聂音之仔细打量他的神情："你看，其实还挺简单的，是不是？"

"你之前就是在一遍遍经历这个过程？"顾绛靠向身后的树干，神情上看不出什么端倪。他抬手钩住她垂下的长发，将她拉到怀里抱住。

聂音之被他自然而然的举动惊到了，疑惑地检查手腕上的金芽："咒术没有失败啊，你怎么还这么顺手？"

"我又不是失忆了。"顾绛低垂着头，感情在退潮，灼烧的痛苦逐渐消弭，他身体里的热度在一点点儿地退去。他已经习惯了疼痛，现在反而觉得不太适应。

他靠着树干，闭上眼睛。

聂音之又检查了一遍咒印，确定没有出任何纰漏，便安静地靠在他身上，但她睡不着，不自觉地仰起头盯着顾绛看。

顾绛松开手，眼也没睁，说道："你不用陪着我也可以。"

"那不行，我现在最重要的事，就是陪着你。"聂音之抓住他的手重新环到自己腰上，用力按了按，示意他搂好了，重新趴回他肩上。

聂音之捏着他的发梢玩，突然心血来潮，向他建议道：“哥哥，我们先来预习一下你以后每日的任务，行不行？”她说着便打算掏出签好的契约。

“不用了。”绢帛上那点儿内容，顾绛都会背了，他偏头微微睁开眼睛，好脾气地配合着托起她的下巴。

聂音之抱住他的脖子，顾绛很轻柔地吻着她，就像先前那一次一样，细致地取悦她。有了前一次的经验，这一次他还更为熟练了一些。聂音之恍惚觉得根本就没有改变。

她开启共情，这一次没有浪潮似的灼烧之念从小叶子上袭来，顾绛身上承受的天威也暂时消散，这一刻他的确是舒服的。仅此而已。

聂音之喘不上气了，顾绛放开她，用指腹擦了擦她的唇：“现在天已经黑了，也要换花钿？”

“那这个就推到明天吧。”聂音之兴致勃勃地等着他夸自己。

顾绛的目光在她身上扫了一眼：“你的头发柔顺亮泽，比狐狸毛好摸。”

聂音之觉得有些好笑。共情尚未断开，她已经感受到顾绛的心念了，他打算从头到脚把她夸一遍，明天应该就会夸她的眼睛了。

“打卡老魔头第一次交作业。”

“比狐狸毛好摸，竟然拿我们阿音跟动物比？”

“这到底是咒术生效了还是没生效？怎么感觉没什么变化呢？甚至更腻歪了是怎么回事？”

“你们俩又演我们呢？！我已经准备了一大箱抽纸，结果就这？就这？”

“老魔头说得对，他又不是失忆了，以前两人是怎么相处的，他记得啊，怎么可能突然冷漠下去嘛？”

“要抠细节！抠细节！”

“不抠！只要我稀里糊涂囫囵吞枣咽得够快，我就吃不出糖里的刀子！”

“我就想问，顾绛这么听话，这么温柔，真的是魔头吗？我男朋友都比他更像魔头。”

小秘境里晨起有薄雾，浮在云杉林深处，沁凉的空气颇有些深山老林里的味道。外面天亮了，小秘境里看不见太阳，但也跟着透进晨光。

在这个世间，不论是多么封闭的秘境，都还是要遵循着天道，比如，日头东升西落，昼夜更替。

不知从何处传来的鸟鸣声让这里显得格外幽静。

聂音之闭着眼睛坐在水边的石头上，感觉到顾绛微凉的指尖落在她的眉心处。

她挑了一个极为精致的花钿图案，是飞凤的图样，为了和鸿鹄相衬，要在飞扬的翎羽尖上描绘出白茸，存心是要为难他似的。

但顾绛暗红色的魔气精准地在她的眉心绘出了图案，就像绘过千百遍一样熟练，只是聂音之临时提出想要和鸿鹄搭配的要求，才让他多耗费了一些工夫。

翠花剑被她抱在怀里，剑首上的鸿鹄扬起呼呼燃烧的翅膀，蹲在那里看了不到片刻便失去兴致，拍打着翅膀追着赤狐欺负。

为了搭配这个眉心花钿，聂音之今天穿得也格外精致，绛朱色的裙摆像花一样在石头上层层叠叠地绽放开，象牙白上衣，琵琶袖上绣着栩栩如生的百花纹。头上还簪了一支羽状的珠钗，微微一动，垂下的流苏就撞出细碎的声响。

顾绛觉得他现在应该要低下头吻她，虽然身体里并无这样的冲动，但确实如聂音之之前所说，亲吻她的时候真的很舒服。

不会有灼烧的痛感，也不会有压迫的天威。

他弯下腰，唇贴上去的时候，聂音之的睫毛颤了一下，很乖地没有动，保持着承受的姿势。她化好了妆面，却没有染口脂，所以她是准备好的。

顾绛半阖着眼睛，留意着聂音之细微的神情，听到她时急时弱的呼吸，在心里笑。

聂音之被他亲得晕晕乎乎的，差点儿从石头上滑下去，被顾绛及时捞住，抱进怀里。她抬起头，视线撞进顾绛的眼中。

那双眼眸深幽而又冷静，瞳中映出她艳红的眼尾。聂音之拽着顾绛袖摆的手指收紧了一瞬，又松开了，低头靠在他胸前平息。

“聂音之，怎么了？”顾绛温和地问道。

封了爱念后，他缺失了感悟这一类情感的能力，不能爱，也感受不到爱，以前那些不用刻意就能感觉到的东西，现在会被他无意识地忽视掉。他自己的感知作不得数，所以顾绛一直留意着聂音之的反应，以她的情绪作参照。

他确定自己方才没有做什么事惹她不开心。

“没事啊。”聂音之抬起头微笑，用食指戳他心口，“我在等你夸我呢。”

顾绛暗自松了一口气，夸奖她此刻眼睛水汪汪的，像刚舔完骨头的小奶狗。

他以前还说过她像耗子，像偷了鸡的黄鼠狼。聂音之算是发现了，顾绛这个臭魔头学识浅薄得很，离开了各种禽兽作比喻，就不会说话。

“刚舔完魔头。”聂音之没什么威慑力地瞪他一眼，蹲到一旁去，对着水面抹口脂。

水面上映出头顶飘过的文字，花花绿绿的。

“好甜好甜好甜，魔头根本没变！”

“封了爱和没封爱的行为都差不多，那魔头到底爱没爱哦？”

“还能从这个角度发刀？”

“怎么可能？前面融化的魔气都被你们吞了吗？”

“我猜咕咕就是努力地让自己看上去没变化罢了，他只是一个可怜巴巴的魔头，为什么要受这种委屈？呜呜呜。”

聂音之的余光看向顾绛投在水面的倒影，他站在那里，面向着她的方向，一直在看着她。

她涂好口脂，抿了一下唇，对着水面上的倒影露出一个甜甜的笑容。

他们准备离开这里，去万魔窟。聂音之提醒顾绛，正道已经知道他们要去万魔窟了，肯定会在那里布下天罗地网等着抓他们。

顾绛无所谓地笑了笑：“放心，他们拦不住我。”

聂音之转眸看他：“我们要偷偷进去。”她不想让顾绛动手，他动手的话天威又会加剧。他们也不能大张旗鼓地进万魔窟。知己知彼方能百战不殆，聂音之对万魔窟内的情形还一无所知呢，要先进去摸摸底才行。更何况，要解除她的血对顾绛的危害，也需要她详细了解血对魔修的作用。

顾绛想了想，招手把在草地里打滚的赤狐捉到手里，问她道：“你的化形之术学得如何了？”

聂音之眨了眨眼，理解了他的意思。她摸了摸小狐狸的毛，当场掐了一个化形咒术落往它的额间。

泛着微光的法印融进小狐狸毛茸茸的脑门上，赤狐的身形一下子化开，在顾绛手里拉长，落地化成了和她一般的身量。

小秘境里的灵气都往此处涌来，融进那身影中。

光芒消散后，现出另一个与她一模一样的聂音之。赤狐变成的“聂音之”低头看了看自己，发现身上的毛全没了，嘤嘤叫着舔了舔自己手背，往地上一倒，就要按照它以往的习性到草丛里撒泼打滚，被聂音之眼疾手快地一把抱住，阻止它用自己的形象行如此丢脸之事。

聂音之尴尬地说道：“还……还不是很精通。”

顾绛在旁边笑得肩膀直抖。聂音之没好气道：“你再笑，我就把它变成你的样子！”

小狐狸在她怀里嘭的一下变回原形，一骨碌滚到了草地上，围着他们转了一圈，又一蹦一跳地去追鸿鹄了。

“变活物我还不行，但纸人可以。”聂音之从芥子里的折丹峰书房取出两枚灵符纸，这是她以前私下里“不务正业”瞎捣鼓剩下来的。

聂音之剪了两个纸人出来，画上五官，化形咒的法印落到纸人头上，灵符纸从她手里飞出去，落地化作人形。

纸人的面貌和两人几乎不差，只是双眼无神，还是死物。

他们一人投入一缕神识进去，两个纸人才算是活了过来。

小狐狸从旁边蹿过来，一双狐狸眼瞪得圆滚滚的，歪着脑袋来回打量，根本分不清他们，一时间有些迷茫。

鸿鹄绕着纸人化成的“聂音之”飞了一圈，扑扇着翅膀落到了真聂音之肩膀上。

顾绛将红叶刀留在了绿洲，刀光支起的结界屏障依然封锁着绿洲，聂音之在绿洲内布置了几个加湿的阵法，营造出时不时浮出灵雾的假象。

正道不敢靠得太近打探，有这两个纸人每天出秘境晃一圈，将正道的目光都吸引在此地，糊弄个把月应该没问题。

顾绛和聂音之偷偷往万魔窟进发的时候，聚集在无量宗的正道修士也确实在想办法窥探绿洲，好掌握魔头如今的情况。

之前派去绿洲之外潜伏的修士都被魔头打了回来，这还是顾绛第一次主动对他们出手，还放出狠话威胁他们，这恰恰说明了他现在的情况极其不妙。

那一片因他而生的绿洲越扩越大，足以看出他被消融的魔气非常多。顾绛连自己的魔气都控不住了，他那凌驾于众人之上的实力也维持不了多久了。

化神之上，进阶难之又难。颜异闭关百年，苦心修炼，都无法突破中期。是以颜异和余摇清这一级别的长老，对灵气的需求并未迫切到需要以命相搏的地步。

到了化神巅峰，便能深刻感受到灵气匮乏对修为的限制了。不是找个灵气充裕的地方独自修炼，只顾自己就行，而是冥冥之中，所有化神修士都能感觉到的，对于所有人修为上限的限制。

以洛声为首的化神巅峰修士，受灵气所限，无法突破，他们对顾绛的态度要明确得多。若能得此机会杀了他，自然不会手下留情。修真界弱肉强食，正魔两道无法两立，归根结底便在于此。

化神巅峰修士出关后，颜异这一群仙门长老就退居二线，轮不到他们做决定了。

颜异的主要心思都放在云笈宗门内。桑无眠这个掌门当得不算合格，他留下来的四个秘境碎片却大有用途。

颜异遴选门中高阶修士，通过碎片进入其中，对秘境进行探索。

云笈宗冰冷的思过崖上。

这里长久禁灵，地面生不出草木，光秃秃的，寒霜覆在深褐色的岩土上，受刑的法阵时刻运转着。

在关闭受罚弟子的山洞中，金黄的法阵中看不见烈焰，却能让人受尽烈火焚身之苦。

那一日，萧灵当着众多云笈宗弟子的面，在受刑台上引来回春魔气，又被封魔符打回原形。她不知颜异为什么不杀她，或许是要留着她的命接受这些处罚。

山洞口贴着封魔符，魔气一靠近这里，就会被符光消融。

萧灵麻木地坐在受刑的阵法中，丹田里藏着一缕未被驱逐干净的“回春”。

她抬眸看了一眼落在远处的少年。安淮每日都要在她受刑之时来看她一次，大约这样才能消解心中的恨意。

萧灵便坐在那里让他看，这是她应该受的，偿还完这些罪孽，她就要离开这里。

她按了一下自己毫无动静的心口。

这也算是重获新生，不是吗？

她的身体已经死了，没办法再自愈。

内府里那一缕青绿魔气在萧灵的身体里不断壮大，细分成千丝万缕，将她那残破的内府黏合在一起，就像用胶水黏合的碎瓷碗，虽不能恢复原状，但勉强还能继续使用。

被剑气绞碎的经脉也在重新黏合，她的修为在魔气的催生下，已经恢复到筑基期。

回春魔气吞噬尸骸，将已死和将死之人变成魔气下的傀儡，在正魔大战时，这些傀儡之所以棘手，是因为“回春”会将傀儡的修为激发到其生前鼎盛之时。

这也是这种青绿魔气被称为回春的原因。

照常理来说，回春魔气应该会连她的神识一起侵蚀掉，但萧灵至今都还保留着自己的意识。她以前埋怨天道不公，让她过得过分苦楚，如今从头看一遍，似乎每一次身陷绝境之时，上天总会给她留一线生机。

当初与聂音之争夺灵台时，她差点儿死在聂音之手里，最后一刻那莫名拉走她的力量，应该是最为明显的。可她那时候满心惶惶，恨不得稀里糊涂地混过那段痛苦的时日，从未仔细琢磨过这些细枝末节。

就连思过崖上这个山洞，其实也根本挡不住她。颜异的判词，“至死不出”，山洞口封闭的法阵已经默认她是个死人了。

“这是女主角的光环吧？是吧是吧？”

“夺舍的时候，我还以为是桑无眠回光返照，把她拉出聂音之的灵台的呢。”

“一到萧灵，内心戏就好多了……”

“那她还留在思过崖受寒冰烈焰的刑罚，真的是在赎罪？”

萧灵竟然被判去了思过崖，聂音之觉得有点儿奇怪，她们两人现在的处境好像微妙地对调了。

聂音之的手臂环在顾绛的肩头，被他抱着往万魔窟飞。万魔窟外也是满目的黄土沟壑，风蚀严重的岩石层里被抠出大大小小的窟窿，每一个窟窿里都端坐着一尊佛像。

她好奇地打量这些佛像，顺便也瞟了几眼冒出来的文字。

顾绛闲庭信步一样御风走在万魔窟的上空，没有惊动任何人和法阵。聂音之看到守卫在万魔窟的正道修士，有巡逻的修士与他们擦肩而过，都半点儿也未察觉到他们。

从上往下看，根本看不清封魔印下的情况，只能看到那直指阵法中心的玄色塔尖，塔尖周围萦绕着一片云雾似的“血月影”，和封魔印抗衡着，承担着封魔印大部分的压力。

聂音之当即皱眉道：“你徒弟就是这样挥霍你的魔气的？”

“他身为魔尊，自然要担起相应的责任。”顾绛倒是不太在意。他允许了封寒缨吸纳他的魔气炼化，自然没有抠抠搜搜再去压制他的道理。封寒缨可以从他这里拿走多少魔气，全看他自己的本事。

“难怪他最开始会觉得，你醒来是要清理门户的。”聂音之抬起手心疼地抚摸了一下他的侧脸，“幸好你只收了封寒缨这一个逆徒。”

顾绛笑了一下，歪头贴向她的手心。聂音之被他这个求抚摸一样的举动击中，心跳漏了一拍。

脚下的封魔印忽然剧烈震动了一下，骤然亮起符光，层层叠叠的封魔铭文在半空显现，惊动了周边守卫的修士。

万魔窟四面八方的几个关键位置都有高阶修士守护，封寒缨隔三岔五要撞一撞封魔印，他们都习惯了，不过，最近是敏感时期，众人还是半点儿都不敢马虎。

封魔印下，“血月影”不断冲击着铭文，聂音之定下神来，目光落在封寒缨集中攻击的那一枚铭文上，手中灵力如丝线一般嵌入那枚细小的铭文中。

靠顾绛是不行的，因为他只会用蛮力破开封魔印，就像当初在折丹峰那样，那动静就太大了。

聂音之还在刀山剑林时，就在研究封魔铭文，虽不至于完全拆解开封魔印，但撬开一条缝还是可以的。在她与封寒缨的夹击之下，那铭文上出现了一条细小的错位。

聂音之脸上一喜："好了。"

顾绛抬手，用衣袍裹住她，身影化成一缕烟从那缝隙里渗进去。

这一切只发生在电光石火之间，那封魔印上的错位转瞬归位。有一名高阶法修似乎感觉到什么，仔细去查探，一切又无任何异常。

聂音之只觉得眼前一暗，顾绛的呼吸拂在她耳边，他在她耳朵上亲了一口："你哪里来的工夫学这么多东西？"

聂音之的耳朵痒痒的，她笑道："当然是在你睡觉的时候。"

片刻后，聂音之被放开，视野里还是黑乎乎的——这处空间内四壁都是玄石打造，封寒缨又裹着一身黑袍，完美地和背景融为一体，只有他那张白得毫无血色的脸浮在半空。他的五官极为精致，有些阴柔，眼瞳黑得与脚下的玄石无异，不见神光。眉心一颗朱砂痣，整个人如同匠人精心雕琢的玉像，让人看着瘆得慌。

虽然如此，这营造的氛围给人的第一印象便是很有魔头的气场，确实是她曾经预想过的，魔尊该有的样子。

和他比起来，顾绛和蔼可亲得堪比成天靠在墙根下晒太阳的老大爷。

封寒缨拱手对着他们行了一个大礼："拜见师尊。"

聂音之做作地咳了一声。

封寒缨又拜了一下："拜见师娘。"

聂音之这才满意了，郑重其事地从芥子里掏出礼物—— 珍味斋今年排名第一的点心礼盒，限量版的一整套，七十二种绝美点心。

封寒缨还是炎炎兔的时候，聂音之投喂顾绛时，也会顺手喂喂兔子。封寒缨一开始不屑接受此等嗟来之食，后来却吧唧吧唧着三瓣嘴，吃得很香。

这个礼物应该合他口味。

封寒缨看着面前的五个大食盒，一时竟不知该说些什么。那五个食盒极其精致，上面铭刻着保鲜的符文，他被困在炎炎兔中时，就看见聂音之进珍味斋买了这个，没想到竟是给他准备的礼物，而且竟然到现在才给他！

"很好吃的哦，你师尊可喜欢了，你也尝过其中一些。"聂音之微笑着说道，俨然已经把自己当成了正牌师娘，对与顾绛唯一的徒弟的第一次正式见面，还是很上心的，"不过，兔子的味觉想来跟人不太一样，你这一次吃肯定会别有一番风味。"

聂音之说话的时候，习惯性地看向顾绛。

顾绛配合她点了点头。

封寒缨那张脸上也看不出高不高兴，反正礼数到位就行了："多谢师娘，师娘有心了。"

聂音之跟他解释，在刀山剑林时正道修士太多，两人走得匆忙，一时间难以顾及他，希望他不要介意。封寒缨善解人意道："化神修士虎视眈眈，弟子理解。"

双方交流融洽，有礼有节。

这里是玄塔的最顶层，顾绛来了这里，封寒缨自然是不可能让师尊住在自己脚底下，早已命人在这间大殿内添置了许多东西。

原本殿中心的玄石榻融回了塔身，取而代之的是一张巨大的雕花大床，层层叠叠的床幔挂在雕花床架上，床上铺着细软的云绒被，另一侧是看上去同样很软的坐塌，屋内该有的日常摆设都有。大殿外的露台上，还有一张柔软的躺椅。给聂音之的，是一个很豪华的梳妆台。

他们进万魔窟前一日，顾绛不知用的什么方式通知了封寒缨，这么短的时间，他就给布置得这么妥帖，可见这个徒弟还是很懂事。

就是颜色过分阴郁了些。不过，在这种黑漆漆的地方，摆些颜色鲜艳东西也实在扎眼。

“师尊、师娘若还有什么别的需要，尽管跟我说。”

聂音之走到大殿外的露台上，一眼望去，亭台楼阁鳞次栉比地往外铺展开，因为空间有限，密密地挤在一起，往外才渐渐稀疏，城池的划分很明晰。

万魔窟比她想象中的大，也跟她想象中的全然不同。聂音之以为会在这里看到幽深的洞窟和盘踞在洞中的令人胆寒的魔物，以为这里会有无休止的争斗，随时都会发生死亡，随时能听见惨叫。但眼前的万魔窟这样普通，普通得就像是世间的任何一座城市，有些地界瞧着甚至称得上繁华。

只是因为土地贫瘠，这里看不见水流和草木，建筑也很豪迈粗犷，不似仙门那般精致。空气中浮着丝丝缕缕水纹一般的波动，从地面蒸发而上，逆流入封魔印。

“这是你的住处，不用让出来。”顾绛摆手，跟在聂音之身后走上露台，揽住她就准备跳下玄塔。

聂音之从他的肩上探头，对封寒缨挥挥手：“就是专程来给你送点心的，我们要去四处逛逛。”

封寒缨傻眼了。你们是来游玩的吗？

仓促之间，一条小蛇从他袖子里飞快蹿出去，跟上那即将随风散去的身影。顾绛略微侧眸，允许了他跟来。

聂音之看了一眼跟来的小蛇，通体纯黑，油光水滑，额头上有一枚红鳞，和封寒缨简直长得一模一样。她问：“这是分身还是灵宠？”

顾绛颇为耐心地解释道：“分出自身真元和神识捏成的神识化身，比直接外放神识要安全，能到达更远的地方，不论何时何地都能收回，不存在再被封入兔子身躯逃不掉的风险，也可以算作是分身。”

封寒缨的小蛇在后面吐舌头。他待在玄塔中时，就是这条小蛇在万魔窟里到处游荡。

“那你也有吗？”聂音之好奇地问。

顾绛毫不犹豫道：“你喜欢什么样的？”

这意思就是现在还没有。聂音之学着他惯常的语气，拖长了音调懒懒散散地说道：“只要是你，都行。”

顾绛被她逗得笑出了声。

“封总，你怎么了，封总？你在别人面前可不是这样儿的！邪肆猖狂的魔尊？？”

“能屈能伸，成大事者不拘小节，的确是我们封总没错。”

“如此卑微的封总，让我仿佛看到大领导来视察时的我自己，流泪了。”

“所以说被塞在兔子里当跟屁虫也不是没有好处的，这不把领导的喜好都摸准了吗！”

“从跟屁兔变成跟屁蛇，我悟了，封寒缨就是本剧的萌宠担当啊！”

“这玩意儿，好像哨兵向导的精神体啊！”

街上的人不是很多，魔修大多待在室内，就算头上的封魔印符光被中心塔分去了一大半威慑，再被护城大阵削去了部分威力，落到魔修身上依然是种威胁。

聂音之在塔上看到的那些逆流的，若隐若现的波动，就是被封魔印抽走的魔气。

这里的人只要外出，全都罩着不同款式的长袍，有华丽妖艳的，也有暗沉无光的，相同的地方是，那袍子都带有抵御封魔印的作用，走进屋里才会脱下。

他们为了入乡随俗，也在封寒缨的带领下先去挑选了外袍。

封寒缨带他们去的地方自然不能差，那点着朱砂痣的黑蛇往柜台上一跳，老板吓得当场就要跪下了。

聂音之和顾绛随意进的第一个城池，是熔金城。这里的城主前不久被封寒缨当众虐杀，连带着那些不安分的魔修都被他清理干净了，现下算是最安分，也是气氛最为紧绷的一座城池。

封寒缨对抗了封魔印大部分的威胁，便要拥有绝对的权威，不许有任何人忤逆他。

但封寒缨不会管城池之间的争斗，也不会管城中魔修的互相吞杀，只要听他的话，不来惹他就万事大吉。

选衣服这种事当然要靠聂音之了，不过，她这次只挑了两套中规中矩的灰褐色外袍，没有在这里耽误太久。

顾绛从袍子下伸出手，牵住聂音之。

聂音之指尖微动，偏头看他一眼，乖乖跟在他身旁。

老板诚惶诚恐地送走他们，连钱都不敢要。聂音之觉得黑蛇这样，实在太张扬。

封寒缨只好隐藏了自己的身形，跟在他们身边。

“万魔窟中大部分都是金丹以上修为，低阶修为的年龄都不大。”顾绛扫了黑蛇一眼，就这么片刻，他的神识已经扫遍了万魔窟。

小蛇咝咝地吐着舌头，封寒缨的声音传出来：“在这里修为太弱的话，不是被别人吞掉，就是被封魔印化去，没人保护是活不下去的。”

金丹修为是在万魔窟生存的最低起点。

话音刚落，两人路过一个巷口，聂音之的眼角余光瞥见一个东西，她下意识停下来偏头去看，随即便看到一摞干瘪的尸体堆叠在巷子里，鼓出的眼珠子几乎要掉下来了。

身上的修为被抽尽，留下的躯体就只能算是废物，来往的人都见怪不怪了。

幸好此地气候干燥，尸体直接成了干尸，腐烂气息被压在街面上其他气息之下，与之混合成了一种难以言喻的味道。

魔修不像正道修士那般修身养性，他们不禁五谷杂粮、世俗之欲，就算被封在这么个鬼地方，为了活命打打杀杀，也没耽误纵欲享乐，甚至更为开放，有种有今朝没明日的肆无忌惮。

顾绛突然将聂音之拉得更近了些，转眸往一座楼里看了一眼，那不甚精细的雕窗开了一条缝，屋内黑沉沉不见光。

聂音之一头撞在他肩上，疑惑地问道：“你累了？那我们先休息吧。”

她回头想找封寒缨，尾巴似的黑蛇不见了。

第十六章 我记得我以前会想抱你，亲你

封寒缨去解决完那个不知天高地厚的狗东西，将他碾成肥水，浇灌进地上干枯的灌木丛中，黄金魔气飘逸出去。影蛇一走，便有魔修闻风而来。

他回去找到两人，很好，顾绛和聂音之已经找到住处，开始歇息了。

小蛇看了一眼暗下来的天色，在外面徘徊了片刻，委屈巴巴地消失了。

万魔窟里没有客栈，这里其他产业都难以存续，繁荣的只有寻欢作乐的场所，能供人留宿的也是这种地方。聂音之租住的那座小别院就归熔金城最大的烟花产业所属。

小小的一个四四方方的院落，进门有个小花园，然后就是一间四面垂挂着珠帘的小屋。院子里面布置得很讲究，挂着许多装饰的红绸纱幔，一看就是风月场所。

万魔窟里同样流通灵石，甚至比在外面还要更值钱一些。在封魔印下，不到万不得已，魔修不会轻易使用自己的魔气，用得多，被封魔符光消耗得也多，一些法阵和器物用具就需要灵石驱动。

这样一座小别院，上方有防御法阵，在这里已算得上讲究的了，价格不低，自然服务也很到位。

万魔窟里面作风豪放，就算他们看上去像是道侣入住，老板还是大大咧咧地把镇店宝册拿出来供他们挑选。在万魔窟，道侣一起出来玩刺激的太多了。大家都活得很苦，指不定明天就会成为堆在小巷子里的干尸，及时行乐方为上策。

老板对大客户态度很好，尤其从小道消息得知影蛇曾跟在他们身边，就更加不敢怠慢了："院里的一切都是全新的，二位放心使用，若是选好了，在这块板上写下名字就行，我们会立即安排人前来伺候。"

他说完其他事宜，便退出小院。

聂音之起初没理解他的话，将那册子打开，一眼便看到衣不蔽体的曼妙女子画像，那半透的薄绸根本遮不住风光。她蓦地偏头看向顾绛，后者的目光从册子上移开，一脸无辜地看向她：“嗯？”

聂音之瞪大眼睛，抱着册子挪开两步：“你不准看！！”

顾绛愣了一下，笑出声：“好吧。”他转头去摸了摸那块用以传递信息的浅黄色小木板。这东西木质很软，其内有很微弱的熔金魔气气息，是受魔气浸润而变异的木种。

他捏了两下便兴致缺缺地在旁边的软榻上躺下，从背后掏出个东西看了一眼，扔进了墙角缝隙里。

聂音之不准顾绛看，自己却抱着小册子翻看起来。她翻到后面，脸蓦地一红——这上面除了女子，还有些同样衣不蔽体，穿得很清凉的男子。

聂音之条件反射般啪的一声合上册子，眼眸转了转，心道，好怪哦，再看一眼。

然后又打开看了几页，一抬眸，便看见顾绛斜靠在软榻上，正以手支额看着她。

聂音之目光闪烁，眼神飘忽，瞟着涌入眼帘的文字。

“这是魔窟吗？这分明是天堂！！”

“我悟了。整个万魔窟是不是只有封总一个人不折不挠地想出去？”

“好耶，再多翻几页让我看看。”

“姐妹什么眼睛？这你也看得清？”

“啊啊啊，有本事镜头别转开！这么模糊，就算不转开我也看不清！”

“魔窟好野，我也想被关进魔窟。”

顾绛从她的表情就能猜到她在那册子上都看到了些什么，聂音之一脸心虚的样子实在有趣极了。

他想到之前聂音之对他看册子的反应，蹙起眉。一股风力从袖子里卷出去，将她手中的册子抽走，扔到了房顶上。

“你也不准看。”

聂音之扑到他怀里，拍了拍他的头哄道：“他们都没你好看。”

顾绛失笑，伸手护住她的背，在她的鬓角轻轻吻了一下，颇为自信地嗯嗯两声：“那是自然。”

聂音之红着脸摸了摸自己的鬓角，从他身上跳下来：“我要先去沐浴。”

这里漫天黄沙，就算修士有灵力护体，聂音之还是觉得自己身上像蒙了一层灰。

配备的浴池虽然不大，但是布置得也算巧妙，雪白的屏风上面勾勒着密密的线条，看着有点儿眼晕。

聂音之泡在水里，心不在焉地想着顾绛。他会主动来牵她的手，时不时亲她一口，有些时候她明明可以自己走，他还是很顺手地抱起她，每次她回头，顾绛的视线都在她身上。

他变得比爱念被封之前还要黏糊了，好像生怕自己哪一个反应不对，会刺伤到她。

他怎么可以这样……让人喜欢呢？

聂音之捂了捂通红的脸，将嘴巴沉在水面下，咕噜噜地吹泡泡。

她洗完后，把顾绛也赶去洗了。

暮色沉沉，头顶的封魔印不时闪着幽光，逆流而上的魔气在夜色下泛着明灭不定的微光，这样的画面看着甚至有些梦幻。

聂音之好奇地在屋里转了一圈，从一些细节上还是能看出万魔窟与外界的不同，这里面有许多小物件看上去都很奇特。

她从架子上取下一本书，翻开来看了看，眼睛慢慢睁大，蓦地反应过来，那白色屏风上的线条，勾勒的竟全都是欢好的景象。

她手里好奇把玩的小物件，也不是什么寻常的东西。

聂音之赶紧将书和小物件一起放回去。

她怎么觉得这些魔修被关在这里面，过得还挺快乐的？

聂音之不再东看西看，她坐到软榻上，闭上眼睛去看了看绿洲的情况。

红叶刀被主人抛弃在此处，尽忠职守地撑起一片刀光屏障。

他们离开之前，顾绛不知从何处又捉来一只赤狐，两只狐狸在秘境内外到处跑。

纸人化成的“顾绛”毫无意外地在睡觉。

聂音之感觉手腕被什么舔了一下，注意力从绿洲收回来，只见一只巴掌大的兔子蹦到她怀里。兔子浑身雪白，只在耳朵尖上长着一丛黑毛，娇娇小小，毛茸茸的一团，眼珠子黑玉似的。

她一时没反应过来：“小东西，你是从哪里冒出来的？”

从雪兔身上传来顾绛不自在的轻咳。

“顾绛？”聂音之捧起它，瞪圆了眼睛，“兔子？怎么是兔子？！”谁能想到，令人闻风丧胆的大魔头用神识捏出的化身，竟然是这么娇小白嫩的一只兔子！

白兔子突然从她手心里消失了。

聂音之遗憾地叫道：“别走啊，我还没看清楚呢！”

浴池里，顾绛捧水浇了一把脸，心道，雪兔不比那又丑又肥的炎炎兔好看吗？看来聂音之是忘记她曾经说过什么了，她根本不是真的喜欢兔子。

顾绛刚从浴室出来，聂音之就扑上去，缠着他道："哥哥，我还想看看兔子，让我摸摸嘛，就摸一下下。"

顾绛扶额，有气无力道："本座累了。"

聂音之一想，他今日确实做了好多事，都还没好好休息过，遂妥协道："那好吧，我明日再看。"

"明日也累。"

"那后日。"

"后日更累。"顾绛握住她的腰，把她提到床榻上，睡眼迷离地往床上倒，结果不知道触动了什么机关，这床忽然开始晃动起来。

聂音之被晃得吓了一跳，忙去找机关。顾绛拽了她一把："就这样吧，摇着还挺舒服。"

"是吗？"聂音之躺到他身边感受了一下，"是挺舒服，魔修可真会享受。"也对，顾绛这个魔祖就是个很会享受的家伙。

聂音之被顾绛抱进怀里，他微凉的唇在她额头上蹭来蹭去，在眉心魔气绘成的花钿上亲了一下。

她抬眼看他，顾绛半阖着眼睛，要睡不睡的样子。

聂音之跟他亲昵地蹭了一会儿，捧住他的脸说道："你最近好多小动作，亲亲我，摸摸我什么的，你以前才不会这样主动呢。"

"哥哥，你不需要刻意这样哄我开心，会很累的。"她现在已经调整好心态了，"你就算对我冷淡些，我也知道你是喜欢我的。"

"你不喜欢我这样？"顾绛立即清醒了几分，睁开眼睛。

聂音之想也没想就回道："怎么可能不喜欢？"

"冷淡一日你或许不会难过，如果冷淡十日、百日呢？你不会难过吗？"顾绛捏住她的后颈轻轻摩挲，"聂音之，我记得我以前会有这样的冲动，会想抱你，会想亲你。”

“那好吧。”聂音之只觉得心里热乎乎的，“今天的任务还没做。”

“打卡魔头第五次交作业。”

“救命，这床摇着不是让你们安眠的！”

“我也想摸魔头的兔子，我就摸摸，不做别的。”

“魔头每次亲完怎么都那么冷静？我现在看他们亲亲，只觉得内心毫无波动。”

“之前亲完激动得把聂音之扔进秘境的魔头还能不能回来了！”

“魔头不行，魔头行了！魔头又不行了！比正片还跌宕起伏。”

“对魔头这种陈年老咸鱼来说，没有爱的话，应该很难刺激到他，不然他两千多年的孤家寡人生活该怎么过呢？”

“还是刺激不够。现在心理刺激没了，那就加大生理刺激？”

“牛啊！！您就是我的人生导师！！”

聂音之内心：我好像无意间学到了什么。

“这个地方安全吗？”聂音之没来由地问道。

顾绛不知道她为何突然这样问，不过，他还是轻嗤一声：“有我在，什么地方不安全？”

聂音之的指尖落在他的脸颊上，从他的长眉滑到眼角，在他靠近耳际的小痣上停下来，轻轻摩挲着，目光落在他的下颌上，漫不经心地说道：“我是说，如果我在这里，封了你的部分感官的话……”

顾绛没说话，呼吸一下子轻了，喉结却上下滚动了一下。

看来他还记得的。那一次她封了他的感官，独独留下触感，并将之激发到极致。那时候她只是想试一试共生咒的衍生术，顺便戏弄一下魔头，对他的反应其实并未怎么在意。

聂音之忽然想起一个重要的问题——当时顾绛一激动，可是撞坏了折丹峰上的一层封印法阵。她有些沮丧道："啊，不行，太刺激的话，你万一又把头上的封魔印撞碎了可怎么好？"

白皙的指尖顺着耳际滑到那凸起的喉结上，聂音之不死心地询问道："哥哥，我轻一点儿，不像之前那般莽撞的话，能行吗？如果你受不了……"她顿了一下，眼睛一亮，纤长的睫毛抬起来，"我可以用共情，这样我就能及时感知到你的情绪，控制……"

顾绛一直盯着她，聂音之与他目光相接，顿时面红耳赤。她不看他的时候什么都敢说，跟他对上视线后，未竟的话就含含糊糊地关在了唇瓣里。

顾绛看她的目光澄澈得如深山中的静湖，没有丝毫涟漪。

她羞赧得浑身发烫，方才的勇气随之蒸发干净，心冷却了下去。她从顾绛怀里拱出来，背过身，拱进被子里，把自己裹得严严实实装死。

但紧接着，一双手臂从后面连人带被子将她抱住。顾绛笑了一声，伸手将被子刨出个洞来让她喘气，好脾气地说道："可以，随你喜欢。"

聂音之纠结了小片刻，选择撸起袖子干！反正背对着顾绛，她又看不见他。她小声道："那我先不封你的感官。"

她在被子里拱了几下，顾绛半点儿都没有要松手的意思，聂音之就安分了，手在被子里掐诀召出咒印里的金芽，盲摸了起来。

反正芽上也只有一片叶子，她摸了一阵，身后的人什么反应都没有，连呼吸都微不可闻。聂音之有些犹豫不定，轻唤道："顾绛？"

"嗯。"顾绛从鼻子里发出一声回应，尾音拖得有些长，不是寻常那种慵懒的声调，像小钩子一样钻入聂音之心里，非常地挠人。

“那我打开共情了？”聂音之咽了一口唾沫，等到顾绛再次给她回应，她才默念心诀打开共情。

被天威压迫的感觉首先冲来，聂音之迷糊的大脑忽然清明了些，在那威压之下才是微弱的快意。

这样根本就不行。

聂音之咬咬唇，和顾绛说了一声，先封住了他的视觉，然后说道：“你把我转过去。”

身后人犹豫了片刻，将她转过来面朝着自己，却还是用被子牢牢地裹着她，仿佛害怕她会对他做什么似的。

聂音之费力地在被子里拱了拱，贴近他，呼了一口气在他的唇上：“你今天还没有吻我。”

顾绛眨了眨眼。视觉被封后，他的眼眸毫无焦距，看上去有些茫然无助。他听话地低头含住她的唇。

聂音之主动探出舌尖，从叶子上涌来的被压迫的感觉顿时消弭了，她在被亲吻的间隙嘀咕道：“在共情断开之前，你都要……”

顾绛用嘴堵住她的话，又从鼻子里“嗯”了一声算作应答。就算将聂音之裹进被子里，他的鼻息间也全是她身上的馨香。

聂音之小心地调高他的触觉，从顾绛的情绪里传来了他被抚摸的感觉，这让聂音之觉得很是奇妙。她明明只是摸了摸叶子，捻着那片小叶随便轻揉，投射到顾绛身上，那触摸却可以散布到不同地方，连他们都无法预测每一次会摸在哪里。

顾绛永远不知道下一刻他哪里会被抚慰，全身格外紧绷，像是抗拒，又像是期待。聂音之忽然停了片刻，顾绛眼眸微动，表情显得有些迷茫："嗯？"

他呼出一口气，聂音之的指腹重新贴上那片叶子。顾绛那呼到一半的气息便猛然凝住，贴着她的唇压抑地抽了一口气。

顾绛的情绪从叶子里反馈过来，天威的压迫消散了，掩藏在其下的感官就更加鲜明了。

聂音之被闷在被子里，热得背脊上出了汗。通过共生咒下的这种衍生术，她能感觉到顾绛现在似乎并不好受。

"顾绛，你很难受？"聂音之晕晕乎乎地问，想要挣脱出来看看他，结果被顾绛抱得更紧了，他根本不允许她从被子里出来。

顾绛的声音有些沙哑："没有，不是。"

聂音之好热，顾绛把她抱得太紧，半个身子隔着被褥沉沉地压在她身上。她从顾绛的情绪里读到了他的心念，他似乎在尝试压制那股难受。聂音之抚在叶片上的触感让他觉得难受，但他又不想让她停止抚摸叶片，只是觉得不够。

为了消弭天威，顾绛会时不时嘬吻她一下，他们鼻尖抵着鼻尖，贴得极紧，呼吸交融在一起，到最后都不知道那沉重的气息到底来自谁。

聂音之跟着他一起不上不下，脚趾都蜷缩紧了，难受得忍不住哼唧："顾绛，肚子那里好热好胀，你快想想办法。"

顾绛没有出声，似在极力隐忍。

聂音之迷离的目光扫见头顶爆炸的文字，抬了一下手，软绵无力地弹出一缕灵力，打落床幔。

层层叠叠的薄纱垂下来，将床榻上的风光挡得严严实实。

无孔不入的文字穿透床幔涌进来。

“好像两只猫在互相舔毛啊，难怪都不切镜头。”

“笑死我了，真实！我家两只猫就是这么舔毛的！边舔毛边呼噜噜！魔头和妖女，你们到底行不行啊？猫猫都看不起你们。”

“可恶，谁又能拒绝猫猫呢？”

“谢谢，没猫人家已拿来当猫猫代餐了。”

“这还需要想啥办法啊！我的傻孩子，看得我急死了。”

“啊这……不知道该说啥，就提前祝大家七夕节快乐，中秋节快乐，国庆节快乐，元旦节快乐，新年快乐了吧。”

“魔头的表情好无辜，他们都好会！呜呜呜！”

“啊啊啊！为什么不让我看！我恨聂音之！”

“呵呵，有什么可看的？被子裹得这么严实，一看就是光打雷不下雨。”

“就算看不见，让我们听听也行啊！怎么镜头还拉远了？”

“我不想走！不要切镜头！呜呜呜。”

“我怎么觉得切走画面才是常规操作？不切走的话，才说明什么都没发生。”

文字逐渐消失了，聂音之稍稍分了这么一会儿神，那胀热难耐的感觉更加鲜明了。她挣扎着将手从裹在脖子处的被褥边缘探出来。

咒印上的金芽被压得弯折了，挤出被褥的那一刻猛地弹出来，撞到顾绛的下巴上。两个人的呼吸一同拂在那片金灿灿的小叶子上，叶子和顾绛一起颤了颤。

激烈的情绪涌到聂音之心中，她一时间眼泪都快出来了。

聂音之的脑子嗡地响了一下，有种被狂潮推上浪尖，又从顶峰跌落深海的无措，从叶上涌来的情绪也有片刻的空白，就像是突然中断了。

黑红交织的魔气从床幔下冲出去，又被硬生生压在屋内，水雾一样萦绕在地面上，片刻后，被重新收束回去。

有一缕控不住的魔气散出去，被封魔印的符光引着朝着天幕逆流而上。

坐在中心玄塔中的人感觉到什么，身影一晃，出现在露台上，屈指一勾，那一缕暗红色的魔气被封寒缨收入手中。

“游离的‘血月影’。”封寒缨攥紧手指，脸色一沉，顾绛竟然控不住自己的魔气了？！

那意味着，“血月影”不再是他一个人拥有，会像这万魔窟中其他四种魔气一样，任何人都能染指。

封寒缨焦躁地在露台上来回踱步，小黑蛇从他袖子里飞出去，遁入虚空，在熔金城的小院外现身。它的尾巴尖用力一弹，朝着院子里蹿去，须臾就被一道凌厉的风刃打出去。

过了好一会儿，聂音之才回过神来。她蜷缩在被子里，一点儿都不想动弹。顾绛靠在她身边，也没有动静。金色的小叶子水灵灵的，精神抖擞地在她手腕上晃。

等到平息下来，她手脚虚软地在被褥里动了动，顾绛立即把她放开了。聂音之的声音细如蚊蚋，在他耳边嘀咕道：“我要去沐浴。”

顾绛轻轻地摩挲了一下她的后颈，低声道：“抱歉。”

“抱歉什么？明明很畅快。”聂音之在他毫无焦距的眼睛上亲了一下，越过他往浴池里走去。她躲进浴池里揉了揉自己羞涩发红的面颊，平静了片刻才解开顾绛的视觉封印。

等光线涌入视野时，顾绛已经看不见她的身影了。

不过，共情还没有断开。只是之前他的情绪是往外涌的，而此时就像江河回流，聂音之的情绪流淌入他心中，暖乎乎，轻飘飘。虽然他现在无法感知到爱，但他能感觉到她满心的欢喜。他就是冰山，都能叫她融化了。

顾绛翻身抱住被子，欢喜的情绪填满心中，他牵起嘴角，低声笑了。

入夜后，万魔窟里的气温骤降。这里没有水源，没有草木，岩土光秃秃地暴露在外面，有太阳时便热气逼人，太阳一落山，温度便飞快下降，昼夜温差极大。

这座小院的屋内有法阵，倒没受什么影响。等到聂音之睡熟后，顾绛缓缓睁开了眼睛。他眼神清明，瞳中没有半点儿睡意。他侧头看了看缩在被子里的人，身体像影子一样从床榻上融化。片刻后，枕头上留下一只耳尖上生着黑茸毛的雪白兔子。兔子耸了耸鼻子，往聂音之身旁蹦去，在她的颈窝处找了个地方，紧挨着她闭上眼睛。

另一边，顾绛从熔金城的小院离开，只一个呼吸之间，便出现在中心玄塔那巨大的露台上。

封寒缨感觉到虚空波动，回过身来，对着倚在躺椅上的人躬身行礼："师尊。"

顾绛颔首示意他免礼，抬手制止了他想要询问魔气的话语，闲聊一般问道："如果封魔印破开，从这里出去之后，你有何打算？"

封寒缨被他问得一愣，抬眸看到他仿佛洞悉一切的目光，没敢有任何隐瞒，老实回道："自然是挥师南下，与正道开战，夺回属于我的一切。"

他抬头望了一眼封魔印。魔气消融，化作灵气，此消彼长，而世间灵气匮乏，压制着那些正道仙尊的修为。除非魔修就这么乖乖待在封魔印下，等着被消耗至死。否则，只要从这里出去，正魔必定开战，重演十年前的正魔大战，成者王，败者寇。

魔修败了，就被关入万魔窟，被封魔印耗死；魔修若是胜了，亦可蚕食正道修士，壮大自身。

封寒缨讥讽地说道：“天道规则如此，正魔本就无法共存。”

“无法共存。”顾绛将这四个字重复了一遍，微微笑了，“你可知，所谓的天道规则是可以打破的。”

他这句话很轻，风一样散去。万魔窟上一道霹雳越过封魔印，直击玄塔，落在玄塔的露台上，其中含着不止一道雷柱，威势之盛，堪比一场天劫。

灼眼的雷光瞬间就将露台淹没了。

封寒缨被浩瀚天威逼得急速退回玄塔殿内，周身“血月影”凝出的魔气屏障就如纸糊的一般，被游走的弧光劈开。

他只是被那道落雷的末梢殃及，整个人都快被劈焦了，连那张向来苍白如玉的脸上，都被电光撕开一道伤，鲜红的血从他眼角处往下淌，血淋淋地染红了半张脸。

封寒缨猛然意识到不能用“血月影”，否则会被牵连进去！

他用手指飞快结印，倏地收回魔气，一连数件防御法器从他袖中飞出，在周围布下重重屏障。防御法器的光一层接着一层荡开，蔓延入殿内的弧光收回去，只将露台上的人裹在其中。

熔金城的小院内，聂音之被雷声惊动，迷迷糊糊地翻了个身，巴掌大的雪兔蹲在她脸旁，轻舔她的眉心。

聂音之的睫毛剧烈颤动，似乎在努力挣扎着醒来，但最终还是不由自地陷入沉睡。

微风扬起薄纱，屋内的烛火晃了晃，一派宁静。

那样大阵势的落雷，将四城的魔修都惊动了。不仅是万魔窟内，守在封魔印外的正道修士也同样震惊不已，无数传讯符朝无量宗射去。

封寒缨站在防御法阵之后，目不转睛地盯着露台上蚺结的雷光，脑子里回响着顾绛方才说的话："天道规则是可以被打破的。"这就好比说，冬雷震震，夏雨雪，太阳西升东落。天道规则既然可以打破，那就不再权威。

他糟心地想，这种不可泄露的天机，师尊怎么能如此随随便便地说出口？就不能换一种委婉的方式暗示，或是先做好稳妥的准备吗？

那浩瀚的雷光持续了很久，一直未有衰竭，所有的杀意和威势都集中在一人身上，好似害怕分出去半点儿都杀不死那人一样。

雷电光芒几乎将整个玄塔都罩住了，却没有损伤玄塔分毫。封寒缨那过于深邃，没有神光的眼瞳都被映照得发亮。他一脸麻木，怀疑顾绛可能会被天雷当场劈死在这里。

所以，他老人家大半夜来到他的塔上，就是要死给他看的？

封寒缨分神看了一眼珍味斋那五个大食盒。看在这些点心的分上，若是顾绛就此陨落了，他可以好好保护聂音之，让她多活十年，十年之后再送她去与师尊团聚。

就在他分神的这片刻，露台上明亮灼目的雷光中，忽然探出一双修长的手，那手背上青筋暴突，指尖缠着蛇形霹雳，硬生生将雷柱撕开了。

无形的威势从玄塔上呜的一声荡开，掀起雷霆飓风从玄塔向外扫荡而去，搅起的黄沙顷刻间淹没了整个万魔窟。头顶封魔铭文不停闪烁，雷电陡然间弱了下去，不到片刻便消散了。

顾绛挥袖甩去手臂上的血，淋漓的鲜血落在玄石地面上，转眼化成了暗红的魔气。他慢条斯理地走到殿中的玄石座上坐下，有些疲累地对封寒缨招招手。

“本座说到哪里了？”顾绛问道。

封寒缨一惊，心道，您还要接着说？

顾绛也意识到这天道竟如此小气，怕是会再次打断他们的交谈，于是伸手将封寒缨拉进了那片“血月影”的湖上。

这是完全受他掌控的独立空间，就算如今那虚空中被灼出了一道裂缝，也仍在他的掌控中。

如今暗红色的湖中心多了一座凉亭，形制同折丹峰后山荷花池上的亭子一模一样。

封寒缨第一次来到这里，见到这番场景，面上难掩惊诧。浓郁的魔气萦绕在身体周围，他随便吸口气都能吸纳入“血月影”的魔气。换种说法，就好比修灵的正道修士一脚踩进了灵脉中心。

这片湖只是表面能看到的，在湖的周围还环绕着掩在魔气下的山峦轮廓。

封寒缨之前只当顾绛是灵山一般的存在，那只是他的一种比喻，他与顾绛的关系，确实像正道修士与灵山。

但当他知道顾绛确实拥有灵脉一样的“血月影”魔气时，着实震惊不已。

封寒缨不自觉地开始吸纳吐息，却见师尊他老人家已经躺到了亭中的躺椅上。

顾绛继续道：“仙堕事件之前，这世间并没有所谓魔修。大道三千，殊途同归，皆是要与天合道，天人合一，才能修成正果。”

天人合一。

与天地融合，化作这世间的万事万物，成为世界的基石，倒也称得上天人合一，永世不灭。

修行之人，掠夺了多少灵气，到最后都得还回去。

灵气才是世间万物赖以生存的根本，哪怕是一株普通的草，都得有灵才能生。

灵草和普通杂草只是灵气多寡的区别，就好比一点灵可以生一株杂草，十万点灵才能生一株灵草。

凡人就如这杂草，春生秋死。修士脱离凡尘，引入灵气不断淬炼自身，以为自己走上的是一条逆天之路，艰难险阻走到尽头，才发现飞升的下一步是零落成泥，与凡人并无不同。

顾绛慢吞吞地说着，仿佛在讲一个枯燥至极的故事："两千七百多年前，法宗掌门怀云山成为第一个堕魔之人，他就是打破天道规则的第一人。"

不飞升便堕落成魔，受天地威压，万物排斥。就算是堕魔，也得与天争赢了才行。

"规则一旦打破，便不再坚不可摧。这之后不到五百年间，另外三大宗门的掌门亦相继堕魔。四大宗门中半数修士抛弃自己的道心，选择追随掌门。从这之后才有了正魔之分，无法两立。"顾绛伸出手掬了一捧"血月影"在手中，"所谓的魔气，不过是在与天争斗的那一刹那，争胜了，从天地间剥离下来的灵气。"

五个魔祖，便意味着从天地间硬生生抽走了五条灵脉，这世间灵气不衰败才怪。

封寒缨是知道飞升真相的。天地不仁，以万物为刍狗，他从未觉得天道不公。但他今天才知道，魔修的存在竟然是打破天道规则的结果，存世的五种魔气都是从灵气中剥离出来的，那魔气能转化为灵气便不足为怪了。

他谨慎地问道:“师尊冒着被天诛的风险,告知我这等天机是为何?”

“天机知道的人多了,就成了普世的观念,世间修士少有知道飞升真相的。”顾绛看向封寒缨,把他从“血月影”的空间丢出去,两人重新回到玄塔大殿内。

顾绛从座上起身,看他一眼,和蔼可亲道:“聂音之要做什么,你配合她便是,不要乱说话。”

等师尊的身影从露台上消失,封寒缨坐在殿中思索。

世间修士少有知道飞升真相的,是因为知道的人根本传达不出去,除非冒着被天道抹杀的风险。要想将天机变为普世的观念,何其难。

他脸上的伤口依然血淋淋的,天雷留下的伤极难愈合。封寒缨有自知之明,他绝不可能在方才那样的雷光中活下来。

顾绛都需要躲入“血月影”的湖中,才能不受天雷所迫,和他说那一番话,那断然不可能指望他去把飞升真相——天道规则可打破这等天机传播出去。

总而言之,他说了这么多,其实就只有最后一句话有用,封寒缨能做得到,即听师娘的话。

封寒缨有些无语。他还不够听话吗?

顾绛回到小院子里时,榻上的人睡得很沉,手里捧着毛茸茸的雪兔,脸颊贴在兔子身上。

共情还没有断开,聂音之在梦里毫无防备,心中的情绪无阻地流淌过来。不知道她正做着什么梦,酸涩的情绪让他很难受。

她心里渴望的,还是他能爱她。

两千多年前,天道规则被打破,有了正魔之分。天道对魔祖的打压,封魔印对魔修的消耗，以及所谓的天降神女，度化万魔，都不过是为了修复那一次被打破的规则，拨乱反正。

两千多年里，已经有无数位“神女”完成了自己的使命，留下救世的传说，四个魔祖只剩些魔气残留在世上，只他一个还活着。

顾绛在她身旁躺下，将她抱进怀里。他的睡相实在不太好，已经习惯了要把聂音之抱在怀里睡，不然她很可能会被他踹下床去。

前一夜天降怒雷，封寒缨害怕被牵连，收回了自己所有的魔气，封魔印的全部威力一下子罩在四城魔修头顶，当天夜里便有不少倒霉魔修被封魔印收割了性命。

万魔窟内黄沙漫天，浓郁的灵气从封魔印上飘出去，封魔印内外的正魔两道修士都在猜测，封寒缨是不是被这一道雷劈死了。

这不是度劫的劫雷，那只能是封寒缨做了什么事，引来了天诛。

直到晨曦初现，“血月影”又从玄塔顶尖浮出来，在封魔印上守了一夜的正道修士冷哼一声：“他的命可真大。”

聂音之还是出门后才听说此事。她抓起影蛇摸了摸，关切地问它怎么回事，有没有受伤。

影蛇默默地朝顾绛看了一眼，摇了摇蛇脑袋。

师尊让他不要乱说话，封寒缨的嘴巴牢牢地闭着，师尊控不住魔气之事和昨夜之事，半个字都没有透露给聂音之。

顾绛和聂音之没在熔金城待太久，四座城池都去逛了逛。

万魔窟的城池名称十分随便，就以城内魔修修炼的魔气命名，分别称为“熔金”“鬼火”“生烟”“回春”。中心的玄塔，又被称为“血月塔”。

修炼“生烟”的魔修，以自己身躯为载体，将自己变成承载符咒阵法的灵符纸，以自身血肉养阵，从头发丝到脚指头都能被他们利用，动手时，身上浮出的密集的法阵铭文仿佛刻在身上的图腾。

有些魔修伸出一根手指头来，那指尖上说不准就养着一种符箓铭文。

聂音之寻常都用缎带裹住手腕上的咒印，但顾绛嫌麻烦，他手腕上那圈枝蔓似的咒印就露在外面。

两人在生烟城时，共生咒被一名魔修认出来了。

顾绛在万魔窟中隐藏了自己的修为，只以元婴修为示人，那魔修兴许是觉得两人不足为惧，尾随了他们一路，直到两人进入了一间茶肆。

本来生意清冷的茶肆，自他们光临后，又进来两批人，金丹、元婴魔修皆有，里面一下子热闹了起来。

那些人分散坐在他们周边，将他们围在中间，隐隐呈合围之势。

到了这个地步，就算再迟钝的人都能感觉到异常，就连茶肆老板都远远避到了店外。聂音之朝顾绛看去，魔头慢条斯理地饮着茶，仿若未觉。

对方没有直接动手，还懂得先礼后兵那一套。

一直尾随他们的那名魔修终于上前来搭话，想要以他所养铭文符箓，换取共生咒术的功法。

他看上去二十五六岁，外表看着正值壮年，但那双眼睛已经有了些许浑浊之态，顾绛的神识传音懒洋洋地飘到聂音之耳中：“只是戴着摹面而已，本相是个中年人，快步入五衰之期了。”

魔修修为在聂音之之上，是元婴巅峰修为。元婴巅峰修为在万魔窟中不算顶尖，但已比大多数人实力强悍，能有一帮魔修追随也很正常。

对方快步入五衰之期，说明这个人也有四百多岁了，修为往上突破不了，才会现出衰老之相。在万魔窟中，一旦出现这种衰败之貌，等不到寿终正寝，就会被无数人觊觎。蓦面可以稍作遮掩。

魔修以身养出的符箓铭文，可以放入符牌中直接激发，威力如何，取决于符文等级，甚至能超出魔修自身一个境界的修为。他拿出的铭文，兴许能有化神级别。

但聂音之不喜欢被人强买强卖。

“血月影”在整个茶肆爆开的时候，所有魔修都始料未及。一直隐身的小黑蛇从桌子上弹下去，在黑红交织的魔气中充了气一般陡然膨胀开，变成一条水桶粗的大蟒蛇，脑袋立起来，额头上血红色的鳞片让所有人都变了脸色。

“影蛇！是封寒缨！”

方才还气势汹汹围着他们的魔修，转眼便开始四散逃离。影蛇直接顶翻了茶肆的屋顶，一尾巴下去，拍死了一个魔修。随后“血月影”在茶肆周遭划出一个结界，将那些四散飞出的魔修全都拍回地上。

影蛇粗壮的尾巴绕着那名魔修头头的脖子，尾巴尖一把扯下他脸上的蓦面，露出中年魔修的真容，啪啪拍了两下他松弛的脸。封寒缨的声音阴森森地响起：“你威胁谁呢？嗯？”

眼看封寒缨准备将他缠死，聂音之忽然道：“等等。”

影蛇动作一顿，回过头来望向她。

聂音之跨过影蛇盘在两人周围的身躯，走到被它按在地上的魔修面前，在手指上戳出一个伤口，打算挤一点儿血滴入他嘴里。

指尖上的血才冒出来，“血月影”结界内的魔修都骚动起来，又被封寒缨的威压压回原地。被蛇尾巴捆住的魔修甚至向聂音之扑了过来，被蛇尾硬生生按下。

与此同时，巨大的蛇头垂下来，封寒缨被那香甜的味道诱惑，分叉的信子朝聂音之的指尖上卷去。

那鲜红的蛇信扫上聂音之的指尖前，一缕魔气从她的手腕上冒出，将渗血的指尖整个裹住。顾绛一巴掌拍开蛇头，而后一把将她拉回怀中，皱眉不悦道：“你在做什么？”

“我想试一下我的血对其他魔修的作用。”顾绛把她看管得实在太严实了，在万魔窟里，连只蚊子都没办法靠近她吸口血，好不容易有一群不长眼送上门来的魔修，聂音之不想浪费机会。

顾绛阴沉着一张脸，魔气在五色露里缠一圈，转眼就将她指尖的伤口愈合：“不行。”

聂音之好声好气地跟他解释：“我想早日找到办法，消除我的血对你身体的影响。”

“你就算把所有的血都喂给他们，也无济于事。解决的办法不在你的血里面。”

聂音之有些生气了：“那在哪里？你是不是又要说是你我立场天道注定，永远对立？”

“不会永远的，聂音之。”顾绛直接抱起她离开这里。

封寒缨眼睁睁看着顾绛抱着聂音之消失，将他一条蛇留在这里。

影蛇转头看看结界里的魔修，又看看尾巴上卷着的那名魔修，一时间不知道该杀还是不该杀。

他纠结片刻，最后巨大的蛇身化成魔气，干脆将在场所有魔修全部卷走，锁进玄塔底层。

之后再问问她吧。

封寒缨为了积极表现自己很听话，按照聂音之曾经提出的要求，在万魔窟内初选了一百名高阶魔修等候她挑选。

聂音之一脸蒙地坐在精致的小阁楼里，阁楼一面朝着大堂，窗上布有法阵，阁楼内的人能将大堂舞台之上的景象尽收眼底，外面的人却半点儿也窥视不到阁楼内部。

这本该是玉带飘香，载歌载舞的台子被扩建了一圈，台上两个魔修正在斗法，舞台下还有拿着号码牌，排队等着进入大堂的魔修，每一个魔修登上舞台后都有片刻展示自己的机会，排场宛如同帝王选秀。

尤其这地方还是熔金城最大的风月楼主殿，非常不正经的地方。

封寒缨坐在一旁观察聂音之的反应，问道："师娘，可有看上眼的？"

聂音之都不知道说什么好。

她当初的确想过让自己手腕上的金芽长成一片茂密的森林，才会向封寒缨提出遴选魔修的要求，但她没想到这咒术的威力大，反噬作用也大，她可不想以后都疯疯癫癫的。

聂音之一想到那日顾绛问她"有我一人，你还不满足吗"时，那落寞低垂着的眉眼，心里就酸酸软软地疼，恨不能贴到他身上，指天发誓，弱水三千，只取他一瓢饮。

再加之，她体会到了金色叶片与魔头的妙处，根本舍不得让这芽上再多生出一片叶子和顾绛争宠，就连绑个封寒缨她都嫌多余。

魔头真是太能腐化人心了，不愧是魔头。

虽然他们俩现在在吵架，但聂音之也不会为了赌气出尔反尔，她当初答应过顾绛只会绑定他一人。

聂音之不由得挠了挠自己手腕上缎带包裹着的咒印，问道："你怎么会突然想起这事？"她自己都快忘了。

为了让师尊和聂音之尽快和好，免得聂音之老来烦他，封寒缨想了想，自作聪明地说道：“是师尊嘱咐我的。”

顾绛让他配合聂音之，他便配合她，为她选来了这些魔修。所以这话确实没错。

聂音之愣了一下。顾绛让他这么做的？！

她咬了咬唇，一股火气冒上心头。臭魔头，你之前明明不是这么说的！

封寒缨见她沉默不语，多看了她两眼，蹙眉心想，聂音之看上去好像不是很高兴。

担心她又回去跟顾绛吹耳旁风，封寒缨主动道：“师娘若是没有特别中意的，我便替你留几个。”

第十七章 聂音之，解开我被封的爱念

封寒缨张罗着给师娘选秀时，对此毫不知情的顾绛借助留在绿洲的纸人，和韩竟见了一面。

一刻钟前，他感觉到红叶的刀光屏障被人触动，神识回到绿洲。触动结界的人正是韩竟。

这一个多月的时间里，他为寻找抹去剑铭的方法，用不同身份的三个分身，辗转跑了好几处地方，几乎将修真界中的器修门派都询问了一遍，最终还是在自己的老家云笈宗找到了办法。

颜异探索的四个秘境碎片中的一处，便是古剑宗旧址。那处秘境是剑宗的一座外门，在剑宗分崩离析之时，有人耗尽真元留住了这么一片地方，封存为秘境。

在这处剑宗外门的秘境里，留存了一些典籍，旁门杂类的功法也挺多，其中便有一本专门收集、整理了门中弟子自己捣鼓出的创新之举，修改剑铭的方法便在其上。

两人交谈完，顾绛回到万魔窟，顺势放出神识想看看聂音之在干什么。她已经两日没理他了，连觉都不跟他一起睡。

朱漆雪绸的大殿内，聂音之托腮坐在阁楼上，正眯着眼睛打量舞台上一名魔修。那魔修剥开领口，褪去上半身的衣袍，随着他魔气的激发，那精瘦的身躯上开始浮出符文。呼风唤雨、引雷召火的铭文他都有，还挺全面。

封寒缨问道："我看师娘挺喜欢他，那就把他留下吧。"

顾绛看到聂音之抚摸手上的咒印，往榻上倚靠的动作一顿。

阮家的共生咒开创出来之后，就一直被人觊觎争夺。

这的确是一个极为厉害的咒术，他当时反对聂音之在共生咒上绑定他人，其实是没有道理的，就像一本功法摆在面前，却不让她修炼一般。

他当时为了吓唬住她，多少有点儿危言耸听了。

顾绛沉吟了片刻，身影从屋内消失。

封寒缨自己是个风流浪荡的人，情情爱爱不入眼，心里面从没正经装过一个人，哪里能懂顾绛和聂音之两人之间的那些弯弯绕绕。

杀人他很拿手，哄女人他属于门外汉。更何况，哪个女人敢让他哄呢？要不是因为顾绛，像聂音之这般麻烦的女人，早就已经被他掐死，坟头草都一丈高了。

聂音之心不在焉地回复封寒缨："随便吧，都行。"她在心里自我安抚，顾绛并不清楚她让封寒缨选人是想用血诱惑、绑定魔修，可能只是觉得她喜欢热闹，才会做这些哄她开心。

封寒缨心想：这不是师尊常挂在嘴边的话吗？果真近墨者黑。

"封总，我觉得你会被师尊打。"

"既然正宫都同意了，那就绑啊！绑不了三千佳丽，绑四个总不至于就疯了吧！每个品种的魔修都给朕来一个。"

"把封寒缨绑了吧！求求了，这一百魔修哪个有他这美貌？不绑可惜了！要是成真了，我这辈子愿意吃斋念佛，阿弥陀佛。"

"封总，笨蛋美人是你没错了！两师徒一个比一个笨，难怪能凑到一块去。就这，还想祸害修真界？"

"我看那个穿红衣服的魔修小哥哥不错，魔女小姐姐也不错啊！"

"绝了，那天晚上顾绛对你说了那么多话，还挨雷劈了，你就只听进去了最后一句？"

"按照魔头的说法，飞升合道，和天地融为一体，化成世间万事万物，那不就相当于飞升就死去吗？"

“但是原著里面是可以飞升的啊！萧灵跳下万魔窟度化万魔后，灵气复苏，桑无眠修为突破上限，突飞猛进到了渡劫期，他们一个渡劫飞升，一个功德飞升，踏碎虚空离开了此界。”

“然后呢？”

“就大结局了呗，没然后了。”

“是不是因为AI公司根本就没做仙界的数据，所以剧里不能飞升？”

“我觉得不是。要是原著里面能飞升，四大宗门的掌门为什么宁愿堕魔也不飞升？”

那一场雷劈的是顾绛？

聂音之蓦地转头看向封寒缨，等到文字消失了，才紧张地问道：“落雷那夜，顾绛在你的玄塔上？是他被雷劈了？他为什么被雷劈？”

封寒缨被她的一连串问话问得愣了一愣：“你怎么知道的？”

“你先回答我。”聂音之说道。

封寒缨想也没想就从原地消失，选择遁逃：“别问我，你自己去问师尊。”

聂音之脑子里一大堆疑问，在阁楼里坐不住，立即动身去找顾绛。

他们这两日吵架，都没有住在一起。顾绛还住在那个小别院里，此时居然没在床上睡觉。她掀开床幔找了一圈，在被褥里挖出一只毛茸茸的雪兔分身。

这太反常了。聂音之立即结束了和他的冷战，揉着兔子问道：“你没睡觉吗？去哪里了？做什么去了？”

顾绛孤枕难眠了两日，感觉到聂音之的气息，雪兔窝进她怀里，抖了抖耳朵，不知从哪里掏出一张绢帛放到她的腿上。

“什么东西？”聂音之展开一看，“改剑铭的办法？”

“嗯。”雪兔仰头看她，“剑铭只能抹去一次，若是次数太多，会损伤灵剑本身，你可以先想好了再给灵剑取名。”

“你从哪里找来的？”聂音之好奇地问道。

顾绛也没隐瞒：“韩竟送来的。”

聂音之眸子转动：“用这个换你给他看渡劫景象？他会是下一个魔祖吗？”

“要看他的本事。”顾绛回答道。

聂音之双手托起雪兔，盯着兔子黑葡萄似的眼珠子问道：“你现在在哪里啊？我有事想当面问你。”

她才说完，手中雪兔忽地消散了，小院的大门被推开，顾绛从外面走进来。聂音之立即迎出去，刚想张口问他被雷劈是怎么回事，便见四个魔修跟随在他身后进了门，其中一人手中恭恭敬敬地捧着封寒缨的影蛇。

聂音之顿时有些心虚了：“你们怎……怎么一起来了？”说完，她反应过来了。自己为什么要心虚？这一切都是封寒缨安排的，她一点儿都不需要心虚。

封寒缨摇摇蛇脑袋：“这四位是四城魔将，两位元婴，两位化神，是师尊亲自为你挑选的，以后便听从师娘差遣。”

隐蛇挥一下尾巴，那三男一女的魔将同时向聂音之拱手行礼。

聂音之眨了眨眼睛，看向顾绛：“你为我选的？”

“嗯。”顾绛走过去，像以往一样环抱住她，摸上她手腕的缎带，妥协道，“你若真的想在共生咒上多绑定几人也是可以的，但最好别超过十人……”

聂音之气得脑子嗡地响了一声，打断他的话道：“这么说来，今天这一出，还真是你嘱咐封寒缨安排的啊，顾绛？你是不是觉得我会夸你大度？你说过你不是失忆了，那你自己曾经说过的话被狗吃了吗？”

顾绛觉出不对劲，偏头看了封寒缨的影蛇一眼。

影蛇倏地缩回脖子，连蛇信都不敢吐了。

玄塔大殿内的人一瞬间脊背发寒。过了片刻，那股威慑力消失，封寒缨满脸寒霜地拍碎了露台上的躺椅。

“这两个人可真麻烦！”他看一眼头顶的封魔印，汹涌的“血月影”从塔尖冲出，撞得封魔铭文密密地亮起来，“什么时候才能做点儿正事？”

熔金城别院里，聂音之从顾绛怀里愤然挣脱出来，想要御剑离开，被顾绛不由分说地从剑上拽下来。他一脸“你别想走，你得在这儿听本座解释”的表情。

聂音之被拽得踉跄了一下，想走走不掉，就更加生气了。

顾绛一只手抓着聂音之不放，另一只手一挥，撵走闲杂人等，冷声道：“滚。”

影蛇立即卷起其余四人，从院子里消失。

“魔头怎么不按套路出牌？正常剧情应该是聂音之御剑而出，这时天上一声雷响，大雨倾盆而下，就跟依萍要钱那天一样大。”

“聂音之一边淋雨一边哭，半路上跟一个御剑的魔修发生交通事故，从半空掉落，摔伤脑壳，失去记忆，魔头肝肠寸断，决定让整个万魔窟为她逝去的记忆陪葬。”

“哈哈哈，前面的，哪家书店敢卖你的书我立马砸了它。”

顾绛抓着聂音之，将她按在屋里，用魔气托着杯茶送到她面前，放缓了语气道：“你跑走独自生气，还不如对着我发泄。”

聂音之正在掰他的手指，闻言瞪着他道：“对，你说得还挺有道理，生气只会气坏我自己。”她抬起他的手，一口咬在他的手腕上。

顾绛连眉毛都没动一下，就在她用他的手腕磨牙的时候，他缓缓解释道：“我以为是你要求封寒缨挑选魔修的。”

聂音之含糊不清地怒道：“别倒打一耙，他说是你让他做的！”

顾绛沉默了一会儿，问：“你不想绑定他们？”

聂音之愤怒地在他手腕上咬出一圈牙印：“我想！我超级想！行了吧？我现在就去绑定他们！”

“别说气话。”顾绛轻抚着她的脸，叹了一口气，“对不起，是我误会了。我记得我说过的话，但那只是我出于私心，强加在你身上的意愿。我以为你不愿意。我当初那样说只是为了吓唬你。共生咒并没有那么容易失控，只要掌握好界限，多绑定几人对你来说，其实更好些。”

聂音之心里的气顿时就像豁了口子，呼啦啦地泄了，泄得她心里也空落落的。她有些哭笑不得。顾绛被封住了爱念，他现在没有了私心，没有了对她的占有欲，便能理智看待这件事了。

“聂音之，我只是想让你开心。”顾绛说道。

聂音之倾身抱住他的腰，将头埋到他身上整理情绪。她一点儿都不开心。不过，这不能怪顾绛，她得自己开解自己。从另一个角度看，当初顾绛那么严厉地恐吓她，根本就是在吃醋嘛。

两人一站一坐，她的脸刚好贴在他的小腹上，顾绛不自在地用袖子隔了一下，发现没什么效果，只好伸手将她托起来，让她靠到自己肩上。

聂音之疑惑地看了他一眼，余光瞟到冒出的文字。

“啊啊啊，这是我不花钱就可以看的吗！”

“嗞，青天白日，朗朗乾坤，玩得好大啊！”

“姐妹，看清楚再号！全国人民都看着你们，丢人！”

“吓死我了！刚刚那个角度，我还以为他们在做什么用嘴和铁棍打架的事呢，还想着怎么这么大胆！”

“我还以为在听胎动呢。”

“就这？为什么要欺骗我们这些小观众，简直丧尽天良！”

聂音之看得一脸蒙，但凭借她对文字的了解，会让它们“叫”得这么开心的，只有那档子事。她的脑海里不自觉浮现出浴室屏风上那些生动的简笔画。聂音之想了想她刚刚靠着的地方，脸一下子爆红。

文字里都是些什么牛鬼蛇神！

“把放在纸人身上的神识收回来。”顾绛忽然说道。

聂音之将注意力从文字上转开，疑惑地问道：“怎么了？”

“没有必要伪装了。过了这么多时日，正道修士应该已经发现绿洲情况不对劲了，再加上韩竟今日触动了红叶刀光结界，你那些布置也瞒不住人。”

聂音之思忖道：“那他们很快就会知道我们进了万魔窟，肯定会做什么，我们要先破开封魔印吗？”

顾绛心中俨然已经有了打算，说道：“不着急。”

血月塔内，封寒缨听到脚步声，从入定中睁开了眼睛，那黑得毫无神光的虹膜让他整个人显得异常麻木。

他已经从脚步声听出了来人是谁。

殿门被人轻轻推开，封寒缨有些暴躁地问道：“你怎么又来了？你跟师尊还没和好吗？”

“拜你所赐，我们大吵了一架。”聂音之随口敷衍。

他们其实没吵架，聂音之早就已经消气了，不过，她暂时还不想搬回去，不想陪魔头睡觉。

聂音之原本觉得，若是一直解不开他们之间的矛盾，她也能够一直待在无爱的顾绛身边，待到她寿命结束。

她原以为她做得到，却没想到，最先受不了的那个人会是她自己。

顾绛没有冷淡她，他尽力向她表达他的喜欢，但有些发乎情的举动，他再也做不到了。

他们亲吻时，那热烈包裹住她的气息再也感受不到了。

她走入漆黑的大殿，爬上封寒缨还没撤走的软榻，擦干净手，拈了一块她送给封寒缨的见面礼，小口小口地吃着，就见封寒缨的表情越来越阴沉，几乎可以和殿中玄石相媲美了，一副恨不得将她赶出去的样子。

“你是怎么走上魔道的？”聂音之忽然问道。

封寒缨皱起眉：“你问这个做什么？”

“随便问问。我很好奇，顾绛那么懒的一个人，怎么会收你为徒？”聂音之被点心粘住了牙齿，掩住嘴，用舌头捣鼓了半天，接着道，“顾绛说，你是他随手捡来的。”

“的确是的。”封寒缨没办法修炼了，索性放松了坐姿，靠在玄石座上，“我七岁左右时，村里几个男人不知去掏了哪座坟墓，将一种疫病带回村子里，一沾上，那脓疮就像活的一样往人身上扑。为了防止疫情扩散，整个村子都被封住了，从山上滚下油桶，放了一把火烧村。”

“人死了，脓疮就往活的人身上扑，我被父母塞进水缸里，在被火烧死之前，先被脓疮爬满全身了。村里最后只剩我一个活人，脓疮跑不掉，只能跟着我一起在火里翻滚。那鬼东西能要人命，这种时候却又能救人命。因为我全身都被那种脓疮覆满，火焰烧得脓疮滋滋响，高温几乎要将我融化了，却怎么都烧不死我。”

“我当时生不如死，学着父母求神拜佛，神佛无用，便求世间妖邪。师尊说他听到了我的哭喊，烦人得很，所以找过来想堵住我的嘴。”封寒缨撇撇嘴，道，“我那时候喉咙都被灼坏了，根本哭喊不出来。

“我就那样被他捡走了，跟他在一处山谷中住了八年，在我筑基后，他就招呼都不打一声，把我甩了。”

聂音之没想到封寒缨小时候竟还受过这种苦。她跳下软榻，两三步跳到他面前，学着顾绛以前拍她的样子，拍了拍封寒缨的头安慰他，又给他塞了一盘点心：“我就说求顾绛这个魔头，比求神拜佛有用呢。”

她的口气听着还很自豪，也不知道在自豪个什么劲儿。

封寒缨一瞬间退出去八丈远，一脸阴沉地问道：“你拍谁呢？当我是狗吗？”

聂音之无语了。你再骂？

好心当成驴肝肺，聂音之坐回去，喝了一口水，试探着问道：“那是顾绛指导你修炼的吗？没想到他还会教人。”

封寒缨想都没想就哼了一声：“怎么可能？他才不会教。师父领进门，修行全在我个人。”

聂音之狠狠地咬了一口点心。臭魔头！死骗子！还糊弄她说，是在指导封寒缨突破瓶颈时说了一些有悖天理之话，才被雷劈了。

她在心里骂骂咧咧，面上却装作一脸好奇："没有顾绛指点，那你是怎么引魔气入体的？怎么感应到'血月影'的？"

她曾经引动过红叶刀上的魔气，那时是她无意识的。但她后来又尝试过几次，甚至偷偷跑回绿洲，待在纸人身体里，抱着红叶刀，红叶刀在她怀里呜呜响，却没办法再引动"血月影"。

封寒缨从袖子里伸出他那只白如纸糊的手，指尖钩着一缕"血月影"魔气把玩："这不就跟你们开灵窍，引动灵气入体是一样的吗？"

"要说有什么差别的话，"他偏了偏头，黑发从肩上滑落，露出一个肆无忌惮的笑容来，"引灵气入体，需要沟通天地，引魔气入体，便要从此背弃天地。魔修生不为天地所容，死不入六道轮回，只有这一世，死了就是死了，灰飞烟灭。"

聂音之沉吟："原来是这样啊。"

封寒缨见她一副若有所思的样子，顿时警觉起来："你打探这些干什么？你想做什么？"

"你听说过那个故事吗？神女救世，以身饲魔。"

封寒缨点头。

聂音之道："那你就不好奇，要是神女入了魔的话，她体内的血是先净化魔气，将她烧得灰飞烟灭，还是先被魔气污染呢？"

封寒缨从石座上站起来，迟疑着要不要向师尊告状，警告她道："你别乱来啊。"

聂音之打了个呵欠，款步往外走去："不要乱说话哦。你要是敢告诉顾绛，我就说是你教我怎么引魔气入体的，到时候看他会不会打断你的蛇尾巴。"

封寒缨心里想：烦死了！干脆把我的舌头剪下来给你们得了！

“封寒缨，邪肆狷狂美强惨大反派，这人设要是换一本小说，妥妥是当男主角的命，连名字都这么有男主角的味儿，怎么在这里就混成个魔宠了呢？”

“可能是因为智商不够？”

“魔修会被关进万魔窟这么多年，一点儿不冤。看看老大这智商，封寒缨要不是武力值高，指不定早死球了。”

“嘤嘤，被套话了只能哭，嘤嘤。”

“呜呜呜，你们谈你们的恋爱，折磨我封总干什么？孩子太可怜了，又要被喂狗粮，又要被威胁警告。”

“就不能给我们封总也配个对象吗？也让他体会一把这该死的甜美爱情吧，求求了。”

“我笑死了！这部剧的剧情崩到了九霄云外，唯一不崩的就是，封寒缨是个单身狗，就是吃狗粮的命。”

“好家伙，聂音之想入魔？这不就是以子之矛，攻子之盾？会不会被自己的血烧死？”

聂音之带着这一长串文字下了一层楼。血月塔有九层，越往下，面积越大。封寒缨一直窝在顶层，下面全是空着的。

之前封寒缨为他们准备的那些摆置撤走后，都被塞到了这一层里。聂音之进了一间大殿，钻进那张柔软的雕花大床。

封寒缨那句话只是给了她一个方向而已，想要实际操作并不容易。聂音之就算心里有这样的打算，也不能莽撞，更何况，她这就是在赌，赌输了是真的会被自己的血烧成灰。

聂音之抬手扯开缎带，抚摸腕上的共生咒印。现在顾绛应该在睡觉吧？

她眼眸动了动，召出金色小芽，指尖停在那片小叶子上，轻轻点了一下，又停顿片刻，指腹顺着小叶子上金色的脉络滑下去。

自那日他们动了这叶片之后，两人又玩过一两回，就算跟顾绛吵架分居，聂音之也用叶片隔空折腾过他。魔头脾气好得如同泥丸，任她搓扁揉圆。

感觉到熟悉的触感落在身上，顾绛浑身一僵。聂音之在摸叶子，那极有可能是开着共情的，他深吸一口气，清理了心中的杂念。

他此时正身处“血月影”的湖上，凉亭里还有另一个人，是韩竟。

按照约定，顾绛给韩竟看了他的飞升之景。

韩竟似乎有所领悟，他站在亭子边，看着脚下暗红色的湖水。湖被周边山峦成合围之势拢在中间，山峦看上去似真似假，像虚影，又像是实实在在存在的。

这片空间全然独立，秘境尚且需要遵守这世间的天道规则，在这里却不需要，一切的规则都掌握在顾绛手里，他就如同天道一般。

顾绛的手指在袖摆下收紧，此时这严严实实的衣袍下方，他的身体正被柔软的触感轻抚。他喉中吞咽了一下，面上却没有半分波动，用淡淡的口吻说道：“你考虑得如何？”

“这简直是一场豪赌。”韩竟转身坐回亭中。

“不论输赢，本座都会保你平安。”顾绛轻飘飘地许下承诺，却莫名地让人觉得可信。

在这场与天道的对抗中，韩竟顶多算是一个连接两者的媒介，他修行将近千年，早就不惧生死，但求生是人之本能，未到最后一刻，他也不会轻言放弃，更不想稀里糊涂地死去。

“我自然是相信前辈的。”韩竟疑惑不解道，“前辈既已经脱离这天道循环之外，为何又要主动踏进来？”

“若是真的脱离了，我便不会同你坐在此处协商了。”顾绛从堕魔时起便受到天威压迫，这要不了他的命，久而久之他倒也习惯了，就是再这样过上千年万年也无所谓。

若不是聂音之……

身上的触感越发清晰，顾绛脸色微变，睫毛忍不住颤了颤，手臂垂到桌下，用交叠的袖摆挡在自己身前。聂音之，她还越摸越起劲儿了！

韩竟半点儿都不知道察言观色，话多得让人烦：“前辈口中所说的，无时无刻不承载的天威压迫，可是和渡劫前夕的威压差不多？”

顾绛颔首：“这么……说来，确实如此。”他努力调整自己的呼吸。

“那不就相当于承受着渡劫压力，一直与天道角力？”韩竟一脸钦佩，“从玄魄剑出世，天威再次压顶，尚不到一年，我便已承受不住，前辈却在这样的天威下过了千年，实在令人佩服。”

聂音之似乎用指尖弹了一下叶子，顾绛倒抽一口气，差点儿控制不住弯下身去。韩竟终于察觉到了一点儿异常，关切地问道：“前辈，你怎么……”

话没说完，他就被扔出了这片空间。

在距离万魔窟数百里之外的坞城，韩竟的神识骤然落回自己的身躯，他不明就里地睁开眼睛，只有他能感受到的天威压在头顶，几乎将他的脖子都要折断了。

韩竟召出自己的玄魄剑鞘摸了摸，在如此天威之下，他的脊背依然挺直。经脉里的剑意在奔流呼啸，他已经有些迫不及待了。

万魔窟血月塔内，聂音之揉捏了半晌金叶子，温温吞吞的情绪才从共情里漫过来。顾绛的心念很少，像是被什么压抑着，大概真的在睡觉。

但即便是睡觉，身体的感觉还是从他的情绪里传递过来。聂音之将手腕搭在枕头上，近距离盯着那叶片看了片刻，心跳得越来越快。她纠结了很久，久到什么都还没做，就快要因为脑中的打算而爆炸了。

最终她闭了闭眼，鼓起勇气凑过去，张开嘴含住金芽上的叶片。

顾绛的身影刚刚出现在床头，正好将这一幕收入眼中，那感觉没有半分延迟地投射到他身上。

“聂音……”顾绛膝盖一软，直接半跪在了床前。

聂音之蓦地睁开眼睛，和跪在面前的人大眼瞪小眼。

顾绛一靠近玄塔，封寒缨就察觉到了。

他闪身来到露台上，与顾绛的身影擦肩而过，一道懒洋洋的声音飘入他耳中。

封寒缨蓦地睁大眼睛，那黝黑的眼瞳中闪过一道凌厉的亮光。

七日后，韩竟会在万魔窟上度劫，届时，也是破开封魔印之日。

封寒缨看向头顶的封魔印，丝丝缕缕的魔气萦绕在袖袍间，实在有些迫不及待了。

他在顶层坐不住，身影飞快掠向下一层，连门板都还没摸到，就被与他同源的魔气扫开。乱流似的“血月影”从沉重的大殿门缝里冲出来，威压将他拍得有点儿蒙。

封寒缨无语死了。这两个人不是在吵架吗？！

他在这里待不下去了，转身从玄塔飞出，决定去回春城逛一逛。

大殿内，顾绛半跪在那张巨大的雕花床前，他有片刻的失神，从鼻子里发出的那一声闷哼，想压都压不住，这比手指带给他感官的刺激大多了。

顾绛深吸一口气，在聂音之尚未回神之时，动作极快地伸手捏住她的下颌，将她纤细的手腕从枕头上扯开。

咒印上的金叶从她嘴里扯出来，叶片水灵灵的，染着可疑的痕迹。

顾绛的呼吸顿时又重了几分，额角的青筋都快暴出来了。他咬牙道："聂音之！"

聂音之被吼得浑身一震。共情咒上潮水一样涌来的情绪将她冲得晕头转向，此时她才缓缓回神，缩起脖子躲进被褥里，只露出一双染着潮红的水润眼眸无辜地望着他，大有一副他要敢凶她一个字，她就哭给他看的架势。

顾绛按住眉心冷静了片刻，偏头打量了一眼屋内，起身去了屏风后面。聂音之听到法阵被驱动的水声，他在沐浴。

聂音之一骨碌坐起来，摇摇手腕，把金芽隐藏回咒印里。身上很快冷了下去，变得不太舒服。她用手指揪着被子，纠结了片刻，只能取出手帕，掐诀润湿了，自己擦一擦，又换了一身内衫，这才重新钻进被子里。

"呜呜呜，我就知道，他们就是玩！"

"什么时候才能正儿八经地来回真的？"

"大概魔头死机两千多年，还需要多刺激几次才能激活。"

"我看他活蹦乱跳得很，哪里死机了？就算是两千多年的陈年佳酿也不能这么浪费啊。”

“我觉得还是要等解锁了爱之后，才能算是真正的灵肉合一。”

顾绛松垮垮地披着衣衫从屏风后出来，湿润的长发垂在肩上，一直垂落到腰间，还在往下滴水。看到他打算就这么往床榻上坐，聂音之赶紧爬起来，双手捧住他的长发，用灵力帮他把头发烘干。

“真是的！你的修为除了用来打架，是不是别的什么都不会？”

每次都要她帮他烘干头发。

聂音之一边用手指梳理黑发，一边小声抱怨，随即被人一把抓住手，一阵天旋地转后，被按在了榻上。

还带着余热的长发从顾绛肩头滑下，搭在她脸颊旁。聂音之被他抱进怀里，听到他低声道：“解开我的爱念。”

聂音之眨了眨眼，没反应过来：“……啊，什么？”

顾绛轻轻叹息了一声，将她往自己怀里按得更紧了，像提醒她一般动了一下腰。

聂音之察觉到了，脸上一下子漫上红晕。他去沐浴之后她就没有摸过叶子了，怎么还……

她有些慌张地抬眸看向顾绛，顾绛又重复了一遍：“聂音之，解开我被封的爱念。”

聂音之的心脏怦怦跳个不停，她不是很赞同道：“解开后你又会被烧的。”

“这么一时片刻还烧不死我。”顾绛看着她的眼眸，半点儿都不退让。

聂音之咬了咬唇：“就算不解开，我也愿意的。”

“但我感知不到。”顾绛靠在她肩上轻轻蹭了一下她的脸颊，可怜巴巴地祈求，“阿音，只半个时辰，好吗？”

聂音之被他这一声“阿音”喊得神魂颠倒，犹豫了好一会儿才红着脸道：“那……那你先放开我。”

顾绛开心地笑了，扶着她坐起来，将她的头发别到耳后：“抱歉。”

锁情咒被解开那一刻，灼烧立即蔓延过他的浑身经脉，宛如身体里被灌进了一盆沸腾的滚油，顾绛身上立即开始往外渗出灵气。

他抬手从虚空中抽出红叶刀，在殿内布下结界，将溢出的灵气封锁在殿中。

聂音之从咒印上感觉到他痛苦的情绪，眼眶立即红了，忍着眼泪掐诀，想要重新封住他的爱念。

顾绛抓住她的手指：“等一下，让我适应一下就好。”

果然，不到须臾，从咒印上传来的被灼烧的情绪就被压下去，不再那么尖锐而痛苦，只有洗澡水烫了一样的灼热感。

但这不代表疼痛就消失了，咒印能传递的，只是顾绛这一刻的情绪，他在尽力压制自己这方面的感受。

聂音之还想说点儿什么，顾绛趁机伸指卡在她的齿关，薄唇贴上来，在她唇齿间厮磨。顾绛轻笑道：“阿音，你若真的怜惜我，便多花点儿心思转移我的注意力，让我忘了疼。”

“魔头突然好会！呜呜呜，居然叫阿音！你这么会撒娇，你徒弟知道吗？”

“笑死我了！听听魔头说的什么狗屁话！你们俩是不是拿反剧本了？”

“聂音之辛苦了！”

“啊啊啊，魔头，求求你了，能不能不要冒烟了？我都看不清了！”

“那什么，你们有没有想过封兔子的感受？明明有住处，还专门跑到封兔子的塔里面双修，害得可怜的孩子无家可归，大半夜只能在外面游荡，简直欺人太甚！”

“才半个时辰？魔头不行啊，叹气！”

“小别院里那么多教辅，不知道聂音之学得怎么样？”

被封锁在大殿中的灵雾越来越浓，将一切都遮掩住了，很快就什么都看不清了，连带着“号叫”的文字也逐渐稀疏，直至消失。

聂音之起初还斗志满满，想尽办法取悦魔头，想要摸叶子，舔叶子，让他忽略经脉里被灼烧的痛苦，结果被顾绛掐住手腕，硬生生将金芽按回咒印里。他很认真地拿起缎带，将她手腕上的咒印裹上，系了一个死结。

“你干什么呀？”聂音之不解地问。

顾绛将她的手按到自己身上：“本座就在你面前，你还玩什么叶子？”

魔头说得好有道理，她竟无法反驳。

没过多久，聂音之就后悔了，有道理个屁啊！到后来她连一个完整的念头都串不起，只能瘫在那里喘气，任他摆布。

聂音之混沌的脑海里闪过一道灵光，她忽然想起什么，清醒了一瞬：“多久了？你说半个时……”

“还没到。”顾绛眼也不眨地撒谎。

浓郁的灵雾随着呼吸涌入身体，聂音之晕晕乎乎，听到顾绛贴在她耳边一边嗯嗯哼哼，一边道：“你现在修炼可以事半功倍哦，把我当作你的炉鼎，别浪费了。”

别浪费了？

聂音之抽抽噎噎地哭着，还是泪眼婆娑地给了他一个疑问的眼神。修你大爷的炼！她现在连意识都断断续续，一个心诀都驱动不了，还修炼！

顾绛将她抱起来，额头抵在她的额头上，神识叩开聂音之的灵台，一个双修的运转心法被送入她的灵台内："乖，催动它。"

"什么？"聂音之嘀咕，虽然迟钝的大脑没有反应过来，但听到他的话，还是下意识便顺从他的引导，磕磕绊绊地催动了那个心法。

殿内的灵气旋涡似的扬起床幔，涌入她的经脉里，淌入丹田，再被小腹处那团火一般要命的燥热炼化，渗进她的灵脉。

聂音之只感觉到自己的灵脉被不断扩宽，灵台里的纯白火焰猛地暴涨。不知是不是她的错觉，那摇晃的火焰焰心，竟隐隐生出一缕暗红。

她的修为随着这些转变节节攀升，顾绛让她把他当作炉鼎采补，他还真的就兢兢业业地当起了炉鼎？

"顾绛……你……你在干什么……"修为进阶让她浑身舒畅，雪白的凤鸟虚影从床幔间飞出，绕着大殿盘旋，与刀光屏障擦出呜呜呜响。

鸿鹄落到了悬在大殿中间的红叶刀上，纤长的尾羽垂下，缠绵地裹住红叶刀身。火焰的尾羽尖端在红叶暗红色的刀尖上烫出一个环状的翎羽痕迹。

顾绛笑了一声："我说过的，就算把十个你送上化神都没问题。"

应无量宗召集，正道大半的修士都聚集于西北境，大战的紧张气氛压在整个修真界上空。除了几名长老，留守在各宗门的都是修为不高的年轻弟子。

魔修被逼入万魔窟才将将过去十年，看这样子，又要卷土重来，一场大战在所难免，而这一切的起始皆因那个献祭阵。

聂音之的名字，最近在云笈宗弟子口中出现的频率又多了起来。

“这算什么事！就因为聂音之的所作所为，倒叫我们在别的宗门面前都抬不起头来了。”

“云笈宗表面上还是七大派之一，实际上不知有多少人都在心里将云笈宗划入邪魔外道之流了，就看今年的宗门招生，唉……”

“今年云笈宗招收弟子，来的人是有史以来最少的。以前一到招生期，外门的门槛都快被踏破了，今年还得我们外出去宣传拉人。”

“好不容易拉到几个人，一听是云笈宗，都不愿意来。”

韩竟一个渡劫期的修士，就算将自己劈成三瓣，想要躲开正道其他修士也完全没问题。他的三个分身在万魔窟外会合，三者合一之时，头顶的一声闷雷差点儿将他的脑仁炸出来。

韩竟的三个分身被自己门下弟子拿着玄魄剑气到处追，一直躲来藏去，如今终于主动召唤他的命剑：“玄魄。”

与此同时，万里之外的云笈宗，因为韩竟一声召唤，云笈宗护山大阵再次剧震，支撑着大阵的冰蓝色巨剑若隐若现。整个云笈宗群山都跟着震颤不休，大阵现出崩溃迹象，变幻的剑光笼罩着云笈宗上空。

护山大阵一震动，把方才说话的这几名弟子直接从高空震落，幸而下方一道剑气托来，将几人送回地面。

叶菁从他们面前急速掠过，带着留守的长老朝着大阵的阵脚赶去。

思过崖上，萧灵蓦地从山洞中抬头望出去。如今，在回春魔气的激发下，她的修为已回到了金丹巅峰，就连那双灰蒙蒙的眼睛也重见光明了。

回春魔气赠予她的这具行尸走肉般的身躯，竟比她生前的肉体还要好用。

护山大阵崩溃，门中高阶修士都不在，她等了这么久，终于等到一个逃离这里的绝佳机会。

萧灵站起身，毫无阻碍地从被封禁的洞口走出去，她纵身跳下思过崖，在护山大阵崩溃的巨响中，悄无声息地潜入密林。

萧灵走在震颤的小径上，踩着生满杂草的青石板往外走，她的步伐略有些僵硬，就像关节不够灵活的木偶人。

如今云笈宗人人自顾不暇，没人会在意她这个曾经的大师姐的下落。萧灵牵动僵硬的嘴角笑起来，原来，被遗忘是这种感觉。

宗门内一片大乱之时，安淮和几名弟子擦肩而过，有人急忙叫道:“安师弟，现在到处都是剑气，你别乱跑！”

安淮没来得及理会他们，剑光径直遁入云笈宗边界的密林。

游龙似的剑光呼啸着绕过枝蔓，安淮手握长剑，挡在萧灵身前：“我说过，只要你踏出思过崖，我就会杀了你。”

“安师弟，只有死人才能走出思过崖。”萧灵眨了一下她那灰暗的眼睛，“就算我真的罪大恶极，该受的刑罚我也已经一一受过了，你还不满意吗？”

安淮冷漠地看着她:“在回春魔气下，肉身死亡，连疼痛都感觉不到，你那又算什么接受惩罚？”

“白英魂飞魄散而死，只有你神魂俱灭，我才能满意。”

“你拦不住我。”萧灵脸上的表情冷下去，手中的如意剑气与青绿色的魔气交织在一起，“真正让她魂飞魄散的人是荆重山。”

第十八章 我感觉不到他了

“玄魄，归来！”

云笈宗护山大阵猛地一阵闪烁，那柄镇住仙山几百年的冰蓝色长剑倏地化成一道白光呼啸而去，大阵内的剑光失却主心骨，纷乱地射入脚下大地。

群山之中，两个人影追逐着，蛟灵在树冠间穿梭，尾巴将落下的剑光拍得粉碎。它撞上前方一棵参天古木，身影顿时消散，片刻后，剑光凝成的蛟影蓦地横挡在萧灵前方，尖锐的爪子从她面前扫过。

萧灵猛地扭转身去，抬起手中如意剑格挡，那曾经粉碎过的剑身上残留着蛛网般的裂纹，闪烁着青绿色的魔光。

如意剑就和她的身体一样破碎，又被丝丝缕缕的回春魔气黏合。

残破的剑刃与蛟灵爪子撞出一声剑鸣，如意剑的剑身再一次碎成数不清的细小碎片。萧灵并指一挥，所有碎片化作冷光，一窝蜂地卷向蛟灵。若不是没有那绯红的剑光，乍一看，竟和那日在刀山剑林中，那把她求而不得的樱花灵剑差不多。

蛟灵被无数剑身碎片插入身体里，登时爆成一片水雾。萧灵勾起僵硬的嘴角，从水雾中冲出：“你杀不了我的。”

她的话音才落，身体顿时一僵，开口时落入嘴里的水雾顺着她的喉咙灌入，在身体里亮起一抹符光。

萧灵从半空跌落，听到身后一声凌厉的呼啸，在消散的水雾中仓促扭身，来不及躲闪，就被一道剑光刺中。那剑光带着她咚的一声扎进了后方一棵大树的树干上。

半透明的剑刃穿透她的心口，剑身上裹着的封魔符咒深深陷进她的皮肉里，萧灵只觉得黏合在自己经脉里的回春魔气在飞快消逝。

她徒劳地伸手去拔那把长剑，半晌后，终于颓然松手。

安淮走出来，就站在不远处冷漠地看着她挣扎。曾经冒冒失失的少年，在短短的时日内变得沉稳了，脸上笑容不再，清澈的眼眸里结了一层坚冰。

萧灵从他眼中看到了赤裸裸的憎意，这种眼神她看得多了。那日在受刑台下围观的弟子大多是这样的眼神。

不知从何时起，她竟然已经习惯了这样的眼神。

萧灵突然有些累了，她不想挣扎了，神魂从眉心脱离，往树冠上飘去。安淮皱了一下眉，紧随其后。

天空中都是紊乱的剑光，没有一层躯壳保护，她的魂魄直接暴露在剑光中，被无数剑光穿透而过，这样的行为无异于自寻死路。

“怎么，这也是你的赎罪？”安淮凉凉地问道。

萧灵没有理会他，残破的神魂最终落往明霄峰。这座洞府，曾经最是热闹，许多弟子就算绕路都要来这里同她这个大师姐打招呼，被封期间也有人细心打理，在山脚下种了一丛丛盛放的花。如今，曾经的主人回来了，封禁解开了，反而萧条得不成样子。

她的神魂不断消散，跌跌撞撞地穿过熟悉的长廊。安淮跟在她身后，要亲眼见到她魂飞魄散才肯罢休。

萧灵走到一间紧闭的屋子前，临到门前却停了脚步。她似乎已经透过门缝看到了那幅画像——天青色的宗门服饰，长发高绾的画中人手执长剑，眸中映着冰雪初融的暖暖春晖，浑身都发着光。

也许从一开始她就是错的，她不该回到这里来。被卷入虚空裂缝时，就让她死了该多好。如果死了，她便永远停留在画中的模样，永远是那个光风霁月的大师姐。

萧灵没有进去，转头最后看了一眼天空，神魂彻底消散。

她那被钉在树干上的身躯内，回春魔气被封魔符咒吞噬干净，身躯飞快地灰败下去，化作枯骨。长剑从她心口退出，回到安淮手中。

他在门口驻足片刻，对于萧灵临死前的执念没有半分好奇，转身从这里离开。

安淮从怀里掏出一条手帕，这是他从医堂的一棵树下拾回的，是他用来包裹相思木发簪的手帕。

其实复仇并不能让人痛快，荆重山死了，萧灵也死了，就算该死的人都死光了，也换不回记忆里一句清脆的讨厌鬼。

玄魄剑挣脱护山大阵，遁空而去，又在万里之外的无量宗破开虚空。冰蓝色的长剑划破长空，拖出一道横亘天幕的白痕，仿佛将天一劈为二。

万魔窟上浓云压境，明明是白天，天上、地上却黑得犹如半夜，游走的电光在浓云里翻滚。修真界泰半修士都聚集在万魔窟外。这道劫云来得实在令众人摸不着头脑，直到玄魄剑现世，才有人惊道："师祖？"

这世间还有人能渡两次天劫的？就算要度劫，为何要选在万魔窟上？时机也选得甚是巧妙，让人不得不多想。

颜异想要往半空中的人影飞去，又被天劫威压压回地上。万魔窟上灵气暴乱，隐藏在周遭的封魔印时不时被游走的电光卷入，进而崩溃。

封魔印下，万魔惊动。

血月塔内，聂音之陡然惊醒。她茫然地坐在榻上，整个人仿佛都脱胎换骨了。修为境界的陡然拔高，让她从内到外都异常通透，几乎有种一步登天的轻盈感。她冥冥之中感觉到灵气匮乏对修为上限的压制，不是针对她一个人，是针对这世间所有的修士。

“化神巅峰？”聂音之揉了揉眉心，她掐算了一下时日，脸上一时红一时白。该死的魔头，什么半个时辰！这一觉就睡了七日！

从他将双修心法按进她的灵台后，后面几日聂音之几乎是被顾绛按着修炼的，将他当作炉鼎吸食，直到后来她受不住，晕过去。聂音之抚摸了一下自己的小腹，现在那里都还残留着火一般嵌在身体里的触感。

顾绛没在殿内，聂音之低头看了看，身上已经换好了衣服。她从榻上起身，走了两步又停下，脸红得滴血，默默适应身体传来的不适感。

聂音之忽然抬起眼睛，一道灵光没来由地冒上心头——萧灵死了。

与此同时，大量的文字闯入眼帘。

“啊？这这这……萧灵终于死了？”

“女主角居然就这么死了，这个剧会不会崩啊？”

“最后镜头从那幅画像上转过，看到曾经的萧灵，说实话有点儿唏嘘！”

“萧灵终于死了，我还以为大家得爆炸，没想到大家还挺平和。”

“估计也没有女主粉能坚持到现在吧？之前已经闹过一回了，也有可能是还没反应过来。”

“单说这部剧的话，女主角早就是聂音之了吧？我一直觉得天道气运都在她身上。”

“好耶，恭喜我们咕咕夫凭妻贵，荣升为男主角。”

“不会吧不会吧？这俩这时候才下床？”

“聂音之怎么一个人在屋里发呆？”

“有没有课代表抠抠细节，分析一下他们到底双修了没有？我已经被这两个感情骗子骗麻木了。”

聂音之只觉得眉心一痛，她偏头往梳妆台上看去。镜中，她白净的额头上由魔气凝成的红莲花钿被一点点儿抹去，化作一缕轻薄的灵雾。

怎么回事？聂音之抚摸眉心，魔气花钿一直都好端端的，怎么会突然被她的血化去？

聂音之急忙套好外衫，指尖在手腕上一划，割开绑住咒印的缎带。

共生咒印上一直有一圈魔气包裹，那环在手腕上的枝蔓便一直呈现暗红近黑的色泽，如今缠在共生咒上的魔气都被耗尽，露出内里金色的纹路。

就算是顾绛的魔气，也在她身上留不住了。

聂音之钩出金芽，只见那摇曳的小芽上，不知何时又生了一片小叶，一左一右，很是对称，终于不再半边残缺。

聂音之确定，这株金芽在被顾绛按回咒印，系上缎带之前，只有一片叶子。她没有主动绑定过别人，只可能是顾绛在她昏过去后动的手脚，虽然她不知道他是怎么做到的。

聂音之感应了一下那片新叶，是封寒缨。她若是想主动绑定封寒缨，封寒缨都不可能答应，能让他屈从的，也就只有顾绛了。

“顾绛！”聂音之一瞬间有些腿软，她甚至来不及生气，心里的不安已经快吞没她了。

顾绛到底要做什么？

她推开殿门，殿中的宁静被倏然打破，外面翻滚的雷鸣闯入耳中。聂音之愣了愣，快步跑上顶层，看到站在露台上的身影。

“封寒缨，顾绛呢！”

封寒缨闻声回头，正好一场雷光落下，刺眼的亮光撕开万魔窟内的黑暗，将周遭照亮，他兴奋得眼睛冒着光，扬了扬下巴，示意她往上看。

聂音之跑到露台上，头顶浓云滚滚，万魔窟上旧的封魔印已经碎了，魔修疯了似的往外涌，打头的一群魔修相继撞上半空中隐藏的法阵，阵法接二连三地被激活，魔修身上的魔气被飞快抽走，化成灵气，从阵法另一端涌出。

灵气在半空蔓延开，激活了更多新的封魔印，密密麻麻地镶嵌在万魔窟上空，几乎将这一片天地裹得密不透风。

前一波雷声滚滚而过，后一波霹雳又紧接而来，雷光和符光交织在一起，魔修所化的灵气汇成一道道灵流被卷上天，天上、地上都乱了套。

聂音之体会到了化神巅峰的好处，若是以往，在这样的天威下，她早就被压得趴在地上起不来了。此时迎着雷光，她一眼便看到浓云之上的人。

是顾绛。

“这些正道修士真够阴险。”封寒缨冷哼道，纵身一跃，想往封魔印上冲去。

聂音之一巴掌将他抽回来，厉声道：“顾绛要做什么？”

封寒缨这时才意识到，他居然看不透聂音之的修为了。他大为震惊：“化神巅峰？”他娘的，从这里出去后，他也要抓一个修士来采补！封寒缨转念一想，要达到这种境界飞跃效果，普天之下，怕是只有采补他师尊才行。

封寒缨打了寒战，毛骨悚然地掐灭了自己心里大逆不道的想法。

聂音之揪住他的衣领，把手腕递到他面前：“到底怎么回事？”

封寒缨挥开她的手，捂住鼻子连退数步，在两人之间画出一个屏障，吞了一口唾沫：“你怎么闻着越来越好吃了！”

要不是他亲眼见到顾绛像烟囱一样被消融，控不住的“血月影”魔气不断流逝，封寒缨都有点儿按捺不住自己，想当场将她生吞活剥了。

顾绛终究也和其他几个魔祖的下场一样，开始衰弱、崩溃了。

聂音之望向浓云之上的人，按住想到他身边去的想法。她什么都不知道，万一成为他的累赘怎么办？顾绛到底要做什么？

封寒缨看了一眼她的表情，撇了撇嘴：“我也不知道师尊的打算。共生咒的属性，你应该最是了解才对。”

是啊，共生咒的属性她比谁都了解。

她曾经和顾绛说过，主咒术在她身上，只要她再绑定一个人的话，她死，顾绛会死，但顾绛死，她就不会死了。

所以，顾绛觉得他有可能会死，才会以自己为炉鼎，将她送上化神巅峰，才会在她无知无觉的时候，又给她绑定一个人上去。

封寒缨一个错眼的工夫，就见聂音之突然站上露台的石栏，没有任何灵力防护，往下倒去。

封寒缨大惊失色，一把挥开屏障，一同跳下去：“聂音之，你疯了吗？我师尊还没死，你急着殉什么情？！”

你们俩死就死，为什么还要拉上他陪葬！

聂音之瞳孔涣散，表情木然，凛冽的罡风刀刃一般朝她身上卷去，又被一道无形之力打散。如此几番之后，聂音之忽然抬起手，宛如牵线木偶一般，自己割开了手腕。鲜血飞溅出来，香甜的血腥气息凝而不散，被狂风送往万魔窟的每一个角落。

万魔窟中群魔骚动，朝着中心玄塔蜂拥而来。

血月塔的结界被魔修撞得闪烁不休，封寒缨被血味冲得不能自已，一滴血蓦地砸中眉间朱砂痣，那血几乎是在瞬间就渗入他的眉心，将他烧得三魂七魄都险些冲出体外。他在浑身涌出的灵雾中失神了片刻，等他回过神来，血月塔外的结界已经崩溃，聂音之被魔修淹没了。

有那么一瞬间，聂音之的脑子里被“身饲万魔，拯救苍生”塞满，什么旁的念头都挤不进来。

只要从这里跳下去，她就可以修成正果，不历雷劫，得道飞升。这个诱惑对她来说，太不值一提了，还不如魔头对她勾勾手指的诱惑力大。她对飞升一点儿也不向往，她只想抱着魔头睡觉。

聂音之嗤笑一声，想要甩开被强塞入脑海的念头，但下一刻，她的意识就和身体剥离，她不受控制地跃上护栏，成了任人摆布的傀儡。

在绝对的权威和力量面前，就连她的心意都能被扭转，那些属于她的私心被一点点儿地抽走，对苍生万物的怜悯和大义被灌入她小小的心脏。

那一瞬间，聂音之恍惚听到了洪钟鸣响，她看到了一些幻象，四大宗门分崩离析，无数仙家宝地和秘境崩塌。在天灾面前，不论是凡人还是修士，都成了洪流里的蝼蚁。

这是天道规则第一次被打破的后果。

天道塞给了聂音之太多她无法理解的东西，她被迫意识到，如果她不从这里跳下去，世界可能会二次崩塌。

聂音之脑中幻象一变，她站在了一座花园里。花园里种满了她最喜欢的海棠，现下已经过了花期，只剩花园中间那棵巨大的海棠树还开着花。这棵树下埋着灵石，每三旬一换，使海棠花开不败。

树下支着一个秋千，这是聂音之最喜欢的地方。

聂音之听到阿浣的声音："也不知道小姐怎么样了。我听守在这里的一个臭剑修说，小姐离开云笈宗很久了，怎么不回家呢？"

"你不是最讨厌云笈宗那帮道貌岸然的修士了？"澄碧问道，她围着海棠树转了一圈，剪下几枝开得正盛的海棠花，插进阿浣抱着的花瓶，两人一起往主院走。

阿浣抿了抿嘴，说道："我是讨厌啊，竟然拿我们小姐当替身，那个叫萧灵的也配？"她顿了顿，"不过，那个剑修他什么都不知道。听说他闭关百多年了，是被硬拉出来干活的，难怪成天表情那么臭。"

聂音之扑哧一声笑了出来，她一看阿浣的表情就知道她春心萌动了。

两人对她毫无所觉，澄碧回头仔细打量阿浣片刻，提醒她道："阿浣，那些修士守在这里，是想将聂家上下当作筹码，拿捏小姐，更何况仙凡有别，若是动心，最后吃苦的只会是你自己。"

澄碧向来沉默寡言，罕少说这样长的一段话。阿浣沉默片刻，嘴硬道："你胡说什么呢？我找他只是想打探小姐的消息，一百多岁的人都可以当我太祖爷爷了，我才不喜欢那么老的。"

两个人走到主院便收了音，将花枝修理漂亮，打算抱进屋里，不料被人拦了下来："巧了，丫头，来，把花给我吧。"

聂音之快走两步上前，看到来人两鬓夹杂的白发，心中一涩："爹爹。"

阿浣小声嘀咕："老爷可真会借花献佛。"

她爹笑了笑，握着花瓶细小的颈口，从阿浣手里抢过花，快步朝屋里走去。聂音之也疾步追上，迎面撞上拂帘出来的母亲。

母亲看了一眼海棠花，抱进怀里，将父亲拽进内间，焦急地问道："怎么样？那些仙家肯透露一点儿消息吗？音音是不是真的进了万魔窟？仙家门派全都聚集在那里，难不成是要围剿她？她身边那个魔尊能不能护得住她呀？"

"你别着急，这些修士还在，便说明音音没事，要是哪天他们撤走了，或是……觉得我们没什么用处了，那才不妙。"她爹叹息一声，"音音离我们太远了。"

母亲的眼泪止不住地往下掉，她懊悔地说道："早知如此，就该将她留在我们身边，就算短暂，也是幸福安康的一生。哪里用得着受这些苦，担这种恶名？"

"你瞧瞧，你去花园浇一瓢水都能淹死几只蚂蚁，音音能成为那扶摇直上的云端人，又何苦将她束缚在凡尘里，与我们这些朝生暮死的蝼蚁为伴？"聂父将她揽进怀里安慰，"音音有她自己的造化。"

聂音之心里难受得慌，想要像从前那般挤进他们怀里，可惜父母根本看不见她，也感受不到她，不论她说什么或做什么，都无人察觉。

周遭的景象忽然一震，桌上的花瓶啪的一声摔落，紧接着，地动山摇。父亲抱着她母亲跌跌撞撞地往外跑，外面的天像是破了一个大洞，天塌地陷，四季颠倒，烈阳和暴雪同处于一片天幕下。

守在聂家的正道修士急匆匆地救人，又被半空紊乱的罡风打落，聂音之被从父母身边扯离，视野不断拔高。

在她眼里，大地龟裂，房屋倾塌，遭殃的不止聂家，整个水乡都在往下坍塌，挣扎求生的人们被砖土掩埋。她听到无数人的号哭，听到父母带着泣音喊她音音。

——你看，牺牲你一个人，可以挽救这么多人，包括你的亲朋故旧。

——而且，这根本算不得牺牲，只要你完成使命，便能得道飞升。

——如果一切顺遂，本不该是由你来完成这个使命。是你打破了既定的宿命，种因得果。

这些景象和念头一浪接一浪地往聂音之脑海里灌，将她逼得根本无法思考，只能跟随脑海里循循善诱的念头，心甘情愿地往下倒去。

坠下玄塔的时候，她听到封寒缨的大叫，脑子却一时片刻处理不了这些信息，做不出反应，划开手腕时，连痛觉都没办法及时感知到。

手腕上装着五色露的珠子被划断，和鲜血一起从她手上飞溅出去，撞进一缕魔气中。

聂音之被蜂拥而来的魔修淹没之际，先被黑红交织的魔气裹入当中。她眼前蓦地一黑，“血月影”蚕茧似的将她裹得密不透风。

冰凉的魔气挤压着五色露往她手腕上缠，又立即被她的血化作灵气飘散。

一个声音直接刺破幻象，在她灵台里响起：“聂音之，阿音，阿音……”

起先这个声音并不能引起聂音之的注意，她有点儿想不起来这个聒噪的声音是谁的了，她脑子里被塞满了拯救苍生的念头，天崩地裂是因为她，洪水滔天也因为她，只要她死了……

那个亲昵喊着她“阿音”的声音不断响起，聂音之一边被塞满脑海的念头催着自我献身，一边又因为这个声音，见缝插针地捡回一些零碎的，真正属于她自己的记忆和想法。

昏暗的室内，飞扬起伏的暗红色床幔中，聂音之被抱着起伏沉沦，她趴在那人身上，揪住他后背半褪的衣衫，他乌黑的长发凌乱地纠缠在她指间，她抓得太紧，扯断了几根发丝，那人便在她耳边用鼻音低吟："阿音，对我温柔点儿。"

到底谁该温柔点儿！

顾绛喊了半天，终于捕捉到她神识的回应，立即道："阿音，快醒过来！别被这虚假的天道牵着鼻子走。"

聂音之的神识忽地又沉寂了下去。

顾绛一边和天道拉锯，一边不厌其烦地唤着她："阿音，醒醒，阿音……"

聂音之后知后觉到自己浑身都在流血，她自己用剑气冲破了经脉，随后凉凉的魔气卷着五色露再次裹上来，不断被消融，又不断地贴上来，愈合那些伤口。

鸿鹄被无形之力压制得一动也不能动，在她灵台的纯白火焰里躺着她的元神，焰心摇曳着一缕暗红。

聂音之从那缕暗红里又听到呼喊她的声音，随着这个声音，她从"献身饲魔"的念头中挣扎出来片刻，身体也短暂地想起那荒唐无度的几日。那水鬼似的缠着她的人，在耳边笑："阿音，醒醒，你该修炼了。"

修炼？她才不要修炼。说什么把他当作炉鼎，她怎么觉得被采补的人分明是她？不然为什么她都快死在榻上了？

聂音之这一次的神识回应要剧烈些，顾绛捕捉到她的想法，愣了一下，实在禁不住笑了。

他努力回忆了一下自己在双修时说过的话，刺激聂音之的神识："阿音，你说过，要好好怜惜我的。"

魔头？她想起这个声音是谁的了！聂音之的心绪剧烈波动，耳边的喊声更清晰了："阿音，聂音之！"

聂音之就像被这一声喊回了魂，蓦地从那种混混沌沌的状态中清醒过来：“顾绛？”

顾绛松了一口气：“阿音，不管你看到了什么，别被它误导。天地不仁，以万物为刍狗，在真正的天道面前，一个人生存或是牺牲，并没有那么重要。”

天道是万事万物运行的规律，不为尧存，不为桀亡，只要存在便合理，是不该有什么“情绪”的。但在天道干涉聂音之的行为时，他感觉到天道的情绪。

不，应该说是伪天道，或者该称之为“剧情”的东西。

天幕上，韩竟的雷劫已经走到尽头，与天合道，他的身躯仿佛消散在投在浓云中的那道光中，神识一瞬间被拉得无限大。

韩竟的身体在消融，目光越过万魔窟上被雷光殃及的封魔印，跨过石窟中一尊尊佛像，一眼万里地越过了无数的山川河流，城池废墟，仿佛拥有与天同等的视角，能将天地之间的一切都尽收眼底。

韩竟只来得及把一道意念打入他神识涵盖下的每一个人意识里。转瞬间，那无限扩散的神识变得模糊起来，他忘了自己是谁，身在何处，从哪里来，该往哪里去，感觉不到自我。

韩竟行将消散的神魂蓦地被一道磅礴之力收拢，塞进一个椭圆的蛋里面。

流逝的自我意识也同时归拢，韩竟缩在这颗蛋里面，心有余悸地想，夭寿，他差点儿就死了！劫持天道这活太不是人干的了！他的意识还是完整的吗？

顾绛借着韩竟飞升，融进天道这股东风，将韩竟的神识抽离出来，取而代之。“血月影”飞快地从他体内那片独立空间中抽离，融入世间的山川河流。山河异主，他空间里那些虚影似的山脉，轮廓逐渐清晰成形。

在这片空间里，他就是天道，规则由他制定，他攻城略地越多，夺走的疆域越多，天道便越无法侵吞他的意识。

在拉锯中，顾绛看到了一些奇妙的景象。

这个世界依托着一本书诞生，天道被一分二，本就不健全，就像是一棵大树，树上还缠着寄生的藤蔓。这寄生的藤蔓便是这本书的剧情。

不过，剧情终究只能算是伪天道，是寄生在天道上的藤蔓，它无法改变根深蒂固的天道规则，比如日头的东升西落，但它能影响天气的晴或雨，它无法改变百川归海，大势所趋，但它能拦堤做坝，横生枝节。

魔修从诞生那一刻起，存在即合理，一草一木，是人是虫，于天地而言，都是一样的，并无高低贵贱之分，更加没有正邪善恶之别。

加诸魔祖头上的威压，所谓天道注定的正魔无法共存，以及神女献身，都是剧情的产物。

若不是今日和天道短兵相接，就连顾绛都差点儿被它误导了。

在既定的剧情里，主角是萧灵，顾绛浮光掠影地看过萧灵的生平，聂音之在其中只占据着无足轻重的一小段，她没能使用献祭阵召唤，因嫉恨而恶毒，最终被关入思过崖，贡献出自己的金丹和眼睛，最后孤零零地死去，再不被人提及。

萧灵得了这个有罪之人的金丹和眼睛，修复了受损的身体，继承了聂音之的天赋、资质，修为一日千里，从云笈宗受人尊崇的大师姐，到修真界新一代修士首席，最后被这些荣光架上了万魔窟，为苍生献身。

剧情收拢的节点便是这万魔窟上的献身。不论是谁，总要有人来完成这个剧情的重要节点。

萧灵死了，剧情便强加在了聂音之头上。

剧情很知道该如何动摇他，在拉锯中，顾绛看到那从原著文字上浮出的画面，聂音之浑身是伤地蜷缩在结满冰霜的地面上，身上皮肉干枯，脓水填满那双原本灵动的眼眸，小腹上剖开的伤口凹陷下去，裙子被血浸成了暗红色。

顾绛的心神动荡了一刹那，意识被天道卷入其中。

最后一刻，顾绛只来得及将自己发现和感悟到的一切传递给聂音之："阿音，我会回来。"

蚕茧一样裹住聂音之的"血月影"蓦地动荡起来，开始流逝。封寒缨立即察觉到了，忍住血味对他的诱惑，重新树立起结界，挡住趋之若鹜被吸引而来的魔修。

聂音之从溃散的"血月影"中跌出来，伸手去抓流逝的魔气："顾绛！"

她手心里残留着自己的血，一碰上那缕魔气，就立即将它消融。聂音之手腕一颤，匆忙松开手，在自己裙摆上使劲蹭了蹭手心。

魔修几乎淹没了封寒缨支起的结界，聂音之只能从缝隙里往外望。天上的浓云似乎消散了一点儿，雷光也隐没。她外放神识，在万魔窟的天上、地上搜罗了一圈，都没能找到顾绛。

封寒缨快疯了："快把你的神识收回来！你不要命了？"在这种魔修乱窜，雷威未散，到处都是封魔印和雷电余光的处境下外放神识，不死也要变成傻子。

"我找不到顾绛了。"聂音之大睁着眼睛，瞳孔却没有焦距。她手腕上那株金色的芽上，有一片叶子淡得近乎透明，行将消散，就连通过咒术都感应不到他。

“我感觉不到他了。”聂音之又低喃了一声。

封寒缨往后退去几步，额上青筋直跳。他从袖子里打出几道正道修士的灵符，将自己锁在原地，避免受她周身的血气影响而失控。他叫道：“你快回到塔里去！再不走，我也受不了了。”

聂音之偏头看了他一眼，又看了看周遭疯狂的魔修，很迟缓地笑了一下。她的命从来不由别人做主，桑无眠不能，这该死的剧情不能，顾绛也不能。

聂音之摇摇晃晃地站起来，狂风吹得她的衣裙猎猎作响，她的长发随着狂风舞动，脸上湿漉漉的，也不知道是血还是泪，有细若游丝的魔气被她引了过来。

是游离的“血月影”。

封寒缨看向她，又匆忙转开视线，压抑心中的冲动，厉声道：“别做傻事！以你现在的血，你还没入魔，就会被烧死了！”

聂音之抬起手将黏在脸上的发丝别到耳后，掐诀解开封寒缨的咒术：“不试一下怎么知道？不然怎么办？杀掉这里所有的魔修？”

“你做不到，我也做不到。”她的语气听上去很冷静，说得也确有道理。

万魔窟中的魔修发了疯似的涌来，从未如此团结过。蚂蚁都能咬死大象，更何况这些魔修并不是蚂蚁。封寒缨光是支撑结界，就已经很艰难了。

“我就算被自己烧死，也不愿被魔修啃噬，遂了它‘身饲万魔’的狗屁使命。”

头顶文字飞速掠过。

“啊啊啊！双修了，他们是真的双修了！”

“笑死我了！姐妹，都这种时候了，两个人都要死了，你怎么还在执着于这些？”

“对啊，这样就算死了，在我这里也算是好的结局了！”

“不行！我好心疼阿音！不能死啊！还有家人，还有父母在等着你呢！”

“聂音之好飒啊！入魔了，终于入魔了！要开始走大女主路线了吗？寡妇文学，我喜。”

“我悟了。聂音之上一次就是演习，一回生，二回熟啊，这回真的生离死别入魔了。”

“这是什么同生共死的绝美爱情！我流泪了。”

“顾绛死了吗？啊啊啊，金芽芽解开了，封总还没消失啊，魔头还没死吧？”

“快要死了吧。他没赢过天道，被吞了，要跟世界融合，就算没死，可能也没有自我意识了，这会儿说不定正在哪个山头上发芽呢。”

“金芽上的叶子还没消失啊，只是变淡，变透明了，是不是属于不生不死的状态？”

“这个剧是不是谁成为主角，谁就会死？”

“呸，要不要脸！这种三观不正，自私自利的人也配当主角？萧灵愿意牺牲自己拯救苍生，格局就高她一万倍。聂音之终究上不得台面，快点儿死吧！”

“萧灵拿什么牺牲的？还不是拿着从聂音之那里夺来的一切去牺牲

的！原著里面，要不是她抢了聂音之的金丹，她能活下来？前面的朋友，你要真是原著女主角粉，最不该骂的就是聂音之。”

“原著里面，萧灵得了聂音之的好处，就再也没提过她了呢，就连问一句金丹怎么来的都没有问，别指望她的粉会感恩了。”

“女主角粉怎么还在？居然看到了现在，那就别欺骗自己了，你爱的人是聂音之。”

封寒缨坐在灵符圈出的阵法里，看着远处“血月影”和灵雾疯狂涌动的地方，聂音之的身影已经被淹没了。

聂音之在灵雾缭绕中望了一眼头上飘过的文字。她抬起手腕，看着金芽上那片透明的叶子，她能感觉到它脆弱的生命力。

她引来的“血月影”越来越多，是游离的“血月影”。直到现在她才知道，原来顾绛已经控不住自己的魔气了，从他那片“血月影”的湖里，逸散了这么多出来。

魔气一进入她的经脉就开始沸腾，化作灵雾，她被烧得几乎要熟透了，像被丢入油锅，又像被扔进了火海。

聂音之以前通过共情感受到的，只是顾绛被灼烧的情绪，是隔着一层了，现下那痛却是实实在在地从她的身体里产生的。

鸿鹄从她的灵台里冲出，张开翅膀裹住她，那雪白的翎羽尖上摇曳着暗红的火焰，灵剑悬在聂音之身前，雪亮的剑身中缝，不知何时多了一道暗红色的细纹，从剑尖一直延伸到剑格处。

聂音之已经被烧得失去意识，只觉得身体快要化了，剑气渗进她的经脉，试图将她的血和魔气隔绝开，却反倒飞快地与“血月影”的魔气融合。

灵台里，裹着她元神的那丛白焰焰心的暗红渗入元神。

“血月影”魔气和剑气交融在一起，一寸一寸地浸染着聂音之的灵脉，将经脉里的灵力逼出体外。渗入她元神的那缕暗红同时在染指她的神魂。

聂音之被自己的血灼烧得晕了过去，又被经脉里粉碎重塑的剧痛刺激得醒过来。

灵力流逝，她的修为在飞快下跌，从化神巅峰一层层掉落，每跌下一个境界，她都像被打碎了重组一回。要不是被元神里那缕魔气护着，她的三魂七魄都得消散。

入魔不是那么好入的。

也不知过了多久，久到头顶都透出了天光，到了某个临界点，经脉里的魔气压过了灵气，她几乎跌破金丹的修为又开始往上攀升，浑身剧烈的灼烧感霎时一轻。

聂音之周围的灵雾开始消散，“血月影”狂潮似的往她身体里涌，她身上满是鲜血，但那令魔修癫狂的香甜血味越来越淡了。

狂涌而来的魔修逐渐回神，找回神智的同时，也找回了对彼此的猜忌，在封寒缨暴戾的威压下陆续撤退。

玄塔周围终于亮堂起来，结界外遍地尸骸，鲜血渗透了地面。

聂音之偏头对封寒缨笑了一下：“我赢了。”她熬过来了，魔气先把她的血污染了。

封寒缨纵身飞过去接住了她：“别高兴得太早，你伤得这么厉害，死不死的，还不一定。”

聂音之没听清他说的话，她晕过去了。

封寒缨望向头顶浓云消散，洒下烈日金光的天幕，实在不太懂师尊为什么这么疯狂。

顾绛忍受了天威千年都无所谓，却铤而走险想去突破天道规则，用自己的命去赌一把，就为了可以好好爱她。

师尊有这样的干劲，早八百年就一统修真界了，想要什么样的女人没有？何苦来哉？

第十九章 你别哭，我没办法给你擦眼泪

聂音之醒来的时候，是在一个陌生的地方。她睁眼望着头顶，一时间还有些恍惚，以为自己只是太累了，睡了太久，做了一个梦。

只不过，经脉里流转的魔气转眼就将她打回现实。聂音之翻身坐起来，因为这个举动，脑子又是一阵眩晕。

她用手支着额头调息片刻，拂开袖口。手腕上淡金色的咒印还在。她掐诀钩出金芽，芽上的叶子还是那般呈现半透明状，叶子边缘有些模糊了，不聚不散地苟延残喘着。

聂音之试着将心念渗入叶子，却什么都没能感知到，就如投了颗石子入空井，没有丝毫回音。

她抱着膝盖在床榻上坐了片刻，放空了一会儿，重新振作起来。

她现在还没死，那顾绛便还算是没死吧？只要有这个咒术在，不论他在哪里，她都一定能再找到他。

聂音之只敢小心翼翼地碰一下那片将散未散的叶子，随后将它收入咒印里，起身掀开床幔，打量四周。

这间屋子很大，屋内的摆置处处透着精致和典雅，廊柱上雕刻着不同形状的祥云，雪白的鲛纱垂挂在窗棂上，月光从窗外洒进来，她听到潮水击打石壁的哗哗声，空气中带着新鲜的潮气，很舒适。看来，她不在万魔窟了。

屋里只有她一个人，应该说这整座宫殿内外都只有她一个人，而且布有重重法阵，连只苍蝇都飞不进来。

聂音之的神识在法阵里转了一圈，看出来这不是想锁住她，而是保护结界，她猜可能是封寒缨布下的。

确认了周围环境安全后，聂音之盘膝入定，检查自己的灵脉和内府。

她入魔之时境界不断下跌，身体里的经络、骨骼几乎都被打碎了，再重组过，整个人都脱胎换骨。

如今魔气彻底浸润进她的法身和神魂，跌落的境界又一重重攀升，现在浑身上下都膨胀着魔气，有种要突破化神，跨入大乘期的感觉。

聂音之现在多少能体会到顾绛那种凌然于众人之上的感觉了。

不知道顾绛在包裹她元神的那朵火焰里到底塞了什么，反正绝不会是普通的“血月影”魔气。

聂音之经脉里的魔气里还残留着少许的五色露，那颗好像取之不尽的珠子彻底碎了，全都耗在她入魔之时修复她的身体上，如今身上的损伤基本复原，只是有些失血过多。

聂音之抬手，一缕“血月影”凝聚在她的手心，萦绕在葱白似的指尖，魔气随她心意而动，如臂指使，从窗缝里飞出，撞上室外的结界。

这样封寒缨应该就知道她已经醒了。

聂音之召出灵剑，鸿鹄的白光立即将周围都照得亮堂起来。它蹲在剑首上，歪着脑袋打量她。

聂音之揉了揉它的脑袋，捉起它的翅膀，看它翎羽上被魔气染红的尖端：“抱歉啊，把你也染色了，你喜欢这样吗？”

鸿鹄不停地点头，撅起屁股，把尾羽末端被染红的环状翎羽也给她看，啾啾地叫了两声。看上去它很喜欢自己的新形象。

“这是被红叶染的？”聂音之伸出指尖抚摸剑身中缝那道红痕。

鸿鹄转了两圈，啾啾叫个不停，说它也在那讨厌的刀身上烫了一个印记。

现下是夜里，情况不明，聂音之便没有轻举妄动，而是定了一会儿神，在心里梳理顾绛传给她的信息。

顾绛原以为魔修是打破了天道规则而诞生的，天道要拨乱反正，重回正轨，魔祖才会被天道不容，受到天地威压，神女也是以此为前提降世的。

天道规则可以被破一次，便可以被破第二次，当年法宗宗主怀云山能做到的事，顾绛自信自己也能做到。

所以他打算借助韩竟飞升的一瞬之机，抹去天道赋予神女的血脉，篡改天道对于魔祖的规则，他希望他们以后能像正常人那般相爱相守。

但是顾绛没料到，这个世界是从一本书中诞生的，按照他从天道中看到的，这个世界其实存在着两套运行规律，其一是这世间万事万物遵守的客观规律，其二便是剧情。

剧情与天道共存，“度化万魔，灵气复苏”是剧情收拢的最重要的节点，要么按照原著实现剧情，要么彻底将剧情与这个世界剥离开。

“那就是那些文字里所说的，崩剧情吧？”聂音之在心里寻思，萧灵死了，桑无眠也死了，文字里曾说过，有名有姓的角色都被她祸害光了。

现在连可以度化万魔的神女血脉都被她毁了，那剧情不应该崩得无药可救了吗？

早知如此，她应该早点儿将文字里的信息透露给顾绛，他也不至于那么猝不及防。不过，聂音之也实在没想到，一贯得过且过，好像什么事都不值得他去争取的人，会为了想要爱她而去和天道较劲。

可他为什么要瞒着她？真那么有自信的话，为什么还要多此一举，给她绑定个封寒缨，将她喂上化神巅峰，简直就跟安排后事一般？

聂音之想到这里，还是有点儿生气。她也不管顾绛现在能不能接收到她的情绪，用指尖钩出金芽，打开共情，将自己的骂骂咧咧一股脑倒进那虚散的叶片里，恨恨地告诉他，她不仅要绑定封寒缨，还要绑定三千后宫，雨露均沾，每天都会宠幸这些叶片，他要是感觉不到，那是他活该，自作自受。

聂音之的目光落在叶子上，又觉得心口有些疼，慢吞吞地补充道：“想要阻止我的话，你就早点儿回应我。”

直到第二日下午，封寒缨才出现。他身披玄色战甲，袍袖上还带着血污，一身血戾气息，风尘仆仆地破开阵法，卷入殿中。

彼时，聂音之正在清理献祭阵，共生咒术的卷轴她已经研究透了，还是没能感应到顾绛，便开始尝试别的办法，献祭阵自然也得试一试。只不过还是失败了。

封寒缨看了一眼大殿地面上以血画成的阵法，那血现在对魔修已经失去了诱惑力。他“啧”了一声：“这三个月以来，我喂给你的灵丹妙药算是白费了。”

聂音之放出鸿鹄焚去地面的血阵，开门见山地问道：“这里是何处？现在外面是什么情况？”

“这里是迁江崖，两千年前的古法宗外门，浮云川外。”封寒缨随意找了一个地方坐下，“这片地域里的灵气跟‘血月影’融合在了一起，于我而言，有如神助。”

浮云川位于修真界东境，宽阔的江流从上游分开成两条，至下游再汇合，辟出这么一片水土丰泽的辽阔地域。只可惜古法宗分崩离析后，残留下太多现在人解不开的阵法符箓，使得这片地域成为少有人敢进入探索的绝地。

“血月影”魔气浸染的地界，就在浮云川一带。

封寒缨一挥袖摆，半空中浮出修真界的地域图。他指着一片萦绕着淡淡暗影的地界道：“纵横七千里，涵盖浮云川外九城三十六县，几乎将古法宗旧日地盘全部收入囊中。”

聂音之仔细看了看地图：“沅州也在？”

“沅州？”

聂音之点了点地图，这片水乡之地在“血月影”暗影的边缘：“我家。”

“家？”封寒缨看向她手指的地方，无语地想，顾绛真是给他找了一个很嫩的师娘，尘缘都未断的那种，“我明日就带人先把沅州收回来。”

三个月前，万魔窟上旧封魔印破碎，魔修重新出世，本该是一场惊天动地的大战，但魔修在新的封魔印下损失惨重，正道修士本该乘胜追击，只可惜韩竟飞升之时，将一道意念打入了所有修士的意识里，让众人皆感同身受地体验了一瞬飞升，飞升之后神魂、意识被天道同化，法身融入世界，成为世上的一草一木、一山一石，再没有自我。这和众人追求的长生大道，得道成仙，简直南辕北辙。

飞升真相曝光，导致许多修士对修炼一途产生怀疑，道心不稳，走火入魔。

魔修在新封魔印下损失惨重，正道修士道心崩溃的也不在少数，两方都不在状态，这一场大战就这么雷声大雨点小地结束了。

聂音之昏迷不醒，封寒缨带着跟随他的魔修，狗鼻子似的嗅到了他师尊的魔气，来到了这片被“血月影”浸染的地界。

封寒缨在这片地界内有着天然的优势，“血月影”浸染了这片地域里的灵气，使得一些仙门根本没有抵抗之力，在魔修的进攻下节节败退，要么归顺，要么撤离。

借着天时地利，仅仅三个月过去，魔修已经在浮云川外扎下根基，有了一片容身之地。

迁江崖紧邻着浮云川，隔着一条危江，临江一侧是垂直绝壁，太阳照在崖壁上，如镜面一样折射出金光，另一侧则山势平缓而下，其上建了三宫六殿。这里原本是法宗外门，后来归太虚门掌管，不过，现在落在了魔修手中。

封寒缨从袖子里掏出一颗蛋抛给她："师尊留下的，是颗麒麟蛋。"

"啊这，这就三个月后了？？？"

"终于轮到封总的主场了！啊啊啊，战甲兔兔好好看！"

"麒麟蛋？？所以……这是魔头生的？？"

"寡妇带娃文学，我喜欢。"

"魔头真不错啊，是个好老公，死了还留下这么大一片地，养三千后宫绰绰有余啊！"

"聂音之这算不算是升级发财死老公？还留了个能打的徒弟，圆满了。"

"不要！咕咕不能就这么退场，我要看甜甜的恋爱！"

"可惜了，封寒缨是个没脑子的事业狂，不然师娘文学也可以搞一搞。"

"魔头尸骨未寒你就惦记他老婆！太过分了！魔头今晚诈尸杀了你！"

聂音之眼睛一亮，满脸惊喜地捧住麒麟蛋，神识探入蛋中，感觉到其中萦绕的玄魄剑气，她的表情一点点儿地冷下去，将蛋扔还给封寒缨："你自己孵。"

封寒缨："……这不是你师祖吗？"

"我已经叛出云笈宗了。"

“行吧，那我随便找只妖兽来孵他。”封寒缨抛着麒麟蛋玩，“你自己好好养伤，顺便找找师尊，其他的事无须操心。”

“你打算做什么？”聂音之多少猜到了他的意图。

封寒缨扬起眉毛：“当然是大干一场。当初仙门毁了魔城，本尊便在这古法宗地盘上重建一片魔域。”

聂家没有什么变化，门户鲜亮，家大业大，一重一重的院落相连。现在是春日了，院子里的海棠花成片开放，云霞一般铺在亭台楼阁间。

聂音之突然回来，父母亲一时还没反应过来。她都同他们说了一个时辰的话了，两人还时不时停下来揪一揪自己，看看这是不是在做梦。

聂音之没想到，守在聂家的修士，除了云笈宗的剑修，还有太虚门的法修。

两派加起来一共四人，这些修士神出鬼没的，就算守在这里也几乎不与聂家人接触，平时也不会干涉他们的行动。偶尔父亲因生意不得不出远门，会有修士随同他一路，还能保护他的安全。

所以，就算明知他们守在聂家的意图，聂家依然将他们当作上宾对待，收拾了几处院子出来，供他们居住。

三个月前，也恰好是万魔窟大变那一日，这些修士突然翻脸，四个人先起了内讧，打起来。一开始还有人顾忌着凡人，用阵法护着，后来那护着众人的修士也坚持不住，将手中剑指向无辜的凡人。

众人只能闭眼等着仙君一怒，但那些令人眼花的符箓剑光最终落到地面时，不知为何，威势全消，只化成了一道狂风，从聂家卷出去。修士们一同从空中跌落，摔了个头破血流。

聂音之陪父母说话时，封寒缨去看了那四名修士。四个人的灵脉关窍处，都嵌着“血月影”魔气，灵脉中断，神识被封，连护身灵力都使不出来。要不是修士肉身强悍，可能得直接摔死。

那嵌在他们灵脉里的不是游离的“血月影”，是顾绛的魔气。

封寒缨早就研究过，在这片被“血月影”浸染的地界里，魔气不是游离状态，就算融在山川草木中，却还在顾绛的掌控中，就宛如他把他那片“血月影”的空间融进了这片地域里。

所以，他师尊也许也没逃过天道宿命，如那些飞升的修士一样，化成了这个世界的基石，只不过他可能化得不太彻底。

封寒缨有时候走路都会忍不住揣测，自己脚下说不定正踩着师尊的脸。

当然，这些大逆不道的想法，他没有跟聂音之交流。他怕这位年岁还没有他零头大的小师娘承受不住打击。

如今看来，他师尊的意识尚在，是他护住了聂家人。

封寒缨选了一个不大能打的法修，想拍开神识上的封印，拍来拍去都撼动不了分毫，他怒从中来，差点儿忍不住一把捏碎那修士的脑袋。

另一头，聂音之安抚完父母出来，便看到守在院门口的阿浣和澄碧，主仆三人又说了好些话。

“小姐，你打算怎么处置那几个修士啊？”阿浣不安地问道，“他们在聂家期间，都没有做什么坏事，只有那一天……也不知道怎么了，但是也没造成太大的破坏，夫人和老爷也都好好的，还让人请了大夫给他们包扎……”

聂音之哪里不知道她的意思？她笑了一下，说道：“我知道，你带我去看看。”

四名修士都昏迷不醒，为了方便照顾，府里将四人安置在了同一座院子里的不同屋中。聂音之跟两个丫鬟来到这里时，封寒缨正坐在廊下抖脚，一脸的不耐烦，魔气将院中花草卷得七零八落，猛地朝院门扑来。

聂音之一把将阿浣和澄碧揽到身后，抬手挥开扑面的“血月影”：“你坐在这里干什么？人没醒吗？”

封寒缨一把掰断了一根树枝，皮笑肉不笑道：“神识被封住了。”

两个丫鬟都有些怕他，聂音之便让她们在外面等着，自己往屋里走去：“你都解不开？”

封寒缨没说话，等着她自己查探几人的情况。聂音之看到嵌在他们灵脉里的“血月影”，眼睛一亮：“是顾绛做的！”

“是，师尊的封印，我解不开。”封寒缨才说完，聂音之已经驱散了封锁在一名法修神识上的魔气，退开两步。

那修士立即醒了，转眸看向屋中两人，看见封寒缨眉心的红痣，立即认出他来，当即大喝一声“魔头”，朝他甩出符箓。

封寒缨扑哧笑出声，抱着手臂，老神在在地看着从半空飘落的符纸，威压扫出去，将那法修压得贴到墙上，当场吐出一口血来。

“封寒缨，别乱来。我还有话要问他。”聂音之阻止他道。

封寒缨“啧”了一声，收回威压。那修士软软地滑到地上，他也察觉到自己被封的灵脉，回想起之前的种种，惊疑不定地瞪着他们。

聂音之说道：“诸位守在聂家时并未伤及我家中人，还多有帮忙，我在此谢过。”

那法修上下打量她几眼，又警惕地转眼看向封寒缨，扶着墙站起来，不屑地冷哼道：“当我们是你们这些邪魔外道，会随意残害无辜之人吗？”

封寒缨夸张地笑了两声，讥讽道：“好笑。若没有对无辜凡人出手，那你们又是如何被封住灵脉和神识的？”

那修士神色一僵，沉默许久后，抬起下颌看向聂音之：“当时出手并非出自我本意，而是因为……”他顿了顿，含糊地说道，“心神大震时，被人乘虚而入，受到一股无法违抗的意念操纵，才做出那等事。”

聂音之知道他说的是什么，和当初影响过她的天道意念一样，应该说是剧情。

在万魔窟生变之前，不论是她还是顾绛，都没有察觉到剧情的存在，甚至一直将它视作天道，直到到了最后的剧情节点上，它怕是急不可待了，才会亲自动手操纵她献身，从而被发现蛛丝马迹。就算如此，想来它也只能在人心神有隙时，才能施加影响。

“哦哦，你们正道修士可真是光风霁月，就算亲自动了手，也能找出理由来。”封寒缨拊掌“赞叹”。

那修士气急败坏：“我又怎知不是你们这些邪祟乘人之危，坏我道心！”

封寒缨笑道：“你的道心怕是用不着邪祟动手，早就不太稳当了吧？”

“你！”那修士深吸一口气，闭眼收心，不再与他争辩。

聂音之又问他是如何被封住灵脉和神识的，那修士答不上来，她便问了些其他的。

能到化神巅峰修为的人，自然也活了几百年了，也听说过神女的传说。当初太虚门洛声发现了聂音之的血对魔修的作用，便猜到了一二。他本来想以聂家为筹码，控制聂音之，只是顾绛实在守得太紧，一直没找到机会接触到她。

知晓太虚门派了法修守在聂家，颜异琢磨了一下，也派了云笈宗剑修过来。

她又相继唤醒了其他三位，综合四人所说，确认他们说的是实情，便解开他们的灵脉，放他们走了。

聂音之思索了片刻，问封寒缨道：“正道修士得道飞升后，融入天道，直接化作这世间的灵气和基石，是不是很像现在‘血月影’融进这片地域的样子？”

封寒缨不知要如何作答。

聂音之蹲下身，扶起地上一株残花：“如果你师尊也化身在了这片土地里，成了这里的一草一木……”

封寒缨没等她说完，身影化作一道光飞快遁走。

聂音之蹲在原地没有动，怔怔地发了一会儿呆，眼泪滚落下来，滴入那朵残花中，手指间一丝细微的颤动将她惊得回过神来。

手下那丛残败的蔷薇忽然以肉眼可见的速度重新长成，绽放开娇艳的花朵。

“顾绛？”聂音之愣了愣，匆忙钩出自己手腕上的金芽看了看，依然没什么变化，她投入的心念依然得不到回应。

所以这是什么意思？！

封寒缨从聂家出来后，便领着一群凶神恶煞的魔修，准备去问候一下附近的仙门。沅州这地界，凡人聚集，仙门遥远，值得一提的仙门，只有一座城阳观。

城阳观主亲自带人在观外迎接，二话没说就把魔域大旗插在了自己的道观门口。

那旗帜以五色魔气构成，以“血月影”的暗红色为主，用金线绣着一个煞气十足的“魔”字。怎么说呢？就很符合封寒缨那种简单粗暴的风格。

这破仙门归顺得太快，封寒缨没有半点儿成就感，非要搞点儿事才罢休，硬逼着城阳观观主给他卜卦，从早卜到晚，从功业问到姻缘。

观主这位在元婴中期停滞三百年，眼看黄土要埋到脖子上的人，卜算一位化神期修士，卜一卦就要耗费他许多真元，一天下来，被封寒缨折腾得很憔悴。

封寒缨毫无坐相地倚在座上，抬眸看一眼主殿上供奉的三清祖师，不高兴道："你说本尊姻缘线浅淡，那总归是有，你算算在哪里？"

城阳观观主的小胡须抖了抖："贫道修为有限，实在卜算不出。"

封寒缨冷冷地看着他，越是没有的东西，他就越要强求。他笑了一声，把玩着手里一把锃亮的弯刀："那你再算算，你要是拒绝了我，你这城阳观会如何？"

"天啊，封兔子一夜之间长大了，竟然想起要给自己找老婆了？"

"封总别找了！你的老婆就是我。"

"姐妹慎重，可能一见面就被他杀了，概率百分之九十九点九九九九……"

"事业线贼旺，爱情线没有，是我们封总没错了。"

"我觉得就算算出来，封寒缨这种蠢直男，也追不上人家啊。"

"哪儿呢？封总的姻缘线在哪儿呢？我截图放大，拿放大镜都没看清楚，这也太浅淡了吧？真的有吗？观主该不会就是说个客套话吧？"

"皇帝的姻缘线，透明的，哈哈哈……"

聂音之看到文字的时候，正在修剪手里的蔷薇花枝。

她猜到封寒缨应该是去了城阳观。那是沅州城外的一座大观，观中香火一直很鼎盛，弟子多修习易卜之术。修为最为高深的老观主乃元婴中期修为，能卜前世今生，轻易不开口说话，有“一卦千金”之名。

城阳观的根基大半都在凡尘里。聂音之被桑无眠收入门下，入道修行前，还被母亲带来这里烧过香，想求观主卜一卦。城阳观观主卜算到一半，铜钱生寒，他神色复杂地收回龟壳，以不卜仙门事为由，拒绝了聂母。

正是听了他这句话，聂音之的父母才决定让女儿拜入云笈宗仙门。

观主如今都为封寒缨卜卦了，那应该不介意再为她卜卜卦吧？

“小姐，小姐！你快起来看！”

聂音之的睡眠很浅，一听到阿浣的喊声就醒了。她半睁着眼睛，揉了揉怀里的枕头，手感和魔头差远了，一点儿都不爽。

她翻了个身，平躺在床上，钩出小金芽看了一眼，向顾绛传达自己的每日例行问候：“臭魔头，别以为变朵花出来我就会原谅你。你什么意思？难道要本小姐以后都和花草树木恋爱不成？我可做不到哦。我要摸新鲜的肉体，摸胸肌、腹肌，还要……总之，我是不会为你守身如玉的！”

她抱着软枕在床上滚了一圈。阿浣的脚步声噔噔地趋近，她扑上前来，一把掀开床幔，又惊又喜道：“小姐，你快起来，去看看外面！”

聂音之回到家里后，又回归了她以前的娇小姐生活，连神识都懒得放，她问道：“怎么了？”

阿浣将手里攥着的一团雪递到她面前：“小姐，你昨日说今冬还没看过雪呢，这不，就下雪了！”

澄碧赶紧将她扯回来：“可别把雪水滴到小姐身上。”

聂音之翻身坐起来，踩上绣鞋就往外走：“下雪？”现在已经仲春时节，再过三旬就要入夏了，怎么会下雪？

一走出屋子，寒气便扑面而来。雪簌簌下个不停，院子里银装素裹，皑皑白雪堆积在房顶、树丛，将一众春花都冻得瑟瑟发抖。

聂音之打量着四周，愣愣地从廊下走出去，伸手去接飘飞的雪花。

她昨日只是随口说了一句，今冬还未见过雪。

“小姐，你先披件斗篷呀！”阿浣忙撑开伞追到她身后，澄碧回屋去取斗篷。

聂音之弯起眼睛笑道：“没事，我不怕冷的。”

脚下积雪被踩得咯吱咯吱响，聂音之来到一株海棠树下，盛放的海棠被积雪压弯了枝条，花瓣上结着冰，她抬手抖落花枝上的雪。

聂音之抬起头，目光从伞下望出去，天地白茫茫一片，她的神识一瞬间铺开在整个沅州城。

这场春雪让沅州城里的百姓一夜之间又穿起了冬装，小孩在雪地上追逐打闹，房前屋后都堆着大大小小的雪人，很是喜气。

再往远一些的地方，到了郊外的农田耕地边，气氛就很沉郁了。三三两两的农夫愁眉苦脸地站在田埂上，这场异常的大雪不知道要冻死多少农作物。

她看到郊外起了春风，积雪在融化，大约是魔头意识到了自己的错误，在设法弥补。

聂音之捂了捂脸，手一挥，衣架上的外袍飘来裹在身上，丫鬟还没反应过来，她的身影已经从伞下消失，只留下一句软软的呢喃：“笨魔头，真是笨死了。”

不到片刻，聂音之已经来到郊外上空，鸿鹄从她的剑首上飞出去，身形膨胀，化作一只雪白的大鸟，拖着长长的尾羽从农田上飞过，纯白的火焰末端染着暗红，积雪在它的翅膀下飞快融化，驱走了土地里的寒气。

凤凰在民间属于祥瑞，郊外的农户纷纷地从屋里奔出来，双手合十，许愿祈祷，弥漫在上空的低沉气氛都被鸿鹄的翅膀哗啦啦扇走了。

聂音之压下剑，落到一处山林边，神识铺开在大片的农田上，感觉到有一缕不寻常的微风朝她吹来，风里夹着细微的“血月影”魔气。聂音之低头打量了自己一眼，有些懊悔没有梳过妆再出门。

她急匆匆地从一直随身携带的折丹峰芥子里，抽出一条绣着金纹的绯红发带束好长发，又取出一盒口脂，匆忙在自己的唇上点了点。

做完这些之后，她又想起自己应该生气的，一点儿都不值得为这个一言不发就抛弃她的臭魔头打扮。

聂音之抿着唇，感觉到那缕微风缠上她的指尖，带着些微凉意，撩动她袖口的轻纱，在她腰际转一圈，凉意袭上她的下颌。

聂音之的睫毛颤了颤，眼角的湿意被魔气舔吻掉。她往后退了一步，唇被那缕凉意撬开，魔气在她唇齿间缠绵片刻。聂音之仿佛被风拥抱了一下，随后，唇上的凉意随着微风一起消散。

“什么嘛！”聂音之捂着脸蹲下来，吸了吸鼻子。她一点儿也不觉得开心。

难不成她以后都要这样，和草木恋爱，和风亲吻？

她才不要呢！

“笑死我了！这算什么？和空气谈恋爱？”

“就因为聂音之想看雪，魔头就给她下雪了？呜呜呜，魔头的宠妻人物设定没崩。”

“真的挺浪漫！”

“就因为这场雪，不知道又有多少人吃不上饭得饿死！浪漫个屁！修真世界的凡人，真是命不如蝼蚁。”

“没看见两夫妻已经在补救了吗？”

“我只想问，魔头现在是个什么状态？难道以后都这样了？”

“一方水土养一方人，咱们把格局放大一点儿，这纵横七千里范围内的所有单身男同胞，都可以看作是聂音之的老公。”

“我查了一下，一千里等于五百千米，纵横七千里相当于一千二百二十五万平方千米，比整个中国都还大呢！不愧是玄幻世界，连地都这么玄幻。”

“原来是这么大片地方啊，我还以为就一小块呢，那怎么才几座城市？”

“又翻出了之前封总的地图看了看，大部分地域都被仙门划走，属于修真界地盘，进不去的浮云川就占了一半面积了，凡间城池只能建在仙山地界外。”

聂音之回到家中时，已是午时，此时雪已经停了，太阳悬在头顶，城内白茫茫一片，十分晃眼。她回自己院中重新梳洗，准备去主院同父母一起用饭。

阿浣从院外跑进来：“小姐，你快些去吧，魔尊大人已经到了。”

“魔尊？”封寒缨还要跟他们一起吃饭？

聂音之还在主院外，就已经凭借修士灵敏的听觉听到里面的谈话声。她的父亲声线紧绷，明显是被封寒缨那浑身的煞气骇到了，却还是硬着头皮问他今年多大岁数，生辰是什么时候，家中几口人，与音音是怎么相识的，又问昨日晴天暴雪是不是他做的，这做法不太妥当。

她爹娘还知道修仙之人讲究仙山洞府，问他，既是魔尊，麾下有多少兵将，有多大的洞府，有没有仙山宝地，之后有什么打算，能不能护住他们的宝贝女儿。

封寒缨一落到聂家门前，就被人请来这里，一连串问题问得他一愣一愣的。

封寒缨被封在万魔窟中十年，封魔印蚕食魔气，也压制万魔窟中众魔的修为，“血月影”扛着封魔印大半威力十年，他的修为只退不进。从万魔窟中出来后，他终于恢复巅峰修为。

但他依然看不透聂音之的修为。她如今的修为比他还要高出一阶，在整个修真界都是顶尖的，就算是被顾绛以自身为炉鼎喂上如此境界，武力值跟不上，也不至于会被别人欺负了去。封寒缨惊奇地问道：“今日这顿宴是为了要我护她？”

聂父和聂母对视一眼。音音不是说，她跟魔头是两情相悦吗？怎么如今看起来，这个魔尊并不怎么在意她呢？那可不能让他们在一起。

聂音之听得想挠墙。她快步跑进花厅，看到自己的父母已被封寒缨吓得脸色雪白，赶紧喊道：“爹，娘！”

父亲和母亲明显松了一口气。

封寒缨看到她，神识传音，不耐烦道：“你父母这是在做什么？在你家吃顿饭还得拥有几座山头才行？今日这顿难不成是鸿门宴？”

聂音之：“……闭嘴。”她跟父母打完招呼，无奈地附在他们耳边道，“不是他。”

这一顿饭吃得极其尴尬。封寒缨后来也自个儿琢磨出聂家父母的用意来。他跟在聂音之身后，手里抓着一把雪玩，感叹道：“那我可得为师尊多拿下几座仙山才行啊。”

聂音之对他翻了个白眼：“拜你所赐，我爹娘对顾绛的印象怕是已经跌入谷底了。”

封寒缨毫不愧疚地大笑出声，被树冠上一堆雪兜头砸了一脸，那刺骨的寒意顺着他的经脉窜进内府，将他的丹田刺得一阵剧痛，雪沫险些呛进气腔里。

他咳了半天，面无人色地收敛了嚣张的态度：“师娘，我错了。”

聂音之奇怪地看了他一眼。自从顾绛消失后，封寒缨就没再叫过她师娘，对她的态度也有些轻慢。

“你收服城阳观了？”聂音之问道，“观主还活着吧？”

“你若是想找城阳观那观主卜算，那可以不用去了。那老东西修为不行，算得不准。”封寒缨阴沉着脸，一想到那老牛鼻子就来气。竟然说他根本不知情，又如何生情，他不会爱人，亦没有人爱他。

越没有，他就越要强求。

聂音之也只是随便一想，现在已经不用别人卜算了。

身边的一缕风是他，一株专为她开的花是他，好像一切都是他，但又不是他。

这种感觉就像当初她进入顾绛那片“血月影”的空间里一样，她时时刻刻能感觉到他的存在，却又没办法抓住他。

聂音之压下心头的想法，疑惑地问道：“你杀了那观主？”

“都要油尽灯枯的人了，犯得着劳驾本尊动手？我看他就是给这些凡人牵线牵多了，才荒废了修行。”封寒缨满脸不屑道。

“沅州这地方也没个像样的仙门，本尊打算去收拾收拾别的地盘，你要跟我一起去吗？”

聂音之没跟封寒缨一起去，她的雄心壮志都被魔头给腐化尽了，如今赖在家里，有些不想动弹。

现在正道自顾不暇，她也无须忧虑正道的虎视眈眈，况且还有封寒缨在，他可是被文字认证的原著事业狂，就让他去折腾吧。

知道这场大雪是因她而起后，她父亲午饭后就带着府上的账房去城郊给人补贴银钱去了。

聂音之一个人坐在花园的亭子里看雪化，对着金芽嘀咕：“你看看，你都还没进我家门呢，就败了一笔财出去，我爹娘可不喜欢败家女婿。”

不知是有意还只是巧合，树梢上的一片雪晶被风卷着落到她眉心上，凉得她打一个激灵。

聂音之摸着额头，不高兴地说道：“都没人给我画花钿了。”

“这场雪把我花园里的海棠都冻坏了，你该怎么赔偿我啊？”

“顾绛，我想你抱我，不要风，不要任何替代物，只要你本人。”

她的话音散尽，耳边只剩下积雪消融的细微声响。实际上，大多数时候，她的絮叨都没有回应。

聂音之不知道顾绛现在是个什么状态，她相信，他若是能回来，一定会第一时刻出现，他说过他会回来的。

她揉了揉发红的眼睛，趴在栏杆上，看着手腕上虚散的金叶，就像他之前唤醒她那般叫他的名字。

聂音之试着将神识浸透入花园里的草木中，抓住浸入它们之中的“血月影”魔气，那游丝似的魔气亲昵地缠着她，要不了多久便渗入她的灵台，融进灵脉了。

聂音之没好气道："我才不是要修炼呢。"她现在已经半只脚跨入大乘期，若是闭关努力一把，肯定能突破至大乘，但她一点儿都不想动。

一提到修炼，她便想到在万魔窟中那几日。她几乎是被顾绛禁锢在他身上，神魂颠倒地被他引导着运转周天。

那种令人战栗的愉悦感和灼烧感，还有修为进阶的舒畅感一同在身体里冲刷，聂音之一时觉得自己像是漂浮在海上的浮萍，毫无反抗之力地随着潮起潮落，一时又如扑火的飞蛾，又疼又爽。

这让她以后还怎么正经修炼?

到了傍晚，积雪融尽，晚霞如血。屋里烧着炭，燃着香薰，将湿凉的草木气和泥土气息都挡在门外。聂音之盘膝坐在床榻上，神识沉在灵台里。

灵台里的元神被纯白的火焰剑气裹着，像一轮小太阳，内里的元神随着她修为升级，已经从元婴状态化作和法身一模一样，心口处凝聚着一缕暗红。

这是双修之时顾绛塞进她灵台火焰里的，聂音之入魔之时，这缕魔气渗透入她的元神，才护住她神魂未散，熬过被自己的血烧成灰的命运。

这缕魔气和普通的"血月影"并不一样，里面像裹着什么东西，聂音之抽丝剥茧一般细细地分离"血月影"。这很耗费神识力量，所以她没有着急。

现在，缠在上面的魔气终于被分离，就像掀开了覆在上面的层层薄纱，终于露出内里的核心。

那是一滴透着隐隐金辉的血珠，是心头血，里面蕴含着属于顾绛的力量。

聂音之看清这滴血时，心口一瞬间又热又疼，鼓胀得快要裂开了。她的神识有片刻的恍惚，倏地被一个旋涡吸入其中，一时间天旋地转，失去了意识。

也不知过去了多久，也许只是一个瞬息，聂音之听到一个有些惊讶的声音：“阿音？”

她猛地睁开眼睛。刺眼的白光中，一个人影背着光，半弯下腰，朝她伸出手来。笼在他周围的光实在太亮了，以至于他的面目都陷在了阴影里，全然看不清，但只这一声轻唤就让聂音之鼻子发酸，落下泪来。

聂音之设想过无数次，再次见到顾绛，一定要大骂他一顿。她不要他什么都不说，默默地为她安排好一切。

但临到头来，只是听到他叫了自己一声，就没出息地红了眼眶。

他的手指从她的手臂间穿过，抓了个空，身形顿了顿，有些无可奈何地蹲下身，轻声道：“你别哭，我没办法给你擦眼泪。”

聂音之这才听出他的声音有些稚嫩，她胡乱地揉了一把眼睛，再次抬眼看去。

眼睛终于适应了光线，她看清了融融白光中，蹲在身前的人。

他看上去才十一二岁，锦衣玉带，胸膛和臂膀都还十分单薄，雪肤黑发，头发用玉簪固定，短短地，垂在肩头，细碎的额发垂在尚未完全长开的眉眼上，从里到外都透着一股嫩生生的少年气。

聂音之从他的五官上看出了一点儿熟悉的影子，哽咽了一声，惊疑地问道：“你是……顾绛？”

“是我。”少年嘴角翘起，眼睛显得格外稚气，眼眸乌黑清澈。他的目光闪烁了一下，轻笑着喊道，“姐姐。”

聂音之的眼泪被他这一声“姐姐”喊得憋了回去，她忍不住伸手，想去揉他看上去软乎乎的脸，手指却从他脸上穿过。

顾绛的目光随着她的指尖垂落，复又抬起，看着她道：“你不属于这里。”

聂音之一头雾水，再次尝试着去触碰他：“这里是什么地方？你为什么会变成这样？”

顾绛干脆坐到她身边，主动摊开手放到她身前，说道：“我的过去。”

他的手掌纤薄，小了一圈，手指依然修长。聂音之小心翼翼地将手搭到他手上，看着他慢慢合拢手指，将她的手拢入手心。

但是她一点儿也感觉不到，感觉不到手的温度，也感觉不到被他握住的力度，他们中间隔着漫长的两千年时间。

“你的过去……”聂音之念道，屈起手指想握住他的手，不出意料地抓了一把空气，“所以，你没办法出现，是因为你一直陷在自己的过去里吗？”

“嗯，我原以为这只是我过往记忆形成的幻象，没想到竟是真的，是我真实的过去。”顾绛轻声细语地说着。他的声音很好听，无论是多年以后成熟稳重的声线，还是现在这般稚嫩的少年音。

聂音之不安地问道：“那我们之间要永远隔着近两千年的岁月？”

“不会的。”顾绛手指动了动，想要抱她，及时反应过来，握紧手继续道，“寄生在天道中的剧情行将崩溃，它没办法将我的神识一直困在过去。”

聂音之悬着的心并没有因此安定，她一字一顿道：“那你要快点儿回来。”

顾绛点头：“嗯。”

聂音之偏过头，睁大眼睛细细地打量他，像是要将他年少时的模样刻进脑海里。

顾绛被她看得不好意思，薄薄的脸皮上泛出红晕，连耳垂都红了，浓密的睫毛颤个不停。

“可恶，姐姐摸不到你。”聂音之好生气，这么嫩的魔头，她看得见，却摸不着。

顾绛扑哧笑出声，凑到她身前，两人几乎鼻尖触着鼻尖，他半垂着眼眸看进她眼里，戏谑道：“姐姐，我还小呢，不可以随便给人摸。”

聂音之被他噎了一下，捏又捏不到他，差点儿从他身体里穿过去。她什么都碰不到，连座椅都坐不到，只有脚下亘古不变的土地承载着她。

聂音之努力地把自己的目光从身边的小少年身上移开，转头打量四周。这是一间很华丽的殿宇，四壁绘着描金的飞天壁画，廊下垂挂着轻纱，灯座上镶嵌着明珠。

但描金的壁画受潮气浸染，斑驳了大半。轻纱末端吸饱了灰尘，暗沉沉的，显得十分笨重。灯座凌乱地倒着，明珠滚了一地，竟像是没人稀罕似的。

“这里是……”

“我家。”顾绛看出她在打量，主动解释道，“一个破败的世家罢了。法宗生变，树倒猢狲散，依附在这个庞然大物上的国家、氏族也跟着天翻地覆。”

聂音之隐约听到殿外的响动，紧张地问道：“那你在这里安全吗？”

顾绛满不在意道：“暂时是安全的。”

“暂时？”聂音之想要出去看看，但只离开顾绛三步远就动弹不得了，她疑惑地回眸看他。

“你是被我的心头血引来的，自然离不开我。”

聂音之坐回去，伸手去碰他的心口，心疼地问道：“逼出心头血应该会很疼吧？”

顾绛表情变了变：“这要分情况。”

聂音之抬眼看向他，顾绛咳了一下：“双修的时候，就不太疼。你当时不是开着共情吗？”

聂音之有些无语了。她那时候神魂颠倒，叶子里涌来的灼烧感和愉悦感，冰火两重天似的，她根本没办法仔细分辨到底是什么疼，不然也不至于现在才发现。

她很想责怪他自作主张，但又没办法说出重话。因为顾绛都是为了她。没有他的心头血，也许她早就化成灰了。她问：“你知道我想引魔气？封寒缨告诉你的？”

顾绛摇摇头：“不用谁告诉我，我猜你会这么做。”

聂音之抿唇：“如果没有给我这滴心头血，你也许就不会被剧情压制，陷在过去。”

顾绛虚虚地别了一下她的鬓发：“重来一遍，我还是会来你身边。”

聂音之闻言，心里又甜又涩。她转过头，不想让顾绛看到她的眼泪。

外面的打斗声越发靠近，聂音之放出神识。她的神识和她的人一样不属于这里，能毫无损伤地平铺到外面的战场上。晚霞鲜血似的泼在天上，地上到处闪着法宝符箓的光。

外面打斗的双方，最低修为都是元婴，而顾绛现在还只是个小筑基。聂音之的神识在断壁残垣里扫了一圈，回头道：“你跟着我走，我可以避开他们带你出去。”

顾绛一动也没动："这是真实的过去，我得沿着以前的足迹走向你，稍有偏差，我们可能就会错过。"

这就是剧情拼死拼活将他困在过去的原因。

第二十章 你只要等着我就好

聂音之能看得出来，外面打斗的双方有一方在拼命守护着这座殿宇，他们口中的“小公子”想来就是顾绛。但守护的一方已经明显露出颓势，要不了多久这里就会被攻破。

她着急地说道：“我在沅州聂家啊，你知道的。就算找不到聂家，你也可以来云笈宗找我啊，云笈宗那么大一个仙门，你总找得到。我……我一定还会再召唤你的。你知道我在哪里，又怎么会错过？”

顾绛笑了一下，少年清澈的眼眸里含着柔光，略显稚嫩的嗓音透出一点儿无奈：“傻姐姐，我的神识只是暂时被困在过去，一旦离开，过去的我是不会记得你的。”

他又道：“就算我的神识无法离开，一千九百年，这中间的变数太多了，一点儿改变都可能会在岁月长河里越积越大，最后像风暴一样席卷到未来，那时候有没有沅州还不一定，你可能不会出生在聂家，不叫聂音之，又可能不会成为神女，不会进入云笈宗。到时候，我又该去哪里找你？”

聂音之无言以对，胸口窒息得让她喘不过气来。顾绛轻抚她泛红的眼角，就算触摸不到也不在意：“你只要等着我就好。”

聂音之深吸一口气，偏过头做了个在他手心里蹭了蹭的动作：“好。”

顾绛抬头，从破开的殿宇一角看了一眼天：“你回去吧。在不属于你的时空待太久，对你的神识消耗很大。”

“不要，我要待到神识耗尽的最后一刻。”

顾绛站起身，越过她朝外面走去。外面轰然一声巨响，布在这座殿外的阵法破了，大殿的门窗被一阵罡风冲开，断木横飞，撕裂的纱幔铺天盖地地罩来，明珠被卷起，又砸在地上，发出刺耳的碎裂声。

那风如刀刃，割开顾绛身上的衣袍。

聂音之看到飞溅到半空的血："顾绛！"

眼前的画面忽然开始拉远，变得越来越模糊，聂音之想朝那个单薄的身影跑去，却反而离得越来越远。

顾绛听到了她的喊声，却没回头："抱歉，我现在的样子有点儿不太好看。"

景象和他的声音一起消散，聂音之蓦地睁开眼睛，她回到了自己的闺房，炭火暖融融的，屋内盈满了幽幽的熏香气味。

聂音之整个人晃了晃，歪倒在榻上。神识耗尽，她的脑子有些麻木，半分力气都没有，只能眼神放空地望着上方。

"这就是蝴蝶效应吧？知道未来走向，却不能做出任何改变，什么苦都要受着，这比做出改变还要难。魔头太惨了，太惨了！"

"一千九百多年啊，我连一年前自己做了啥都不记得了，魔头怎么还记得住自己当时是怎么做的？"

"只是一些重要的抉择会产生影响吧，鸡毛蒜皮的小事肯定没啥影响。再说了，他只要不干扰过去的自己的行为抉择就行了。"

"顾绛能一步步成为魔祖，肯定受过很多苦，心疼。"

"啊啊啊，十多岁的咕酱，好嫩好嫩好嫩！可恶，姐姐摸不到你！"

"等等，剧情！他们说了'剧情'两个字！这是怎么回事？"

"难不成AI知道自己是AI了？"

"话说，这个剧现在的剧情，可以说是来自原著，又脱离原著了。原著里的男女主角都死了，这个剧还没崩掉，就有点儿像真实世界一样，一个人的生死无关紧要。"

"现在的剧情是不是AI演算，自己生成的数据？"

“我不负责任地推断，天道可能就是AI数据库，咕咕和天道对抗的时候，看到了数据库的本质，所以发现了世界的真相，然后告诉了音音。”

“你们总是让我始料未及。我是想和大家一起哭的，结果你们在讨论什么我看不懂的东西？”

“我想看战损咕！漂亮的少年浑身是血，脆弱无比，求姐姐抱抱。”

“阿音别哭，呜呜呜。”

“聂音之的神识能暂时通过魔头的心头血来到他的过去，魔头的神识是被剧情强塞到过去的，他们的神识是属于同一时空的，那虽然他们的身体碰不到，但是借一借小顾绛的灵台这样那样应该没问题？”

“说得很有道理啊！什么数据AI的，等官方说明吧，我更希望大家深刻探讨一下这个问题。”

“哈哈哈，损不损呢？小顾绛就问你们，礼貌吗？”

“可恶的感情骗子，孩子都要被刀傻了。我不管，再虐我，尊贵的会员就准备撤资了，看到这一毛钱了吗？我扔掉都不给你！”

聂音之无意识地看着上方文字飘过，有风从雕窗里钻进来，托着一朵粉嫩的海棠花，飘飘摇摇地落到她的眉心。

聂音之空茫的眼眸一动，回过神来。她侧过身，捧住从额上掉落的花朵。从花瓣间飘出一缕“血月影”，缠绵地亲吻着她的指尖，又在她脸颊上逗留片刻，随即消散。

窗外已经透出晨曦的光，聂音之握着花瓣短暂地睡了片刻，等到透支的神识恢复一些，才起身打坐入定。

她这一入定，便是三日，三日后神识才完全恢复。好在阿浣和澄碧在折丹峰时就一直跟在她身边，知道修士经常需要闭关修炼，没有来打扰她。

聂音之从入定中醒来，陪同父母吃完饭，聊了一会儿天，又收到一封封寒缨送来的捷报。他已经成功收服古法宗境内的一座仙山，他师尊现在有资格坐到聂家饭桌上吃一口前菜了。

聂音之回讯息鼓励了他一下，然后坐到榻上，闭眼沉入灵台。

上一次她耗费了许多神识分离覆盖在心头血上的魔气，所以没能在顾绛身边待太久，这一次应该可以待得久一点儿。

逆着时间长河追寻，这也算是一种锤炼神识的方式。

聂音之的神识渗入那滴金红的血珠中，被旋涡卷入。眼前的眩晕消散，她醒来便对上一双无奈的眼眸。顾绛叹了一口气："我就知道你还会来。"

这一次，眼前人不再是锦衣华服的小少年了，他成熟了一些，身量更高，更结实了，身着一身灰蓝色的粗布衣裳，用布条绑着头发，握着一柄长刀——不是红叶，只是一把灰扑扑的普通的刀，刀刃上豁了好几个口子。

他的灵脉俱碎，修为都被抽空，被打落凡尘，成了一个狼狈的凡人，混在一群压抑而沉默的流民中间，正穿过一条幽暗的峡谷。

在她不知道的时候，他受了很多苦。

聂音之掩在袖摆下的手指捏紧，她努力压下自己的情绪，靠到他身边去，用轻松的口吻问道："距我们上一次见面，过去多久了？你为什么长这么快？"

"七年。"顾绛的声音有些哑，虽然模样狼狈，却比周围的人干净多了，简直同他们格格不入。他脸色疲惫，眼眸却依然清亮。他笑着说道，"不能叫你姐姐了。"

“你想叫的话，当然是可以叫的嘛。”聂音之软软地说道。听到峡谷深处的动静，她的神识随风铺展开，皱起眉，“顾绛，前面有……”

“我知道的，但是必须往前走，没有退路。”

他的声音很轻，却依然在峡谷里荡出一点儿模糊的回音。周边的人麻木地往前走着，对这个自言自语的家伙一点儿都不感兴趣。

聂音之感觉到后方紊乱的灵压。灵压形成飓风，连修士都不得不避让，更何况是凡人？

法宗分崩离析，仙人们刀兵相向，将这一片天地搅得四分五裂，动荡从修真界席卷到凡尘，乱流似的灵气对凡人来说堪比洪水。

仙凡相隔，仙山和凡尘原本有一条明晰的界线，实际上更多的是为了保护凡人。

现在这条界线没了，修真界的灵气大量流入凡尘，山林里的野兽被灵气催成庞然大物，却没能开启灵智，成了致命的存在。

狼群趁着夜色堵住了这群走投无路的人。

聂音之没办法离开顾绛三步远，他的血有时候会从她身体里穿过，但是她什么都做不了，也不能做。晨光熹微的时候，遍体鳞伤的他误打误撞地滚入一处洞穴里，晕过去前对她道：“我要睡觉了。”

“好。”聂音之轻声道。

这洞穴十分低矮，被催肥的狼钻不进来，喘着粗气在洞口刨，腥臭气灌入洞内，令人窒息。聂音之趴在顾绛旁边看着他。他现在简直就是个被血糊住的泥人，她实在担心他还能不能再睁开眼睛。

聂音之看了他很久，凑上去，额头触上他的眉心，小心翼翼地试探着进入他的灵台。

她毫无阻碍地被接纳了。顾绛的灵台一片昏暗。在进入元婴期之前，灵台都是黑暗的。聂音之被一道神识缠了上来，熟悉的气息瞬间将她包裹。

聂音之因为这个久违的怀抱而神魂战栗：“我能碰到你了。”

“你鬼鬼祟祟的样子，怎么跟耗子似的？”顾绛好笑地说道。

聂音之缓了片刻，小声反驳：“我那是小心谨慎，万一伤到你的灵台怎么办？”

“我现在昏迷着，没有意识。要是做了可怕的梦，会吓到姐姐的。”顾绛无辜地说道。

聂音之轻轻地笑了一声：“姐姐不怕，姐姐想抱你。”

顾绛黑暗的灵台里确实不太安稳，养尊处优的世家嫡子，才到刚刚发芽的年纪，就从云端跌入谷底，这个时候的他还没有往后荣辱不惊的强大和从容，一群变异的狼就差点儿要了他的命。

侥幸躲入这狭小的洞穴里，却也没有多少劫后余生的喜悦，因为他不知道下一次还会不会有这么幸运。

就算晕过去了，黑暗的灵台里还回荡着狼嚎和呜呜咽咽的惨叫，少年人的惶恐和迷茫全都暴露无遗。他觉得不安，这里不安全，他一直挣扎着想清醒过来。

聂音之能感受到这些，心疼得想哭。顾绛轻轻地拍了拍她。

“我可以抱抱你，你可以安抚一下曾经的自己吗？”她抱着顾绛，很小声地说，不知道这个提议行不行，“不要让你自己察觉，在你昏迷的这段时间你什么都做不了，至少让自己睡个好觉可以吧？”

“有姐姐疼，真好。”顾绛语气中透着愉悦，也不知道他做了什么，动荡不安的灵台渐渐恢复平静。顾绛的神识似乎也开始昏昏欲睡，他喃喃道，“阿音，你身上好温暖。”

蜷缩着的少年终于停止了颤抖。

聂音之的神识动了动，更紧地抱住他。她的灵台里燃着一丛纯白的火，那火裹着她的元神，暖意通过她的神识溯流而来，给予了一千多年前的人片刻的温暖。

“我回去一定要好好夸夸翠花呢。”聂音之呢喃道。

顾绛懒洋洋地问道：“你还没有给它改名吗？”

“是你这个大恶人胡乱给它取的名字，当然要等你回去一起给它改。”聂音之道。

顾绛从鼻子里嗯嗯两声，就像之前在被窝里抱着她聊天那般，用懒得要死的声调说道：“我看你是自己想不出好听的名字。”

不要揭穿她好吗！聂音之有些无语。

顾绛轻笑一声：“你的神识缠我缠得这么紧，你想什么我都能感觉到。比如，你刚刚在想……”他故意停顿了一下，感觉到聂音之蓦然紧张起来，缓缓地继续说道，“以后我们孩子的名字可怎么办？”

聂音之郁闷了。凭什么？为什么她就听到不他的心声？

“我的神识比你的强悍。”顾绛顿了一下，闷笑了好一会儿，笑得聂音之都快要恼羞成怒了，但她又害怕损伤他的灵台，只能自己平复心情。随即她听到他在耳畔低语，“现在不可以，现在我的灵台太脆弱，承受不住。”

聂音之茫然地问：“什么？”

“神交。”顾绛认真地思考了一下，“至少等我到了元婴修为，灵台有元神镇守之后。”

“我才没有想。”聂音之终于恼羞成怒，“你再乱说，我不抱你了哦。”

顾绛蹭了蹭她："姐姐，我错了。"

聂音之："……你刚刚不是想睡了吗？"

"突然又不困了。"

聂音之沉默了一会儿，正要开口，便听顾绛低声道："灵脉毁了很久了，早就不疼了。现在时局动荡，不止法宗，其他三大宗门也不太平。四大宗门树大根深，动乱起来整个世界都会跟着抖。修士也如蝼蚁，我这个世家之子自然招人觊觎，现在这样混入凡人堆里反而安全些。"

聂音之感觉到顾绛一下一下的轻抚："让你看到本座这样狼狈的样子，简直威信全无。"他说着长长地叹息了一声，"这该如何是好？"

"你本来就没有威信。"聂音之理直气壮道，"我一次见你时，就一点儿都不怕你。"

"嗯？那你逃那么快做什么？"顾绛想起了她如同惊弓之鸟，从竹枝上一跃而下，兔子似的往外狂奔，飞快地从他的魔气中脱离的样子，他想再多舔一口她手腕上的血都来不及。

"不是逃，是功成身退。"

顾绛乖巧地附和她，声音里又带上了睡意："嗯嗯，功成身退。"

聂音之呢喃："你为什么一开始就对我那么好？你根本一点儿都不像魔头。"

顾绛含糊应道："可能是因为我的身体还记得，姐姐在一千多年前给了我温暖。"

"咕酱肯定会说，你要是聊这个，我可就不困了啊。"

"魔头支棱起来啊！"

"魔头的意思就是，还不到时候。小顾绛赶紧好好修炼吧，快点儿奔上元婴，奖励你一个老婆！”

“救命，未来的我和我未来的老婆，想在我的灵台里搞事情，还嫌我的灵台不够结实！真是闻者伤心，见者落泪。”

“刺激！”

“你们想过小顾绛的感受吗？你们没有！因为你们只关心你们自己。”

“两个神识，要不然一起来吧，一个成熟从容，一个娇嫩欲滴。”

“老魔头，喊姐姐喊得越来越顺口了啊！你已经忘了曾经拐弯抹角想让聂音之叫你哥哥了吗！”

“这么一说，有点儿道理啊。我就说你们初次见面为啥抱得那么顺手，是不是因为小顾绛其实还是有感觉的？毕竟是在灵台里卿卿我我，形成闭环了。”

“你们确定那什么剧情是来拆散你们的，而不是来撮合你们的吗？”

聂音之睁开眼睛，她在顾绛的灵台里睡着了，再次醒来就又回到了聂家。

她虽然也想多了解一些顾绛的过去，但只是见过两次，就能看出他的过往并不好过。

有些时候你不知道未来会怎么样，反而能莽撞地往前冲。但是，当你知晓未来，却一步都不能改变，所有的苦痛和折磨都清晰地摆在前方的道路上，等着你一一踩进去，这才是最折磨人的。

顾绛让她等着就好，可她哪里就能真的这样安心地等着呢？

她这次神识并没有耗尽，应该是被顾绛赶回来的。聂音之躺在床上一动不动，思考要怎么做，她才能帮着顾绛把那该死的剧情捏得粉碎。

现在剧情已经崩成这个样子了，它在现世没办法救回来，才会想从过去改变，孤注一掷地将顾绛困在过去，希望他自己出错。

如果有什么契机让它觉得现世还有希望呢？干扰它一下也行。

聂音之苦思冥想，烦恼地裹在被子里在床榻上翻来翻去。阿浣听到动静，进门来看，吓了一跳：“小姐，你怎么了？”

聂音之猛地坐起来，差点儿从床榻上滚下去。

韩竟曾经欺骗过天道一回，他应该很有经验，她得去找师祖聊聊天。

把那个麒麟蛋敲开看看？

聂音之立即给封寒缨传了讯，询问麒麟蛋在何处。等他回信时，她去陪母亲了。

为了挽回一点儿顾绛在父母心中的印象，聂音之为他说了不少好话，从外貌到性格，把他夸得天上有，地上无。她母亲禁不住掩嘴笑道：“你爹爹都没这么完美呢。我看你呀，是情人眼里出西施。”

“才不是呢。”聂音之想了想，妥协道，“他跟爹爹不相上下吧。”

“你爹臭毛病可多了。”

“那他还是有一些缺点的。”聂音之掰着手指数，“他很懒的呀，做什么事之前都不和我说，自以为是……”

等到夜里，父亲回来，母亲要去休息了，聂音之才从主院出来。阿浣跟在她身边道：“小姐，你是不是忘了你是来夸姑爷的？怎么说到后面开始数落起他的不是了。”

聂音之一拍额头：“哎，对哦。”她随手揪下一朵海棠花，对着花瓣吹了一下，又释怀道，“没关系，反正等爹娘见到他，一定会喜欢他的。”

阿浣和澄碧互相看了看，一起笑了。

聂音之折了一些海棠花枝放进屋里，坐在梳妆台前让澄碧给她松发髻，抬手钩出金芽，忧虑地猜测顾绛那边又过去了几年，是不是还在生死边缘徘徊。

她盯着芽上的叶子细看，不知道是不是自己的错觉，她总觉得那虚散的叶片似乎凝练了几分。

“澄碧，你看看，这叶子是不是有了一点儿变化？”聂音之举起手腕。

澄碧凑上前来仔细查看：“好像收拢了一些呢。”

“太好了。”聂音之动作飞快地洗漱完，让她们俩去休息，自己独自坐到床榻上，驱动心诀，打开共情去感受叶片。

这一次，叶片上似乎有了一些波动，不似以前那般空洞的感觉。

聂音之心中一喜，闭眼凝神，清除心里的杂念。屋子里静悄悄的，虫鸣声隔着轩窗幽幽传来。

她静心感受着从叶片上流淌过来的细微情绪，这情绪虽然微弱，但她还是感觉到了。

从蔓延来的情绪看，顾绛现在还算放松，应该是安全的。聂音之试着将自己的喜悦传递过去，不知道他能不能接收到。

聂音之一直开着共情，很轻很轻地去碰那片叶子，生怕力道重一点儿会将它碰散掉一般。

聂音之明明才见过他，但她一回到现在，就恨不得再一次通过心头血回去。下一次她过去，不知道又会落入他生命中的哪一个阶段，但总归他是在向她靠近的。

她对着叶子念叨她今天做了什么。

“我是不是太黏人了？”聂音之自我反思。

床幔像是被风撩动了一下，一丝凉意从薄被下钻进来，聂音之立即感觉到了，惊讶地抬起眼眸。她眨眨眼，僵着身子没有动。

春末的天气已经有些热了，她身上只穿着贴身的软薄绸衣，凉意贴着她的身体往上袭来，从胸口的被子边探出来，“血月影”摇曳着跟她打了个招呼。

从叶子上传来一缕微弱的情绪波动，就如同顾绛在她耳边笑了一下。

他的神识被困在过去，身躯融入“血月影”魔气中，这些魔气依然受他掌控。与其说山河同化了他，不如说他将山河收入了自己麾下。

“你这样钻进姑娘家的被子里跟登徒子有什么区别？”聂音之捏住那缕魔气，试图通过叶子将自己的心念传递过去，“这样会被我爹打断腿的哦。”

魔气亲昵地缠上她的指尖，在她唇舌上流连片刻，又缩进薄被里，她浑身一凉，被“血月影”魔气整个儿裹住。阴冷的感觉贴着她的皮肤舔舐而过，这种感觉实在微妙。

她伸手想要将“血月影”扯开，反而被它缠得更紧，凉凉的感觉，像是被顾绛抱着一般。

“血月影”紧贴着她，揉猫捏狗似的在她身上胡作非为，非常痒，聂音之难以抵挡那无处不在的魔气，笑得气喘吁吁，在被子里不停扭动。

很快，那种痒痒的轻抚就变得不对劲了，“血月影”阴凉的触感从她宽松的领口潜入，贴着她的脖颈徘徊，慢悠悠地往下移去。

聂音之的笑声一顿，她发现周身的凉意都退去了，滞留在心口上那一点儿凉意便格外明显。就像……顾绛松开了凭借魔气给予她的拥抱，唯一还停留着在她身上的，只剩下他微凉的指尖。

聂音之下意识环抱起手臂，这个举动更像是要将那缕魔气抱进怀中。

萦绕在榻上的魔气越来越浓，目之所及都笼入一片黑红交织的浓云中，她渐渐迷失在这片心怀不轨的魔气里。

她蜷缩起身子，但是并没有什么作用，没过多久，身体便被晕晕乎乎地打开。她轻轻抽了一口气，皱起眉，揪紧薄被，觉得有一点儿怪怪的。

不是一点点儿怪，这也太奇怪了吧！

“顾绛！”聂音之双手捂脸，呼吸有些急促。她算是明白了当她摸叶子、舔叶子的时候，顾绛是什么感受了。

啊，不对！她最开始召唤出魔头的时候，就被他的魔气这样舔过身上的血。她那时候根本没有觉得这么难为情……

她以后要怎么直视“血月影”？

“这是在干什么？我不太懂。”

“做拉伸运动罢了，不用大惊小怪。”

“这也能行？你们小情侣也太会玩了吧。”

“好怪哦！不行，我要反复观看。”

“魔头你好行！这是什么跨越千年的爱恋！”

幸好她没有留阿浣或澄碧在外间陪侍，不然这样奇怪的画面也太难以解释了。

聂音之的脸红得滴血，她撑起身子打灭烛火，床榻间萦绕的魔气将床幔打落，将月色也阻挡在外面，这一片狭小的空间瞬间变得昏暗无比，文字里的“号叫”很快消失不见。

到了后半夜，萦绕在床榻间的魔气消散，聂音之把自己裹成了蚕蛹，只露出一张红扑扑的脸，眼中水光潋滟。她咬着唇想，下次见面一定要找魔头算账。

聂音之抚着自己肚子，臭魔头，“血月影”魔气真的很凉。

第二日，一只仙鹤从天而降，落在聂家的花园里。封寒缨那条点了美人痣的玄色小蛇从仙鹤背上冒出头来，十分自觉地对着迎面而来的人垂下头行了一礼："师娘。"

"你怎么自己来了？"

影蛇吐了吐蛇信："那个地方不太好详述，我得亲自带你去。"

聂音之有了一点儿不好的预感："什么地方？你该不会把他随便扔在哪个地方了吧？"

封寒缨沉默片刻道："当然不是随便扔的。为了孵他，本尊还专门花了一番力气把罗罗山的灵兽谷拿下了，刚好那谷中的灵鸮在孵蛋。"

灵鸮会认不出自己的蛋吗？

聂音之坐上仙鹤，拍了拍影蛇的头："对不起，是我错怪你了，去看看吧。"

影蛇倏地从她手下闪开，盘到仙鹤的脖子上："不准拍本尊！"

被缠住脖子的仙鹤扑扇着翅膀尖利地嘎了一声，被影蛇一尾巴抽得闭上了鸟嘴，委委屈屈地振翅起飞。

聂音之撇了撇嘴，她还不想拍呢。她喜欢雪白雪白的，毛茸茸的兔子。

路上，聂音之关心了一下封寒缨的宏图伟业，影蛇高傲地扬起脑袋："本尊很快就会将这片地界全部收入囊中。"

"城阳观的观主是不是被你绑走的？你绑他做什么？"这件事聂音之还是听她母亲提起的。前两日与她母亲交好的夫人想去求观主卜一卦，都没见到人。

影蛇晃了晃脑袋，它一晃，被它缠住脖子的仙鹤就跟着颠簸，封寒缨又抽了仙鹤一尾巴："敢再颠一下，本尊宰了你。"

仙鹤从喉咙里发出两声嘤嘤，终于飞得平稳了。

封寒缨从仙鹤脖子上爬下来，毫不在意道：“绑他当然是为了卜卦。”

“你不是说他卜算得不准吗？”聂音之问道。

“算你我不准，算一个跟他差不多修为的人总该准。”

聂音之顿时起了几分好奇心：“你要算谁？”

“一个不知死活的阶下囚罢了。”封寒缨口气轻慢，没有继续往下说的打算，转而问道，“还有心思关心别人，难不成你找到师尊了？”

“嗯，他的神识被困在过去。”聂音之抬眸朝远处看去，今日天气晴好，白云如絮，不知他那里有没有风雨，“顾绛正在重历自己的过往。”

影蛇抬起脑袋，封寒缨的声线都高了几度：“重历？能做出改变吗？那岂不是有预知之能？”影蛇在仙鹤背上转了一圈，豆豆眼里冒着精光，封寒缨兴奋地说道，“太妙了，若是趁此机会，先下手为强，宰了正道那些未来的大能，岂不是轻轻松松就将整个修真界捏在手中？”

聂音之看他一眼：“你师尊若是想将整个修真界捏在手里，什么时候都行，不用回到过去。”

封寒缨被噎了一下。影蛇盘起身子，留给她一个光秃秃的后脑勺。

“我一个螺旋霹雳爆笑。聂音之不带这么打击孩子的积极性的！”

“我已经听到封总事业心稀碎的声音。没关系，你还年轻，咱好好修炼，等你活到两千岁的时候你也行！”

“什么不知死活的阶下囚？！姐妹们，三分钟之内我要知道这个不知死活的阶下囚是谁，男的女的！”

“好家伙，难不成封寒缨开窍了！拿的还是强取豪夺的剧本？”

“封魔头每打下一座仙山，就会有一大群阶下囚，没看到他特别对待过谁，难道是我错过了什么剧情？”

直到到达罗罗山，封寒缨都没再跟她说一句话。

占据罗罗山的是一个驭兽门派，门派中都是些豢养灵兽的修士，一部分人在门内繁育，一部分人在四海九州四处捕捉妖兽驯化，将这些驯养好的灵兽卖往别的宗门。

罗罗山虽然偏僻，但这个灵兽谷属实很大，这个门派原本是太虚门的灵兽供应门派。

封寒缨打下罗罗山还有一个目的，就是拿这些灵兽奖励给手下魔将当坐骑，到了战场上，还能灭一灭太虚门修士的威风——连自己的坐骑都守不住。

太虚门身为法宗门派，建在古法宗境内，是古法宗境内实力最强的一个门派，就算灵气受浸染对他们不利，也不会随随便便把自己的地盘拱手让人。

封寒缨如今就是在和太虚门来回争夺地盘。

太虚门在此地盘踞近千年，根基很稳，而封寒缨有“血月影”的天时地利，两方胶着很久了。

罗罗山有魔将守着，驭兽门这些修士比墙头草还能摇摆。反正都是养灵兽，只要给他们钱，给谁养不是养呢？反正他们就是铲屎的而已。

两人到了此处，受到了驭兽门的热情接待。

驭兽门门口有一座漂亮的展示台，上面蹲着各式各样的小动物，还有些小型灵兽，来访的贵宾可以选择一只自己喜欢的小家伙抱着玩。这些小兽被驭兽门的修士统称为“能化干戈为玉帛的迎宾兽”。

聂音之由衷赞叹：“妙极。”她转头问封寒缨，“你第一次来的时候，选的什么兽？”

影蛇嗞嗞两声，封寒缨嗤笑道：“我说，你驭兽门上下，本尊连人带兽全都要，不服者杀。”

聂音之无言以对。

驭兽门接引的修士肩膀上蹲着一只灵猫，他热情地招呼聂音之：“道友瞧瞧有没有看上眼的小家伙。”

聂音之一眼看中了那只漂亮的雪兔，伸手想要去抱，一缕魔气从袖口钻出来，在她指尖上蜇了一下。

她蓦地缩回手。那修士见状，主动捉起雪兔：“道友好眼光！这只兔兔是我们迎宾兽里的招牌。”

聂音之讪笑着推辞道：“我有兔兔了，还是不要随便抱别的兔兔比较好。”

封寒缨在旁边不耐烦道：“别搞这些虚的，你们门主准备好了吗？”

那修士点头：“门主已在内恭候二位大驾。”

聂音之进了驭兽门才知道，这里根本不是封寒缨打下来的，是他用一颗麒麟蛋收买的——韩竟师祖被他卖了身。

驭兽门的门主是一名化神初期的女修，肤色白皙，眼眸赤红，腰肢细软，薄薄的春衫遮不住底下曼妙的曲线。

别看她长得妖娆，揍起兽来却非常狠。寻常时候，门主都不会留在门中，她一般都在修真界中的深山老林里和妖兽打交道，用她迷人的风采和暴力的手段，把妖兽骗回宗门打工。

要不是因为这颗麒麟蛋，她也不会这么长时间逗留在门派中。

聂音之一眼看出了她的本相，是一条半妖青蛇。从对方身上蔓延而来的浅绿妖气没敢靠她太近，和旁边的影蛇勾勾连连。

影蛇扬着脖子，在妖气的撩拨下摆动尾巴："本尊今日来，是有正事。"

"自然。"青女掩嘴轻笑，"我不知你们何时会到，所以尚未将麒麟蛋从灵鸮窝里取出来。姑娘有兴趣跟我一起去取吗？还能顺便参观一番灵兽谷。"

"好啊。"聂音之点头。

罗罗山深远偏僻，群山环抱，这里能形成一个大型的灵兽谷，皆是因为罗罗山地底有一条灵脉。灵脉属于地之根本，剧情这个伪天道染指不了，顾绛的魔气也浸染不进去。

那只灵鸮的窝在灵兽谷的密林深处，老远就能看到它架在树冠之上的空中宅院。树木高大的树冠被硬生生扭绑在一起，组成如同小山般的支架，上面铺着厚厚的干草，其上又垫有杂七杂八的动物皮毛。

灵鸮是极其忠贞的鸟，总是成对儿出现，雌鸟蹲在窝里孵蛋，雄鸟看到陌生人接近，立即发出警告的尖啸。

驭兽门门主从腰上锦囊里拿出一把短哨，短短一声呼哨，吹得那只扑腾的雄鸟缩起了脖子。

她一个人上前，从灵鸮屁股下掏出麒麟蛋，交到聂音之手上时，那蛋摸上去还是暖乎乎的。

"这颗麒麟蛋还不知道要多久才能孵化出来，里面的神识确实可以交流，但你得想办法唤醒它才行。"青女看了一眼天色，"明日这个时候，就必须要将蛋放回灵鸮窝里去。"

聂音之应道："好，我知道了，有劳门主。"

"别客气。"青女对她柔柔一笑，"那我派人送你去休息。"

聂音之到了客房后，便立即向麒麟蛋中探入神识。蛋壳内覆着一层膜状的剑气，是玄魄剑气，内里有一个尚未完全成形的小兽。

韩竟的神识沉睡着，玄魄剑气将里面的小兽护得严严实实，想要喊醒他，必须要使用粗暴一些的手段才行。

聂音之召出鸿鹄，巴掌大的小凤鸟坐在麒麟蛋上，埋头咚咚咚地一顿狂啄。

鸿鹄剑气和玄魄剑气对撞，将韩竟的神识震醒了。

这麒麟蛋是一颗未成形便快要死去的幼年体，被硬生生吊着一口生息沉寂了几百年。韩竟重生在这颗蛋里，并不是躺着等孵化就好，他得将这颗半死不活的卵，一点儿一点儿地盘活了才行。

刚休息片刻就被粗暴地喊醒，韩竟以为又是头顶那位养母在朝这颗不属于它的蛋发气，一道剑气甩出去，感受到鸿鹄灼烈的剑气，彻底醒过来，惊问："谁？"

聂音之有求于人，礼数还是很周到的："弟子聂音之，拜见师祖。"

韩竟的神识趴在麒麟蛋壳上往外看了一眼，认出她来，一时惊诧不已："啊……这……咯咯，免礼。"

"打扰师祖孵化了，弟子有事请教。"聂音之虽然听说过他许多次，但这还是她第一次见韩竟。她没有与他过多寒暄，开门见山道，"我想知道……"

话音顿住，聂音之皱起眉。她突然想到，在这里谈话，会不会被"剧情"这个伪天道听到？它寄生在天道里，除非彻底崩溃，那便能倚仗着天道无处不在，甚至能在人心有隙时，钻进人脑子里。

聂音之捏住袖子里那缕一直缠在手腕的魔气，神识缠上那缕"血月影"。她知道顾绛有一个不受天道束缚的空间，就是不知道那个空间还在不在，她能不能打开。

她只是尝试了一下，没想到“血月影”波动片刻，虚空中发出呜的一声轻响，两个人的神识落入了一个四角亭中，亭子四面覆着一层“血月影”魔气，如垂挂的薄纱。

聂音之睁大眼眸四处看，这么容易就进来了？

第二十一章 借用一下你的手

这个地方，聂音之和韩竟都来过，只不过现在周遭的景象大变样。

外面的山峦虚影都有了实景，亭子周围的湖也不再是“血月影”湖，而是水质清透的寻常湖泊，湖面上萦绕着丝丝缕缕的魔气，像一处秘境。

聂音之在这处秘境里看到了缩小版的危江和迁江崖，以此推测，这应该就是古法宗的那一片被融入顾绛空间的地界。

他主动将自己的这片空间与外界融合，那自然不再独立封闭，但顾绛在这里面留了这一座亭子不与外界相通。

韩竟的神识落入亭内，又化作了以前的模样。他感叹道：“没想到还能有机会进来，这里面竟然变成这样了。”他转向聂音之，上下打量了一番自己这位小徒孙，“专程到这里面来谈事，该不会是你们又要干什么惊天动地的大事吧？”

聂音之笑着摇头：“我只是想知道，师祖明明早就该飞升了，又是如何骗过天道这么多年的？”

“这个啊，”韩竟盘膝坐下，“是借助了法宗掌门的一道替身符箓，蒙蔽了天道，让替身代我飞升，我将自己一分为三，又封印玄魄剑，彻底将韩竟这个存在从这世间抹消掉，才拖延了这许多年。”

“替身符箓……”聂音之琢磨道，“替身飞升，融入天道那一刻，不就会被立即发现吗？”

韩竟摇摇头：“天道说到底只是一种秩序规则罢了，它就如转动的齿轮，是没有意识的。我的修为到了这个世界承载的极限，世界容不下，要么飞升，要么陨落。只要‘容不下的存在’不存在了就行了，不管以何种方式。”

所以当玄魄剑出世，被分开的三个韩竟之间有了关联，合为一体，恢复成“容不下的存在”，就又被雷劫追着跑了。

韩竟当然也想过散去一些修为，但是修为达到渡劫的水平，境界下跌是要命的。

“那再次封印玄魄剑不就好了？”聂音之问道。

“被察觉的秘密就不再是秘密，就像飞升这种天机，知晓的人到达一定数量，也就不再是天机。现在随口说起飞升真相，也没有雷鸣警告了。”

聂音之垂眸沉思，剧情能够寄生在天道里，一直不被发现，它的运行机制跟天道定也有相通之处，飞升或陨落是此界修士的最终点。

万魔窟上的献身是原著的剧情结局，现在萧灵没了，神女血没了，万魔窟也破了，剧情想要实现这个结局，只能从源头上进行修正，把顾绛这个外来因素消除掉。

要是搞一个假的，实现它这个高潮剧情，能骗到它吗？

聂音之神识回归，已经过去了大半天。

韩竟闷声不吭地缩回麒麟蛋里，没等青女来接他，玄魄剑气裹着麒麟蛋，从窗口一个猛子扎下去，自己连夜回了灵鸮窝里。

虽然钻进灵鸮屁股底下时免不了要被啄几下，但那两只扁毛牲畜也不敢将这颗蹭窝的蛋推出去。

他再没有多余的命掺和到与天道对着干的事情里了。

聂音之辗转难眠，苦恼得头发都掉了。直到第二天早上封寒缨的影蛇蹿出来，她才意识这家伙昨天失踪了。它盘在院墙上，封寒缨的声音懒懒地问：“韩竟自己回去了，你们谈完了？”

“嗯。”虽然感觉没什么用。聂音之神色怏怏，心情沮丧。她想回去抱魔头了。

看到影蛇身上沾染的青女妖气，聂音之这才打起了一点儿精神，颇觉意外道："没想到你这么快就找到你的姻缘了。"

封寒缨莫名其妙："什么？"

"青女。"封寒缨的长辈应该都不在了，聂音之身为师娘，说不准还要喝他一口茶，关心一下他的终身大事也不为过，"你抓观主，就是想卜算你和青女之间的姻缘吗？"

影蛇摇摇尾巴，点点头："是也算过她。"

"也？难不成你算了很多人？"

"不止是人。"他是广撒网，反正那观主被他抓在身边，他心血来潮就叫他算一算，连只路过的鹅也叫他算过。不给他卜算到对的人，连死都别想死，多找几个正道高阶修士给他通一通灵脉。被魔将盯着修炼，瓶颈什么的，不存在的。

聂音之迷惑了："那你跟青女……你身上有她的气息。"

"哦。"封寒缨了然，魔气在周身扫过，清除掉身上属于青女的气息，他满不在乎道，"交尾而已，不过各取所需罢了。"

聂音之不知道说什么了。原来，封寒缨不止卖了韩竟，连他自己都卖了。

"啊啊啊，封寒缨这个臭东西！你脏了，你不守男德！"

"你为什么就不能跟你师父学学？？"

"别卜算了，不守男德的男人不配有姻缘！你搞你的事业去吧！"

"说不准青女就是他的真爱呢？"

"呜呜呜，告辞，我不想当你老婆了！"

"家人们，怎么回事？从之前封寒缨懂那么多，就可以看出他不是处男了啊！你们在想什么？"

“毕竟也当了几百年前呼后拥的魔尊，见遍了这个繁华的世界。心碎。”

“玄幻世界真妙啊！简直妙到家了！”

聂音之折腾了这么一圈，一时片刻也想不出怎么实现原著结局，干扰剧情。重现万魔窟不难，也可以利用替身符篆捏一个假萧灵出来，神女血却没办法再伪造。

这一次她多耽搁了些时日才再次利用顾绛的心头血，让神识来到他的过去。

一回生，二回熟，聂音之的神识清醒得越来越快，方一睁眼，便看到一阵刀光剑影袭来。她下意识想要闪避，转念想起这里的一切都无法伤到她，更何况那持剑袭来的人只是金丹修为，便没有闪避，转眸去找顾绛，想确认他是否安好。

视线与顾绛对上的那一刻，他眼睛略弯，对她微微笑了一下，随即迈步上前，一刀荡开了袭来的剑气。

他这一举动，使得优势荡然无存，本来胜负明显的战斗又开始变得胶着起来。

“顾绛在做什么？方才他明明已经避开，又退回去干什么？”

“许是气力不济？像他这种打法，消耗肯定比戚师兄大。”

“拖下去只会对他越来越不利，去长隐岛的最后一个名额是我们昇阳派的了！”

聂音之被顾绛挡在身后，神识飞快地向周围扫去，根据围观者的只言片语大致了解了现下的情况。

周围人山人海，所有人都将目光投在这一个擂台上。这个擂台四周布有结界，台面上刻有严苛的规则。

顾绛和对面的剑修身上都带着不同程度的伤，真元即将耗尽。这并不是点到为止的比拼，而是为了一个名额在以命相搏。

围观的修士身穿不同门派的服饰，那个大叫着昇阳派的人与顾绛的对手穿着同样的门派校服。

就在那人喊话不久，战斗结束了。顾绛在真元耗尽前一瞬，一刀钉穿了对方的灵枢。

一块铭牌射来，落入顾绛手中。

周围的人沸腾起来，在所有人反应过来之前，顾绛抓住铭牌，收入囊中，片刻都没有停顿，飞身从擂台上跳下，迅速朝人群后方跑去。

聂音之跟在他身边。在她神识范围内，有十数道身影从四面八方朝他追来。顾绛踩着灵刀，真元已经快被抽干了。

“追你的这些人都是昇阳派的吗？”聂音之要是能动手，恨不得将这些人都剁了，“输了就输了，难不成还想抢回去？”

“这是常态。人多也是一种实力。”顾绛显然早就预料到这个情况了。他熟稔地闪避，躲藏，冲入一片密林里，从袖中掏出一块灵石屈指弹出去。那灵石咚的一声嵌入一株粗壮的大树树干上，传送阵的光芒被激活。在身后修士追到近前时，他与一道剑气擦肩而过，撞入传送阵中。

他之前应该也精打细算过，这个简陋的小型传送阵刚好禁得住他一个人。灵石里的灵气转瞬耗尽，阵法倏地一灭，一道传送符纸从树干上飘下来，烧成灰烬。

这只是短距离传送符，但另一头的目的地是他事先安排好的，暂时是安全的。

传送符将他们传入了一座废弃的城池。在动荡的时期，这样的荒城很多。传送阵在城中一处宅院的密室里亮起，光芒灭了后，室内就完全昏暗下去。

顾绛一来到这里，身上的血腥气就压过了周围腐朽的霉味。他点燃烛火，从柜子上拿起一瓶补灵丹，倒出几粒塞进嘴里，打坐将丹药里的灵气融入丹田，这才从经脉枯竭中缓过来。

随后他又扯下衣袍，拿出许多瓶瓶罐罐的伤药囫囵倒到伤口上，就地坐下，靠在墙上："你为何每次都在我这般狼狈的时候出现？"

"那你何时才能不这么狼狈了呢？"聂音之一直默默地看着他，直到他做完了这一切才凑过去帮他轻轻地吹了吹伤口，虽然她知道这个举动是多余的，"看上去就好疼啊。"

看到顾绛经脉恢复，又修到了金丹修为，不用问都知道，距离她上次出现的时间节点，又过去了许多许多年。

"快了。"顾绛的肩膀微微紧绷，好似能感觉到她的呵气似的。他勾唇笑了一下，"不疼。"

他现在的模样已经和以后没多大差别了，只是还没有经过漫长岁月的沉淀，还是一位新鲜长成的小青年。

聂音之好想给他擦一擦脸上的血和汗："你应该知道的，那个剑修无法伤到我，刚刚不需要保护我的。"那样，就不会多受几道伤了。

"我做完才想起来。"顾绛取出铭牌，"没关系，只要结果没有改变就行。"

聂音之在他耳边小声嘀咕了一句"笨蛋"："我现在可比你厉害哦，你要优先保护你自己。"

顾绛笑了一声："好。"

"现在是怎么回事啊？这块铭牌是什么？"聂音之问。

顾绛用手指翻转着这块小玉牌，玉牌上刻着一个"隐"字铭文，其上流转着微光。他道："四大宗门的时代过去，现在是一个极为混乱的时期，每日都有门派崛起，也有门派覆灭，但还是有一些实力强悍的上层门派屹立不倒。这几百年间流失了太多资源和功法，修士和门派之间争斗不休，正魔水火不容。"

"长隐岛，"顾绛的指头磕在玉牌上，磕出一声脆响，"是一个避世之地，每百年开一次岛，向外招收五十名弟子。拿着铭牌的人就可以进入长隐岛，学不学得成全看自己的造化……"他顿了一下，有些无奈，"还有师父的脸色。有人千辛万苦登上长隐岛，还没来得及说一句话，就被踢出去了。总之，能在岛上待足百年的，屈指可数。"

聂音之问道："原来你是在那里修行的？那我是不是可以见到你的师尊了？"

顾绛按了按眉心，头疼道："你最好别见他。"他抬眸仔仔细细地盯着聂音之看了许久，仿佛在借此坚定自己上岛的信念。

聂音之被他逗笑了："你师尊这么可怕吗？那你在长隐岛上待了多少年？"

顾绛生无可恋道："一百年。"

聂音之道："你的师尊明明很喜欢你嘛。"他提起长隐岛的口气明显不一样，他是喜欢那里的。

顾绛深吸了一口气，向她张开手臂："进我的灵台好好安慰本座，不然，我害怕自己会控制不住想要改变过去了。"

"在醒着的时候吗？会不会被发现干扰到过去的你？还是等他的神识睡了吧。"聂音之好奇地说道，"一个灵台里有两个神识，都属于自己，应该不会打架吧？平时他都是沉睡的吗？"

"醒着的哦。"顾绛伸手做了个弹她脑门的动作，"一个灵台里是无法长久地共存两个神识的。说到底，我们是同一神识，只是我的神识多了一千多年的经历，从我一入灵台，神识便包容了过去的我。”

聂音之摸了摸自己的额头：“那不就相当于过去的你也和你一起经历着这一切？”她的眼眸亮了亮，“也会看到我吧？”

“你不属于这个时空，我的神识离开，会将你的痕迹也一起带走。”

聂音之顿时丧气了。顾绛凑上前去，虚虚地碰上她的额头，眼角还染着一点儿血污，眸光却柔和得如同等待主人抚摸的大型犬：“阿音，快些进来。”

聂音之隔着岁月长河，都能感觉到自己胸腔里骤然加快的心跳。

“那你求我。”她稍微抬起下巴，在他的唇上碰了碰，给了他一个虚无的吻。

顾绛笑了一声，很配合地说道：“求你。”

“好敷衍呀。”聂音之撇了一下嘴，还是听话地渗入他的灵台里。

陷入黑暗灵台的那一刹那，她就被紧紧缠住。

她能感觉到顾绛的神识很疲惫，他一边要和剧情拉锯，一边还得警醒着不能让自我意识干扰到过去的自己。

阅历和认知变化，有些时候会有一些下意识的举动，就如在擂台上他下意识挡在她身前一样。要杜绝自己固有的习惯，非常累。

鉴于上次她在顾绛的灵台里睡着了，醒来时已被赶了回去，这次聂音之坚持着没睡，通过两人紧贴的神识，给他传达了一些她的想法。

她想要在现世做点儿什么干扰一下剧情，看能不能打破如今的僵局。

顾绛“嗯”了一声：“可以，但不用勉强，它坚持不了多久了。”

“怎么还这么黑？呜呜呜，什么时候才能元婴，才能开灯啊！”

“这样也挺好，可以看看魔头的过去，看他是如何成长的。”

“聂音之太坏了！”

“希望魔头记仇，下一次以牙还牙。”

“什么长隐岛？现在的剧情在原著背景里都没有提到过了，原著没有的背景他们怎么做数据？AI 公司该不会自己搞原创了吧？这让人不得不怀疑这部剧从一开始，剧官方就想换女主角。”

“所以才会崩得这么厉害。官方还一点儿都不作为，角色嘴巴里都吐出‘剧情’这两个字了，都多久了，都没见出个声明什么的。”

“真要是这样，就太不尊重原作者了。”

“沉迷追剧，什么声明不声明的，我没兴趣。”

顾绛没在这个密室里待太久。他抱着聂音之休息了片刻，便打坐恢复枯竭的灵力，待真元恢复到七八成，就从这里离开，前往长隐岛。

他必须按时到达长隐岛的传送阵，这块铭牌就是开启传送阵的钥匙，超过时限，钥匙失效，就算拿到铭牌也没有用。

擂台上的对决并没结束，直到登船之前，他手中的这块铭牌都有被别人抢夺的可能，不算真正属于他，这一路的艰辛可想而知。

聂音之这一次待的时间很久，直到他踏入传送阵。

白光过后，熟悉的参天巨木出现在眼前，顾绛脚下的传送阵正好在它的一条树根上，那树根墨黑，有了一种石化的质地。玉牌从他手中飞出去，回归到浓密的树冠里，化成一朵荧荧闪光的白花。

长隐岛长而窄，如一条蜿蜒的龙匍匐在东海深处，龙头部位生长着一棵巨大的迷縠树。这株迷縠树位于长隐岛极北，根茎从北到南贯穿整座岛屿，在长隐岛的尾巴上，还能从土里刨出它黑色的根须。

迷彀树一树成林，开花时，雪白的花瓣能随风飘散，覆盖整座岛屿。

“好美。”聂音之抬头望向那棵遮天蔽日的巨木，浓密的树冠中光华流转，花瓣纷飞，从叶缝中透出星星点点的光，“这是什么树？”

“迷彀树，带着它的花可以防止迷路。”

顾绛转过头，正好看到聂音之消散的神识，她沮丧地说道：“啊，我要走了。乖乖听师尊的话，等我下次来找你。”

聂音之对他摆摆手，顾绛笑着应了。

顾绛蹲下身，抚摸了一下迷彀树坚硬如石的根茎。如此树大根深，生机勃勃的一棵树，如今正在缓慢地死去。

他从长隐岛离开后，为了想办法救活这棵树，带着迷彀树的花走遍了整个修真界，探寻了无数塌陷和未塌陷的秘境。只是等他找到五色露的时候，手中的迷彀树花已经枯萎。长隐岛沉入海底，再也找不到。

能动摇人心的过去，并不只有难挨的苦痛，还有遗憾。他不能在这里待久了。

顾绛看了一会儿这棵树，偏头往树干另一端看去。

从那墙一样的树干后转出来一个人，看上去中年模样，高冠博带，衣袍飞扬，身量笔直，仙风道骨，看他的目光带着审视：“小子，不错嘛，你竟然认得这棵树？”

听他的话语，分明从顾绛出现在这里时，就已经在了。

顾绛拱手行礼：“前辈。”

紧接着，又有两男一女出现在他身后。四个人飞上这根粗壮的树根，围着他一顿扒拉，像挑选猪崽似的，从外貌到根骨将他挑拣了一番。

“你的经脉碎过啊？”其中一人砸舌，面露嫌弃道，“经脉碎过的我可不要。”说完，化作一道光扎入迷榖树后的山峦中。

另一人道：“根骨一般，经脉还碎过，长得一副小白脸样儿，不行不行。”

那名女修笑意盈盈地打量他：“你长得太好看了，若是跟着我，我怕会忍不住把你吃了。”

“今年发出去五十朵花，连花带人一起回来的不到一半。哎，你再等等，还有个怪老头没来。”

顾绛恭送他们离开，就地坐下。他知道这些人就是来走个过场，真正看上他的人，是那个怪老头，而他要在这里坐上四十九日才能等到那个怪脾气老头。

从第一日开始，他苦练的修为刀气就会从他经脉里流失，被脚下的迷榖树根吸走。他要在这四十九日里经历金丹破碎，灵基崩溃，不能有半点儿退怯之心，直到最后一缕刀气流逝殆尽，半只脚踏进鬼门关，才会被人捡走。

被丢在这棵树下的，除了他，还有另外五人。只要有半点儿动摇，就会被脚下的传送阵送走。

“呜呜呜，怎么修为又要没了？有了没，没了有，现在又要没了，坐过山车呢？”

“这得何年何月才能修炼到元婴啊？”

“在这里风吹日晒，魔头的脸都变黑了，海风该腌入味了吧？”

“心疼。那下次见面，阿音是不是就可以尝咸魔头干了？”

“勇敢咕咕，不怕困难！”

“魔头的升级也太一波三折了，还是聂音之好，上了化神巅峰。”

“顾绛的修为来得这么不容易，二话不说就躺下当炉鼎，送身体，送修为，送心头血，谁看了不得说一句魔头是大慈善家？”

“送给老婆的，那能叫搞慈善吗？送给我那才是做慈善！”

聂音之从入定中醒来，一睁眼就看到这些文字。她的神识一恢复，半点儿也没耽搁，再次逆着时光循去。

她的神识尚未彻底醒，便先听到一阵不带喘气的怒骂：“顾绛，你说说你为什么叫顾绛？我要是你爹妈，我就给你取名叫顾铁蛋！你说说，你这脑子怎么比榆木疙瘩还钝？比榆木疙瘩还不开窍的，那可不就只有铁蛋了吗？”

那喋喋不休的修士一头白发，身形佝偻，但是目光依然有神，身上并没有进入天人五衰时的浑浊之气。

聂音之眨了眨眼，一脸不解：“铁蛋？”

顾绛瞥了她一眼，随着他心绪的波动，周遭消弭的刀阵重新浮出来，纵横的刀光从天到地密密地裹住了他的身影。

顾绛在刀阵里狼狈地躲闪，白发修士坐在一旁喝着茶，嗑着瓜子。他嗑瓜子时嘴巴依然没停：“你看看你，我说什么来着？你得辨认出这刀阵中有多少道刀光！这刀阵才收回去多久？你怎么就如此心浮气躁？为师让你打坐入定，你连打坐入定都不会了？我以前也收过不少的弟子了，就跟你差不多，连第一关的打坐入定都过不了。”

嗑瓜子的咔咔声与他的话音一刻都没有停过。

聂音之好奇地打量他，实在无法理解他是怎么做到一张嘴同时干两件事的。

“当然了，为师这么说你，你不要气馁。你呢，天赋是有的，根骨也不错。那几个不识货的看不上你经脉碎过，还留着病根。从你灵基不稳都能自己修炼到金丹，就知道你还不错。打散刀光的顺序可不要错了，从弱到强，错一步，刀阵一变，你前功尽弃……”

聂音之盯着他的嘴看了片刻，觉得有些眼晕，不仅眼晕，还有点儿耳鸣。

顾绛的这位师尊和桑无眠简直是两个极端。桑无眠指教她时，能不说话，就绝不会多说一个字。这位师尊能把人头盖骨吵掉，还不能不听，因为他说的一箩筐废话里有那么一两句有用的。

等到顾绛从刀阵中出来已是深夜。聂音之耳朵里嗡嗡响，恍惚有一万只蚊子在耳窝里打转。

顾绛就地靠在一块大石上，望着头顶的圆月，两个人享受着这宝贵的清静，一时间都没有开口说话。

过了好久，聂音之才感叹道：“难怪你以前总叫我别吵。”

“一失足成千古恨。”顾绛神色麻木道。

聂音之嗡嗡响的脑袋终于清明了些，她想起从文字上看到的信息，问道：“你的修为……还是金丹呀？又过去了很多很多年吗？”

“一个月。”顾绛转眸看她，眼里露出点儿忍俊不禁的笑意来，“别急，很快就能元婴了。”

聂音之被他看得莫名其妙，解释道：“我以为你的修为又没了。”

“嗯？”顾绛想了想，“你说上岛之时？那是幻象。打破幻象或者坚持到幻象结束就行。”

“以假乱真的幻象？”聂音之提起了几分兴趣。

顾绛看着她亮晶晶的眼眸道：“这整个长隐岛都是一个巨大的幻境。”

“幻境？我没看出来呀。”聂音之伸手去接从遥远的海边飘飞而来的花瓣，那雪白的花瓣从她手心里穿过。

以她现在的神识，都没办法涵盖住这整座长隐岛，也没办法辨认出这是一个幻境。

“我也是后来才发现的。”顾绛说道，“幻境的阵眼就是那棵树。”

从这里能直接望到长隐岛头上的迷縠树，夜色下的树冠如浓云，泛着荧光的花蕾像是密布的星星，和天上圆月相映成趣。

顾绛站起身：“你要是有兴趣，我带你去阵眼看看。”

“好呀。”

迷縠树的主干在无数气根的中心，经年历久的气根与地面相接，长成新的树干，新生的气根则垂挂在枝干上，像帘子一般随着海风摇荡。

顾绛艰难地钻入迷縠树中心，粗壮的主干上豁开一个三角树洞，洞里闪着荧荧微光。整个幻境的阵法就在此处。

他摸了一把树干：“我以前为了躲我师父，无意间发现了这里。受不了他的时候，我就会来这里躲几天，睡个安稳觉。”

聂音之钻入树洞，看到了头顶运转的阵法光芒。她问：“你就在阵法下睡觉？”

“嗯。”顾绛应声的同时，熟练地找到一条突出地面的根茎，倚在了上面。

聂音之飞到树洞顶上去研究那座阵法。

“我明白了，学习时间到！”

“魔头就像那种带喜欢的女生去看自己的秘密基地的小男生。”

“这个幻境真的好漂亮，跟外面比起来，简直就是世外桃源！”

“我看到有个说法，AI 公司根本就没做长隐岛这个地图数据，这已经是它们在自创剧情了。因为萧灵死了，剧情重心就在聂音之身上了！”

“真的假的？没看到官方发通告啊！”

“这意思是不是我们可以一直看下去，看到他们成亲生娃，孩子长大，再来说说孩子的故事？”

“这么一说，感觉这个世界跟真实的一样。”

“等等，他们要搞的‘剧情’是什么？搞崩了的话，我们还能看吗？”

因为聂音之每次回到过去，落入的时间点都不一样，有时跨度很短，有时一晃就是几十、上百年，她无法知道下一次来的时候，长隐岛还在不在，所以没日没夜地沉浸在这个大型幻阵里。

顾绛听师父念经之时，她就铺开神识，细细研究幻境中的一草一木、亭台楼宇，然后将这些景致与阵法里的铭文字符对应起来，找出其中的规律。

研究透了那些静物，她便试着附着在鸟兽等活物身体里去琢磨。

整座长隐岛的幻阵分了三层，最深一层便是人。

聂音之一层一层地破开幻阵里密密的字符，解析阵法中的一撇一捺，剖离出里面的基础符文，神识钻入最深一层里，她被眼前随时随地都在变化的铭文晃得眼都晕了。

幸好她对这个时空来说是个外来者，不然神识在进入这里的一瞬，就会被这些字符吸进去。

最内层的阵符五分，对应长隐岛上五座山上的五位大能，彼此独立，却又统一为一个整体。运转这个大型幻境的灵力来自他们的真元。

不知为何，他们的真元被禁锢在了这棵迷彀树里，与树上的幻阵绑在一起，难以拆离。

聂音之不知道在这处符文的海洋中待了多久，直到看得头疼，神识有些受不了，才从幻阵里出来。

她立即把自己的发现告诉了顾绛："这个幻境是你师尊他们用真元维持的，在你面前的人只是神识化身，真元被禁锢在迷榖树里，长此消耗下去，早晚会枯竭的。"

顾绛并不惊讶："我知道。"

聂音之感觉到他的情绪，犹豫片刻，说道："我也许可以找到办法将他们的真元分离出来。"

"中座有位师兄曾经想过拆这个阵法，被他师父暴揍了一顿后踢出了长隐岛，再不准回来。"顾绛抬头望向中空的树洞顶，"迷榖树是一间囚牢，师父、师叔几人是犯了错被关在这里，法身已经融进树里，树死则真元散尽，他们不会离开长隐岛。"

聂音之张了张嘴，但最终没有说出口。这棵树已经开始衰竭了，她想顾绛肯定是知道的。

顾绛坐起身道："你要休息了吧？我带你出去逛一逛，晚上的长隐岛很漂亮。"

"好啊。"

顾绛去了海边。夜晚潮水涨起来，一下一下地拍打着沙滩，天幕上明月高悬，月光在海面上铺出一线银霜。

迷榖树的花瓣飘得到处都是，落在沙滩上，海水里。天上月明星稀，地上到处是闪着微光的花瓣，就如同星星都落入了凡尘。

顾绛脱了鞋子，将衣袍下摆打结，赤脚走在沙滩上，踩着潮水漫步，海风鼓起宽大的袖袍，他修长的手指在衣袂间时隐时现。

聂音之好想触碰他。

顾绛的脚步忽然一顿，转过身来说道：“借用一下你的手。”

“做什么？”聂音之疑惑地眨眼，还是听话地伸出手。

“两只手，捧着。”

聂音之按照他的指示行事，合拢的手掌上凭空冒出一团毛球。小小的兔子抖了抖耳朵，抱住她的指尖舔了一口。

“雪兔！”聂音之将雪兔捧到眼前，看着它葡萄似的黑眼珠，惊喜地说道，“对啊，我可以碰到你的神识。”

顾绛站在她身前，垂下头，雪兔忽然从她手掌上直立起来，前爪踩在聂音之的下颌上，踮起后肢凑上去，给了她一个兔子吻。

聂音之被雪兔的小舌头舔着嘴唇，整个人都蒙了。她一把将它按进怀里：“干什么呀？这样显得我好像变态。”

顾绛扑哧笑出声来：“反正也只有我一个人看得见。”

聂音之瞪他：“那你的意思是，你真的觉得我很变态？”

顾绛的笑声一顿：“嗯？”

“你都没有反驳我。”聂音之报复一般用力揉怀里的兔子，“明明是你自己贴上来的，要变态也是你变态。”

顾绛被她揉得皱起了眉，呼吸不由得重了几分：“嗯，是我变态。”

他话音刚落，兔子从聂音之手里消散，神识缠住她，瞬间将她拖进了自己的灵台里。

顾绛从海滩离开，一阵风似的掠回西座山上，连师尊的唠叨都没顾得上回应，一头扎进自己的房间。

聂音之一进入灵台，就陷入了云团似的棉花里，不，确切地说，应该是棉花似的云团。

顾绛的灵台不再是一片漆黑，暗无天日。里面的光线很柔和，并不刺眼。他的灵台里都是绵软的云，元神裹在白云里，红叶的刀气给云团染上一抹霞色，粉嫩嫩的。

眼前的白絮随着她的神识波动像雾一样起伏，但触在身上又比她家里铺满云绒锦被的床还要柔软。

那大片的云还有兔子模样的。

这还是聂音之第一次看清他的灵台。

白茫茫的云团里显出一抹人影，聂音之没来得及说话，就被他抱进怀里，颈侧被含住咬了一口，聂音之的神魂立即感觉到微微刺痛，就像被尖锐的獠牙叼着。

“等……”聂音之猝不及防，他什么时候突破元婴的？

顾绛打断她的话：“不等。我已经等你三日了。”自从开始研究幻阵，她连跟他说句话的工夫都没有了。

聂音之以往进入顾绛的灵台，就只是单纯地被他抱着休息，两人就算神识紧贴，也没有什么过激的反应。但是这一次他才碰到她，聂音之就像是被电流窜过全身，整个人抖得厉害。她下意识往后躲，震惊地说道：“以前不是这样的……”

顾绛捏住她的脚踝将她拖回去：“那是什么样的？”

神识没有固定的形态，聂音之身形一散，化成了一团小云，藏进他灵台里大片的云里。她嘀咕道：“你的灵台好亮，太亮了。我觉得还是以前暗暗的样子好一点儿。”要在这么亮的地方，她还没准备好呢。

顾绛手中抓空，忍不住扶额笑道：“你化成云了？”随着他的话音，灵台里的光线暗下去，变得昏暗朦胧，顾绛的身形消散。

聂音之意识到不对劲，没等她反应过来，便被紧紧裹住了，周围的云气毫无阻碍地往她的神识里渗透。

原本宁静的云团渐渐开始起伏涌动，消散又聚拢，忽起忽落。明明无风，那云海却激烈得如同潮汐翻涌，犹如暴风雨压境。

聂音之被吞入这片云海，毫无反抗之力，每一寸神识都被他的气息浸染，令人战栗的电流在云层间游走。

她现在明明没有身体，却依然能感觉到自己四肢酸软，连骨头缝里都酥麻不已，快要从床榻上滑下去了。

神魂颠倒间，聂音之恍惚听到顾绛贴在耳边轻声道："阿音，你都能下雨了。"

她的脑子里霎时一片空白，什么都不知道了。

等到再醒来时，神魂已经落回自己的身体里。她蜷缩在柔软的床榻上，微微一动，还有未退的潮汐漫上来，浸在内裙上。

聂音之咬着被子，浑身红透。臭魔头！听听，这说的是什么话！什么叫都能下雨了！

"啊这啊这啊这，我们刚刚看到了什么？"

"是这样的，我妈问我为什么在看气象预报，还问这是哪个地方，怎么这么吓人，是不是有台风。"

"笑死我了！经过官方认证，这很和谐。魔头，你不行啊！"

"我居然看了一整集的风云变幻，要不是耳机里能听着点儿声音，我都要被摇来晃去的云催眠睡着了。"

"这一段真的好催眠。那个云晃得啊，简直就是助眠小视频！"

"那句'你都能下雨了'，是我想的那个意思吧？"

"我们这里正在下大雨，我已经无法直视外面了！"

"是我小看魔头了。有没有姐妹统计一下他们究竟玩了多少种花样？"

“你们还有多少惊喜是朕不知道的？”

聂音之拉起被子裹住自己，眼不见为净，她埋在被子里，钩出手腕上的金芽。那片虚散的叶子已经有了清晰的轮廓脉络，可见在与剧情的拉锯中，顾绛确实在渐渐占据上风。

她缓了好半天，闷声闷气地喊澄碧，让她们去给她准备热水沐浴。

她收拾妥当，陪父母用过午饭后，关在书房里将幻阵画出来。以前顾绛给她的古籍卷轴里也有阵法方面的典籍，聂音之翻找出来，结合着阵法图研究。

知道长隐岛的幻阵后，进入顾绛的灵台时，聂音之就向他传达了自己的想法。她想在万魔窟上布下一个幻境，实现原著的结局。虽然不知道能不能骗到剧情，但试一试总归没错。

聂音之不知道原著剧情是怎么样的，但是顾绛在与伪天道拉锯时，曾经看到过最后的场面，他通过两人紧贴的神识，将那画面传递给了她。

准备好阵法后，聂音之给封寒缨去了讯息，邀请他带上魔将们回老家看看。

封寒缨捏着通讯符一头雾水。老家？万魔窟？

他明天就带人去把那个耻辱之地夷为平地。

第二十二章 我也好爱你

其他没有姓名的魔修在不在无都所谓，封寒缨这个在原著里戏份举足轻重的魔尊一定要在，聂音之还点了他手下几名在原著里有姓名的魔将。

等到封寒缨领着那几名魔将来到万魔窟时，这处在天劫下破败荒废的囚魔之地，竟然一夕之间恢复原状。他的魔气撞上万魔窟上空的封魔印，封魔铭文被“血月影”撞出水波一样的光亮。

封魔印下，原本倾塌的玄塔笔直地矗立在万魔窟中心，直插封魔印。封寒缨满以为又是正道修士搞的鬼，顿时怒火中烧，魔气冲天而起，撞上那令他深恶痛绝的封魔铭文。

轰然一声巨响，罡风从万魔窟上呜的一声荡开。他抬起手中弯月似的长刀，正打算挥出第二刀，没承想那刀尖下人影一晃，聂音之陡然出现在前方，对着他微笑。

封寒缨一惊，情急之下猛然收力，魔气倒灌回经脉，封寒缨痛得闷哼一声，嘴角溢出一缕血丝。他怒道：“你找死……”

话还没说完，就被聂音之一巴掌拍入了封魔印下。

跟在封寒缨身边的魔将都惊呆了，不约而同地想，如今魔域将成，聂音之搞这么一出，定是想要夺权篡位，他们几人都是封寒缨的心腹，必定无法善终。

电光石火间，几人仓促地交换了一个眼神，四散而逃。

聂音之动作极快，身形化作一抹幽光，相继将几人踹进封魔印下，自己也跟着跳入万魔窟。

她算是体会到了顾绛那种修为碾压的快乐，托顾绛“以身饲魔”的福，聂音之入魔之后不受灵气匮乏对修为的限制，本就半只脚踏入大乘期，后来神识随着顾绛的心头血在一千多年间来回磨砺，短短半月便很顺利地突破至大乘期。

幻境之中的万魔窟景象与她第一次进入这里时一般无二，中心玄塔，四方城池，城中有裹得严严实实的魔修来往。

幻阵的阵脚在中心玄塔底层。

聂音之在万魔窟这重幻境里，叠加了一层嫁梦术法，几个魔将一入万魔窟便神情一阵恍惚，按照聂音之的安排，去了自己该去的地方，等着戏份登场。

她走入玄塔，封寒缨坐在那张玄石座上，眉宇间有些挣扎的神情，看样子并没有完全被迷惑住。

聂音之没有告诉封寒缨她的打算，就如韩竟所说的那样，被察觉的秘密就不是秘密了。

在原著剧情里，封寒缨这个大反派的本体一直被囚禁在万魔窟，但他的魔气逃了出去，利用夺舍潜伏在各大仙门内部，暗中搅动风云，最后败在萧灵的血上，几次三番因为被她的血诱惑而出手救她。

他顶着不同身份，不同模样，有仙门世家公子，年轻有为的宗门修士，甚至是云笈宗崭露头角的师弟，等等，萧灵遇到的人当中，有一大半都是顶着别人外壳的封寒缨。

这些人形貌举止全然不同，但都有一个共同点——觊觎她的血。

萧灵并不傻，相反，她算得上心思细腻，凭此将仙门中发生的那些栽赃陷害的祸事串联在一起，揭露了封寒缨的真面目，用自己的血将他引入陷阱中，被众人剿灭，使得封寒缨在万魔窟内的本体受到重创。

她这一举动获得了前所未有的殊荣，但与此同时，也暴露了她的血对魔修的作用。流传在民间的那些原本无人在意的神女传说忽然开始甚嚣尘上，就算是桑无眠也顶不住化神巅峰修士施加的压力。

最终，萧灵为了不使桑无眠为难，背着他，主动站到了万魔窟上。

万魔窟封印被冲破后，这里就彻底荒废了，也没有正道修士把守。封寒缨方才在这里弄出那样大的动静，毫无疑问惊动了无量宗。

聂音之坐在一尊佛像的头顶，晃着腿看正道修士往这里赶来。

好在原著里面几乎没有重点提及来这里的正道修士，因为有名有姓的人，都在围困桑无眠，阻止他往这里靠近。

黄沙滚滚，天地之间一片昏黄。修士有灵力护体，本该不染尘埃，但此时此刻，看着万魔窟上异样的场景，没有人注意到有微尘穿过灵力屏障，附着到他们身上。

众人神情恍惚了一瞬，有人指着万魔窟上一处突出的峭壁说道："看那里！"

黄沙渐渐平息，露出峭壁上一道纤细的白影。

萧灵垂眸望向脚下，素白的纱裙在风中飞扬，发髻被烈风吹散，几缕青丝贴在她白皙的面庞上。这里的风实在太烈了，卷着细沙，如同刀子刮过皮肤，她的脸上被磨出细小的伤口，渗出了一点儿血。

封魔印下顿时有了隐隐骚动。

中心玄塔里，封寒缨蓦地睁开眼睛。

那道身影在所有人的注目下纵身跳入万魔窟中，罡风撕扯开她的白裙，鲜血顷刻间染红了一大片，万魔窟中群魔涌动，朝着这处悬崖冲来。

这画面和当初聂音之跳下玄塔时没什么不同。

聂音之站在玄塔的露台上，对自己布下的这个幻境很满意。长隐岛上的那个幻境维持了几百年，她当然做不到那样久，但是好在原著里这段剧情发生得很快，不过一时三刻，她还是做得到的。

剧情若是跟天道类似的存在，是一种运行机制，那它并没有像人一样的判断力，只想要达成最后的结局。这个幻境真假参半，进入这个幻境内的人，都会同时中嫁梦之术，配合原著剧情发展。

原著重点提及的角色都陷在这场幻境里，要是依然没办法干扰一下它，那她就没辙了。

魔修被神女血消耗，应该有大量灵气溢出，聂音之在那片崖下埋了一个聚灵阵，阵法驱动，引来的灵气越发浓郁，最终形成了薄薄的灵雾。

支撑幻阵的真元在飞快消耗，她皱起眉，有些撑不住了。

首先脱离幻境的人是封寒缨，他蓦地从嫁梦术法中清醒过来，一脸蒙地看着自己怀里抱着的女人。对方搂着他的脖子，以一种对他憎恨至极的神情吻上他的唇，咬破舌头，将满口的血往他嘴里灌。

在原著里面，萧灵和封寒缨有一点儿暧昧不清的关系，具体到了何种程度，并没有挑明。

聂音之内府抽痛，分神想了一下，封寒缨那浅淡得几乎看不见的姻缘线，另一头也许就是萧灵。

封寒缨暴怒地扯开身上的人，盯着萧灵看了许久，伸手掐住她的脖颈。

萧灵在他的手指下挣扎，封寒缨知道她，他的神识里被塞入了一段梦境，所以他认得她。

但眼前的人只是幻象而已，封寒缨手指用力，一把将她的身影捏碎了。

漫天乱舞的魔修蓦地消散，闪烁的封魔印也消失了，那几个被体内鲜血焚烧得神志不清的魔将陡然停止了抽搐，猛地跳起来，激动地说道：“我没有被烧化？”

“尊上，这是怎么回事？那什么神女血不是没有了吗？”

“我好像做了一个梦。”

封寒缨面沉如水，嘴里被灌入的血都是幻象，但是那种温热的血腥甜味还是残留在味觉上。他神识一扫，看到了玄塔上的聂音之。

幻境里的核心角色被破坏，整个幻境开始崩溃，聂音之膝盖一软，跪到地上，吐出一口鲜血，短暂地眩晕了片刻。

一道黑影罩在她头顶，封寒缨磨着后牙槽，用一种想将她生吞活剥了的口气说道：“师娘，你又在搞什么鬼？”

聂音之真元行将枯竭，瘫坐在玄塔龟裂的露台上，用最后一点儿的气力，钩出手腕上的金芽。

那叶片看上去没有任何动静，并没有因为她的努力而有所变化。

聂音之叹了一口气：“看来是失败了。”

“可怜封总被迫演出。聂音之，演出费给我们封总结一下啊！”

“这不就是原著结局前的高潮剧情吗？！！聂音之搞这么一个幻境出来干什么？”

“啊啊啊，为什么封寒缨和萧灵亲了？封寒缨，你完蛋了，你再也洗不干净了！”

“我的天啊！我不得不怀疑女配角是穿书人！穿书女配角搞崩剧情！这么一想，她之前所有的行为都合理了啊！不会真的有姐妹穿越了吧？细思极恐。”

“不是，我们看的难道不是AI剧吗？”

“AI会自己开根本没有设定的新地图吗？会开长隐岛这种书里都没有，剧官方也没做的地方？”

“越说越离谱了。总不可能我们追了半年的AI剧其实是另一个平行世界吧？”

“三千世界，也说不准呢。”

“怎么回事！突然好卡。”

“姐妹们，我要卡死了！”

“还以为我的网络出了问题。”

聂音之看着上方长龙似的文字骤然消失，愣了一下，隐约感觉到了什么。此时太阳彻底落入西山，天地之间暗了下来，晴朗的天空忽然起了云，转眼间聚集成黑压压的浓云，不到片刻便落下雨来。

雨中夹杂着浓郁的灵气，很快就将一切都笼在蒙蒙灵雾中。

聂音之低头看向手腕，腕上的叶子在雨雾中颤巍巍地抖动，金色的叶肉嫩生生的，轮廓清晰，叶脉分明，生机勃勃。

封寒缨看到她手腕上的叶子，满腔的怒火顿时消散了，勉强凝结了一片魔气挡在她头上，问道：“师尊回来了？”

聂音之抬头看向他，眼睛透亮，弯起的眼角淌下一条水痕，也不知是雨还是泪。她微笑着轻声应道：“嗯，应该回来了吧。”

封寒缨定定地看着她，心中没来由地一阵悸动，希望也能有这样一个人，在想到他时，会露出这般情态。

聂音之真元枯竭，是被封寒缨扶上他的坐骑的。

魔尊征战四方的坐骑是一头身披铁甲的风兽，虎身鹰翼，头上生有尖角，跟封寒缨结契后，那脑门上也多了一丛火红的毛。

聂音之伸手摸了摸风兽的脑袋，那庞然大物眼睛瞪得滚圆，从喉咙里发出不驯服的低吼，四肢却趴伏在地上，做出屈服的姿态。

和它的主子一个德行。

“你自己回去吧。本尊要把这个鬼地方拆了，顺便感谢一番无量宗十年来的照顾。”封寒缨抽出自己的长刀扛在肩上，不等聂音之答话，就带着他的几个魔将风风火火朝着正道修士冲去。

聂音之拍一下风兽的脑袋，捉着缰绳将躁动不安，想要跟着冲上去的风兽扯往另一个方向，往东境而去。

风兽被她催促得几乎化作了一阵疾风，撕开夜色，往前狂奔。风兽能够成为封寒缨的坐骑，自然有它的长项。它的速度比聂音之和顾绛曾经乘坐过的云舟快多了，从遥远的西北境到东境，几乎横跨整个修真界，却只用了不到一个昼夜的时间。

踏入古法宗境内，风兽迎面撞入一团白云中，不多时，翅膀卷起的狂风将这团白云撕得四散消弭，猛地从一片茫茫白雾中冲出来。

聂音之被金光刺得眯起眼睛，在她前方，落日金光与血红晚霞交织成一片，缎带一般披在暮色将临的天幕上。

在这样的夕光下，群山肃穆，葱茏绿色中绽开了星星点点的花，极尽妍丽地铺展在天空下，一眨眼的工夫，漫山遍野都改头换面了似的。

风兽翅膀卷起的风将姹紫嫣红的花瓣裹挟到半空，携着花香在聂音之身旁缠绵，落了她满身的花瓣。

风兽在花香中一个劲儿地打喷嚏，暴躁地甩着尾巴。

聂音之摸了摸风兽的脑袋安抚它，拈起一朵栀子花，也被满鼻子的香气熏得打了一个喷嚏。

晚霞是他，风是他，满山绽放的野花都是他的杰作，这般大费周章，他本人却偏偏不出现，聂音之不满地嘀咕道：“笨死了。”

她身披晚霞，踏着繁花落到家中院子里，风兽累得气喘吁吁，趴到海棠树下就开始打呼噜，呼噜声如同雷鸣。

聂音之提着裙摆快步穿过游廊，往自己的小院跑。阿浣和澄碧听到动静迎出来，惊喜地唤道：“小姐你回来了？”

聂音之脚步没停，阿浣跟在身后连珠炮似的向她交代将家中的情况。

今日一早，顾绛就带着沅州城里有名的媒人和一长街的聘礼上门求亲，说要入赘，把她的父母都给惊呆了，现在那聘礼都还摆在花厅里。

有前一个魔尊封寒缨留下了坏印象，她爹给顾绛甩了好些脸色，拉着他喝了一天的酒，把顾绛的祖宗十八代都快盘问尽了，一听他都两千多岁了，阿浣毫不夸张地说道：“老爷的脸都皱成了一团，灌了一口酒，缓了好半天才叹着气嫌弃地说道，聂家的家谱都没有他这么悠久。”

聂音之听得笑出了声：“我爹胆子变大了呀。”还敢盘问大魔头。

阿浣也跟着应“是”：“可见咱们老爷也是个欺软怕硬的。”

“那我可得好好安慰一下他。”

阿浣道：“顾公子在客院里，大晚上过去不大好吧？”

“我知道了。”聂音之轻笑一声，摆手让她们去准备热水，脚步半点儿没有迟疑，踏进自己的闺房。

跑到屋中一看，魔头躺在她的雕花大床上，睡得那叫一个理直气壮。

她不自觉地放轻了脚步，走到床边坐下，仔细看了他片刻，伸手去戳他的脸。指尖实实在在地碰到他的脸颊、眉眼时，聂音之悬着的心才终于落回肚子里。

顾绛被她扰得醒过来，眼眸半睁，瞳中带着些迷离醉意，脸有一些红，呼吸间夹着一股淡淡的酒味，长发披散在枕头上，还带着潮气，身上都是玫瑰香气。

聂音之将手指插进他湿润的长发里，指尖搓揉了一下发丝，给他烘干头发："这么香，你用我的花瓣泡澡了？"

"压一压酒气，怕熏着你。"顾绛抬手轻抚她的后颈，摩挲了片刻，将她向下一按，张口含住她的唇。

顾绛口里几乎没有酒味，有一点儿茶香，还有香片的气息，显然是好好洗漱过了。

魔头把自己洗得干干净净的躺在床上等她，聂音之决定原谅他不亲自来接自己了。

"我爹明明把你安排在客院的，你怎么擅自闯入姑娘闺房？不怕我爹打断你的腿？"聂音之在亲吻的间隙喘了一口气。

顾绛醉意迷离地亲着她的下颌，在白皙的脖颈上逗留，含糊地说道："为了我的腿，恳请小姐为我保密。"

聂音之风尘仆仆，还没有沐浴，一把捂住他的嘴推开，坐起身来："看你的表现。"

阿浣的声音从外面传来，她绕过屏风进来："小姐，沐浴的热水给你准备好了。"

想要瞒过普通人的五感对顾绛来说轻而易举，此时阿浣只看见聂音之撑着手臂，以一个奇怪的姿势趴在床榻上，全然看不见小姐床上还有另一个人。她奇怪地问道："小姐，你这是在做什么？是有哪里不舒服吗？"

"没什么。"聂音之取下发髻上新鲜的栀子花别到顾绛的鬓角，在他脸上捏了一把，才起身往净室走去。

浴池里水雾氤氲，撒满了花瓣，澄碧轻轻帮她梳理长发，阿浣在旁边叽叽喳喳说，姑爷要是入赘的话，那他们就可以一直住在聂家，她们两人可以伺候小姐一辈子，又说夫人和老爷明日就要去给他们合八字，择选良辰吉日，后面可要忙起来了。

聂音之双手放在水下，抚摸着手腕上的咒印，钩出金芽，在水下摸着叶片玩弄，即使是泡在热水里，叶片也触手生凉。

她没有开共情，但即使不开，她也能猜到顾绛现在是什么样的。

铺满水面的花瓣轻轻一荡，被拂开了一点儿，有一缕阴影飞快地钻进水里，随后水面剧烈波动一番，水位莫名往上涨了一截，几乎要溢出浴池。

一朵栀子花从水下浮出来，在铺满水面的绯红花瓣间甚是显眼。

那微凉的触感落在某一处，聂音之身体一僵，暗暗吸了一口气，在两个丫鬟反应过来之前，将她们打发走了。

花瓣随着池水波动，聂音之手指间缠满了冰凉的发丝，她咬紧了唇，本就被热水泡得泛出粉色的皮肤，因为水下的举动几乎红透了。

她的脑子里就像被塞满了烟花，一丛一丛地炸开。她恼羞成怒道："顾绛，你……你之后别想亲我了！"

好半晌后，池水哗啦一声响，花瓣浪出去一大半，顾绛抬手将湿漉漉的长发拨开，英俊的面容上沾着几片花瓣，很无辜地看着她："不舒服？"

聂音之游离的目光落在他的唇上，捂住脸颊："我又要给你烘干头发。"

顾绛勾唇笑了一声，水鬼似的缠上来："有劳阿音。"

直到第二日午后，聂音之才醒来。阿浣和澄碧已经养成习惯，没有她的召唤，不会擅自来打扰她。

怎么从浴池里出来的，她已经记不清了。屋里门窗紧闭，帷幔将天光都挡在窗外，床幔再垂下，床榻里昏暗得几乎分不清昼夜。

室内昏暗又安静，聂音之能清晰地感受到他有力的心跳，从咒印的共情里，能感觉到他松懈的情绪，再也没有沉重的天威压迫在他身上，他不用再冻结自己的心跳安睡了。

聂音之看到他心口上的牙印，脸颊红了红，小心地亲吻了一下。

下巴立即被人钳住，顾绛将她的脸托起来，一副有气无力的样子："你自己上来。"

聂音之眨了眨眼睛，和他对视片刻，恼怒地掐住他的脸："我又没有想要！我现在也很累呢。"臭魔头，你昨夜可不是这个样子的！

顾绛将她裹进薄被里，翻身抱住她，又准备睡过去。

聂音之现在没有一点儿睡意，她睡不着，拱来拱去不安分，从被子里抽出手在他脸上摸来摸去，嘀咕道："我算是明白了，原来不关天威的事，根本就是你自己爱睡觉。"

顾绛"嗯嗯"两声。

聂音之安静了一会儿，又问道："剧情是彻底崩了吗？它是不是再也无法影响到这个世界了？"

"嗯。你在万魔窟布下的幻阵确实干扰了它一瞬，让我抓到了机会彻底将它击溃了。"顾绛闭着眼，梦呓似的回答，"这个从书中诞生的世界，客观规则与剧情规则有冲突之处。"

"剧情寄生在天道中，抽取了天地间大量的灵力，用以创造它想要的故事背景，四大宗门覆灭，秘境崩塌，洞天福地枯死，灵气枯竭，在这个背景下，诞生灵气复苏的救世主。"他道。

"除了原著话本，还有一个与此世界关联的衍生作品。"顾绛抓住她乱动的手，"剧情崩溃时，我看到了铺天盖地涌来的文字，但很快就消失了。"

“文字？”聂音之睁大眼睛，“你最后看到了弹幕？”

“弹幕。”顾绛咂摸了一下这两个字，“你看到过？”

剧情崩溃的那片刻工夫里，涌来的字幕实在太庞杂了，就像滔天洪水，颜色各异，还有许多他看不懂的字符，里面提到了太多聂音之的名字。

顾绛下意识将神识铺开，滤网一样筛选所有与她相关的字幕。好的，坏的，有用的，无意义的，这些字幕都能和他们的经历对上。那里面还有很多谩骂。

顾绛抬手轻抚她的背脊：“那些人在看着我们，你在看着他们？”

“是啊，要不是这些文字，我也不知道怎么召唤你呢。”聂音之应道。

这么看来，剧情崩了，这些叫作“弹幕”的也跟着消失了。虽说以后可以不用再被人窥视生活，但就这样彻底消失，她居然还有点儿怅然若失。

谩骂她的很多，有趣的字幕也很多，也有喜欢她的人，会亲昵地叫她“音音”“阿音”，而且她确实从这些弹幕提前知悉了很多信息。

“你都看到了些什么？”聂音之好奇地问道。

顾绛想了想，指尖勾动，“血月影”从他手心里溢出去，汇成了密密麻麻的字迹，将他还记得的文字展示出来。

“好耶，我好喜欢这种剧情，我现在就要看聂音之扑倒他！快点儿上！聂音之，你到底行不行？”

“大魔头，你难道没发现音音换了漂亮小裙子，戴了步摇，还化了妆吗？怎么不夸几句？你那两只大眼睛是长来出气的吗？”

“神妃仙子聂音之。”

“聂音之对魔头已经有占有欲了，她完了。阿音爱上了阿绛，就像阿珍爱上了阿强，在这个没有星星的夜晚。”

“聂音之怎么哭得跟死了男人一样？”

“啊啊啊，音音好美，我好爱！”

“聂音之好漂亮！真是一张好皮囊啊！”

“阿音的眉眼也好看，鼻子也好看，嘴唇很软，头发又黑又顺，灵骨也很漂亮。”

“聂音之心里想，后宫三千佳丽，我来啦！”

“别做梦了，聂音之可不会度化万魔，她连度化个魔头都舍不得。”

“聂音之骄纵怎么了？骄纵吃你家大米了？就是有人惯着她的骄纵。”

“阿音很温柔。”

“聂音之，求求了，你别搞剧情了，搞魔头吧！”

“我不管，我们阿音是这个世界上最美好的女孩子。”

“呜呜呜，阿音好爱魔头！”

“魔头也好爱阿音！”

……

床幔被魔气掀开，那一行行的文字从床榻上蔓延出去，那一行行暗红色的字将屋内都塞满了，一眼看去全都是“聂音之”“阿音”“音音”。看上去实在有些恐怖。

聂音之都快不认识自己的名字了：“怎么全都是我？”

顾绛打了个呵欠，眯着眼睛：“我那时候并不知道这是什么，又猝不及防，只能关注到提及你的。”

聂音之感动坏了，看着屋内的文字逐条化成魔气消散，全都是对她的夸赞，没有一条恶言恶语。

当然，还有很多奇奇怪怪的东西混进来，顾绛也看了不少。

她蓦地瞥到一条：“聂音之，男人这么哄你就是想让你亲他！你到底行不行啊？”

聂音之扑哧笑出声，透亮的眼瞳里映着“血月影”泛着微光的文字，那些毫不吝啬的夸赞从她目光中相继消失。

她眼眸微微一动，转过身枕到身旁人的肩头上，指尖在他胸口画圈圈，忍着笑问道：“哥哥，谁会夸我灵骨漂亮啊？你觉得那些人能看到我的灵骨吗？”

顾绛沉默不语。聂音之又问道：“这里面有哪些是你说的？夸我很温柔是吗？还有善解人意？很勇敢？很可爱？还说我指甲盖都长得很好看，这条是吗？”

聂音之快笑死了，顾绛真的很不会夸人。她贴到他耳畔道：“魔头也好爱阿音，这一条，是你发的吗？”她垂眸看了一眼顾绛泛红的耳垂，没等来他的回答，故意叹息了一声，沮丧地说道，“好吧，看来是我猜错了，不是你发的。”

顾绛抬手抚摸她的后颈：“是我发的，我也好爱你。”

聂音之呼吸一滞，眼眶有些发热，正想应声，就听到顾绛闷笑了一声：“你的心跳声好大。”

聂音之不知道要说什么，她猛地捉起被子将两人整个盖住，在他嘴上咬了一口：“那你还很硌人呢。”她说完蛇似的拱进被子里，只能看到一团小小的被子山包停到中间。

顾绛倒抽了一口气：“聂音之！”

被子里传来闷声闷气的回复，她整个人都在发烫，心脏擂鼓一般敲击着胸腔：“我可以自己坐上来。”

没过多久，聂音之就后悔了。果然，魔头要死不活的样子都是假的，只有她的要死不活才是真的。

剧情崩溃，大量灵气回归，枯竭了两千多年的天地一时间还难以消化这么多灵气，天气变得异常起来，一日里的气候就能春夏秋冬打个转，好在大部分的灵气都朝着仙山秘境狂涌而去，远离灵脉的凡间城池并未受到太大的波及。

聂音之见父母如此积极地要给他们合八字，操持亲事，也就随他们去了。聂家的上门女婿还没入门呢，家中上上下下已经开始“姑爷姑爷”地叫上了。

顾绛改口也改得那叫一个丝滑，喊爹娘喊得比她还亲热。她陪着母亲聊天的时候，顾绛就跟她爹去钓鱼、下棋、品茶，除了视察聂家的商铺，他非常喜欢她爹那些悠闲的老年活动。

聂老爷也不指望女婿接手家中的生意，将聂音之送入仙门后，他便从旁支里挑选了接班人。

除了每夜他回到客院后，要大显神通，神不知鬼不觉地闯入小姐闺房外，两人几乎就过着凡人般的日子。

修真界却不大太平。灵气复苏，许多隐世和崩塌的秘境相继复苏，千年前那些洞天福地重现人间，这些都是无主之地，自然能者得之。

封寒缨领着魔将和无量宗打了一架，将万魔窟外的佛像尽数踏平，之后风风火火地前来拜见过师尊。各色魔气罩在沅州城上空，把城里百姓都吓得闭门不出，以为穷凶极恶的魔修要踏平沅州了。

封寒缨送了几座仙山给自家师父撑场子，坐了不到一盏茶的工夫，又带上魔将浩浩荡荡地从聂家卷走，奔着“琼海秘境”而去。聂音之看他志在必得的模样，显然已经将自己的姻缘线抛在了脑后。

他走了好久沅州城的魔气才消散。

聂音之看着家中被吓坏了的仆从，嫌弃道：“让你徒弟别来了，烦人得很。”

封寒缨才踏出沅州地界，就从“血月影”中接收到顾绛的信息，从今往后，禁止他踏入沅州。

他方才做错了什么吗？封寒缨一脑袋问号，影蛇从他袖子里射出去，沿着来路返回，不到片刻就被一道无形的斥力给弹了回来。

封寒缨一脸阴沉地捏着影蛇，回望了一眼沅州城，冷哼一声，拂袖而去：“这破地方，不来就不来。”

彼时，聂音之正和顾绛坐在花园里给翠花改名。

顾绛在宣纸上写了许多名字，摆在桌上，让鸿鹄挑选，鸿鹄拍打着翅膀在纸上跳来跳去，爪子在每一个名字上都烙下一个焦印，一副“我全都要”的架势。

顾绛撑着下巴大笑：“你看，它也喜欢‘啾啾’这个名字。”

红叶刀尖上被烫出的那一抹环状的翎羽痕迹很是显眼，它跟翠花混久了，刀气从刃上蔓延出来，也凝成了一只鸟的模样，摇着脑袋疯狂拒绝这个名字。

它能预料到，如果鸿鹄改名叫“啾啾”，那它的名字说不定会改成“叽叽”。

聂音之道：“你看，连你的刀都嫌弃你取的名字。说好的一百个，还差二十个呢，你接着写吧。”其实，她已经决定要给鸿鹄改名成“白霜”了，但她就是想看看魔头还能写出什么离谱的名字。

顾绛的目光开始游离，从天到地，从树到花，四处寻找灵感。他写一个，鸿鹄就跳过去给他按个脚印，非常捧场，红叶在旁边急得直扑腾。

也不知是哪个眼尖的下人瞧见了，没过多久，聂夫人急匆匆跑过来，用十分糟心的眼神看了一眼满桌的名字，没好气地拍了聂音之一下，待喘匀气才语重心长道："音音，孩子的名字可不能乱取。"

聂音之一脸茫然："什么？"

等弄清楚他们是在给灵剑取名字，聂夫人松了一口气。她摸摸鸿鹄的脑袋，拿着鸿鹄的名字要去给它测一测这个名字的运势。

等她再送回来时，除了灵剑的名字，还夹着五个男孩名和五个女孩名供他们以后备用。

"十个？"顾绛脸上露出了震惊的神色，随即往聂音之的肚子瞥了一眼，皱起眉思索了片刻，艰难地下定了决心。他拉过聂音之，一把将她抱起来往屋里走，妥协道，"修士受孕比较难，如果你想要这么多孩子，本座可以努力。"

聂音之："谁要你努力？"

由于顾绛将古法宗这一片地域纳入了自己那片空间里，使得"血月影"和这片地域里的山川草木都融为了一体，魔气浸染灵气的同时，两者已经密不可分。本来灵气和魔气在这片地界中已经达成了平衡，但随着天地间灵气复苏，这个平衡被打破，灵气动荡也影响了"血月影"，从而影响到了顾绛。

在这种席卷整个世界的灵气波动中，就算是顾绛也只能随波逐流。

他赖在聂音之的秋千上睡觉的时候，魔气无意识地溢出去，融掉了聂家整个花园，"血月影"还差点儿吞掉一个正巧在花园里的下人。

他的魔气波动得实在太厉害，不得不离开人口稠密的沅州。聂音之自然不可能让他一个人走，两个人的亲事只能往后推延。

浮云川外的迁江崖是个不错的地方，封寒缨一开始就打算将那里作为魔尊宫殿，所以迁江崖上禁制重重，没有闲杂人等。

现在那位魔尊大人正带着魔将四处征战，忙着和正道修士争夺秘境资源，为建设魔域攒家底，分身乏术，根本没空回来。

聂音之跟着顾绛住进了迁江崖顶的重乐宫，顾绛闭关期间，聂音之就在迁江崖上四处闲逛，按照她的喜好来改造。

整个修真界都因为灵气动荡而四季颠倒，迁江崖灵、魔两气都格外浓郁，气候更是诡异。前一刻还是艳阳高照，她不过走上一道悬索桥，天气便陡然阴沉了下来，狂风中夹着紊乱的灵气和魔气，吹得悬索桥剧烈地摇晃起来。

聂音之站在连接两座宫殿的索桥中间，稳稳地踩在摇晃的桥面上，像是踩着浪尖行走。她明黄的长裙在阴沉沉的天色下像一朵随风狂舞的太阳花。

聂音之手里抱着几枝梅花，轻盈地踩在起伏的悬索桥上往对面跳去，落到桥边的山崖上。她的身形还未落地，腿上突然一紧，被人抱了满怀。

聂音之坐在顾绛的手臂上，双手环上他的肩膀，垂下头惊讶地问道：“你怎么出来了？”

迁江崖上气象这么乱，重乐宫蝉鸣阵阵，十里之外的另一处宫殿却在落雪，有时候一睁眼，红枫披满整个迁江崖，等她打完一个盹醒来，枫叶落了满地，光秃秃的枝子上冒着新芽。

这处地界上四季紊乱，顾绛的魔气也紊乱不已，应该是不好受的。

顾绛笑道：“我想你一个人应该待得无聊了，就出来看看。”举在耳边的梅花上还带着雪晶，一股清淡的冷香飘来，他道，“你还真喜欢花。”

“嗯。”聂音之其实不无聊，但她确实有那么一点儿想他，很想很想他，“重乐宫太热了，我想摘点儿梅花泡澡的，但是梅花谢得好快，我只折了这么几枝。”

顾绛抱着她踩上悬索桥往回走，这会儿风停了，悬索桥平静下来，但周遭的湿气很重，就像崖下的江水蒸发了似的，起了很浓的雾，将周遭一切都罩入浓雾中。

“可能还要持续三个月左右，这片天地才能将暴涨的灵气消化掉，到时候就会重新步入正轨了。”

聂音之摸了摸他的侧脸：“那你也会好了？”他的脸色不太好看，嘴唇上都没有多少血色。她有时候会觉得，这个从初遇时就站在修真界顶端的男人，脆弱得就像她手里的梅花，明明盛放着，她却总是担心他下一刻就要凋谢。

“嗯。”顾绛贴着她的指尖轻蹭。

聂音之乖乖地任他抱着走，两个人慢悠悠地重新回了那片梅林，殿上的积雪化了，地面上湿漉漉的，满地的花瓣和泥水混一起，潮湿的枝干上生着新芽。

顾绛走入梅林中，那些梅树随着他的脚步飞快地发出花苞，最后绽放。

顾绛陪她摘了一篮子梅花，然后牵着她回了重乐宫，将新鲜的梅花撒入池水里，梅香被热水一蒸，整个室内都飘满了香气。

他半点儿都不见外，褪了外衫，一起跨进水池里，将她抱在怀里。

魔头的怀抱可能有什么魔力，聂音之一沾上他就想睡觉。她这段时日以来都没有睡好，被他这样抱着，眼皮就开始打架。

顾绛在她白皙的后颈上吻了吻：“睡吧。”

然后聂音之就被他催眠了。

等聂音之睡饱了醒过来，顾绛又已经去闭关了。她有些眷恋地伸手去摸他睡过的地方，从被子里掏出一只雪兔。

雪兔抖了抖耳朵，跳到她手心里。

灵气复苏也影响到了浮云川内残破的法阵，聂音之坐在亭子里，看危江对面被灵气激荡的法阵，法阵符光在对岸铺出缎带似的虹光。

聂音之反正无所事事，便胆大包天地用真元和神识捏了一只灵活的小猫跑到对岸，在浮云川边缘探究那些残败的阵法。

这一日迁江崖上的禁制被触动，聂音之收回神识分身，从重乐宫里飞身下去，在迁江崖山脚的外殿看到几张熟悉的面孔。

“你们不是跟在封寒缨身边的吗？”聂音之疑惑地问道。

其中一人回道：“尊上带着宰宜等几位大人进了秘境，我们是留下来守家的。”

聂音之点点头，询问道：“是有何事吗？”

“太虚门联合了几座仙门趁现在灵气复苏，魔气被压制，魔尊又不在，大肆围攻我们，我们有点儿守不住了，就想来看看能不能请魔祖大人出面帮个忙。”

聂音之思索片刻道：“不用他，我去就行。”

几个魔将当然也看出她修为极高，忙不迭点头。

聂音之回到重乐宫，跟兔子说了此事，摩拳擦掌道：“这是你想要的地方，我肯定都给你抢来。”

顾绛的声音从雪兔身上传出，他笑道：“好，那你去吧。”

聂音之领着魔将气势汹汹地出发了，正魔两道在旷野上遭遇，隔着茫茫原野，含着灵力的声音从正道修士那边砸来，大骂魔修强占仙山，天理不容。

聂音之身旁那名壮汉深吸一口气，吼了回去：“你们仙门当初闯入我魔城，将我们逼入万魔窟中的时候可不是这么说的！怎么你踏平我魔城就是正理，我们抢你几座山就不对了？”

“是魔修暴虐成性，无恶不作，屠尽天罗门、望星阁等数座仙门，才会引起正道围攻的。”

“笑话！那你们何不算算在此之前有多少魔修被你们填入封魔阵中，万魔窟中又有多少魔修死在你们手里？”

聂音之那时候还在凡尘里玩泥巴，并不清楚当初修真界正魔大战的盛况，要说起道理来，双方都有道理。

魔修出了万魔窟总得有个容身之处，封寒缨想在古法宗境内重新建立起一片魔域，这样的争斗在所难免。

“废话真多。”聂音之在旁边听得不耐烦，手中灵剑一扬，白霜剑气荡开，鸿鹄剑灵呼啸着腾空而起，朝着压境的正道修士逼去。

她来这里只是因为“血月影”融入了这片地界，顾绛会选择这里，那他应该是喜欢这里的。虽然千年过去，山河变更，顾家已经不复存在了。

很快，法宝符箓满天飞，各色的魔气在原野上蔓延开，和灵力撞在一起。

这一场战斗结束得很快，大乘期修士的威压在原野上铺开，对面猝不及防，正道修士很快退了。

聂音之高居在云端，垂眸看着脚下散去的正道修士，和臣服于她脚下的魔修，突然体会到了一点儿封寒缨那般膨胀的事业心。

她不由得摸了摸自己的手腕，虽然森林没长成，但现在她微妙地实现了当初想将整个修真界踩在脚下的宏伟目标。

聂音之膨胀了好一会儿，看到紊乱的灵气中丝丝缕缕的“血月影”，顿时将一统修真界的念头都抛在了脑后，只想回迁江崖抱她金屋里藏的娇娇。

魔将们跟在她身后，几乎将“强者为尊”四个字刻在眼睛里，颇有想要改换门庭的意思，狗腿子样将她送回了迁江崖。

迁江崖外殿，遥遥看去，一个人影站在外殿屋顶，聂音之对身后魔将挥挥手，踩着灵剑急速冲入禁制中，直接从剑上跳下去，扑到顾绛怀里。

众魔将观察了片刻，互相看了看，明白过来，这两位只是间歇性踌躇满志罢了。自古软玉温香最是消磨意志，还是封寒缨胸怀大志。

等到修真界中的灵气彻底散入山川河流中，气象也终于恢复平静，确实如顾绛所说，已经是三个月之后了。

凡尘里已是年末。

沅州聂家的一场大婚开启了新春，他们依着父母的意思，按照凡俗之礼办了这场仪式，满城的人几乎都涌到这里了。

院子里的积雪都被热闹的人气融化了，只有屋顶上还铺着雪色。聂音之穿着赤金喜服靠在顾绛肩头，看着头顶一丛丛炸开的焰火。

“我以前说过的话，不算数了。”

顾绛偏头看向她：“嗯？”

聂音之元神里的心头血在微微发着热，她问道：“哥哥，你把心头血塞给我，除了想要保护我，还有什么别的意思吗？”

顾绛盯着她被焰火映得透亮的眼眸，眨了眨眼，疑惑地问道：“什么意思？”

聂音之瞪了他片刻，气鼓鼓道：“没有就算了。”

她起身准备跳下屋顶，被人掐住腰一把拉回去，按在怀里。顾绛从后面抱着她，下巴搁在她的肩上，在炸响的焰火中笑了一声，道："还有想让你陪我很久很久的意思，不止七百八十二年又一个月。"

聂音之压下忍不住翘起的嘴角，被他捉弄了一道，不甘心地哼道："我要考虑考虑。"

"那没办法，心头血已经给你了，你想退也退不了。"顾绛抱着她跃下屋顶，打着呵欠道，"未来还长，你可以边睡边考虑。"

聂音之将手抵在魔头的胸口，下意识地揉了揉："也不是不可以。"

刚好，她也想要很久很久。

番外一 与君相伴朝与暮

长隐岛。

顾绛身量笔直，立于一处锋锐的石头上，他指尖钩着一缕刀气，倏地从石上消失，影子一样游走在纷乱的万千刀光中，毫不费力地按照强弱顺序一一击溃乱窜的刀气。

他在这个刀阵中练了十年，从金丹到元婴圆满。随着他的修为的增加，刀阵的等级也跟着提高，一道化神级别的刀光逼得他纵身后退，身后刀光密集如罗网，他不能碰到它们丝毫，否则前功尽弃。

在修炼上，顾绛是不希望自己后世的神识影响到现在的，他现在根本避不开后方交织的刀气，又会被劈得遍体鳞伤。

他以前真的很笨拙。

师父鞭炮似的唠叨又在耳边炸响，顾绛被一道刀光穿胸而过，吐出一口血，也就在这时，他感觉到禁锢住他神识的力量松懈了一瞬。

看来阿音是骗到它了。

顾绛觑到这个时机，迅速地将自己的神识从过去剥离开，从过去的自己灵台里抽离。

剧情想将他的神识封在过去，这和世界的客观规则相违背，它没办法借助天道，已经与天道分离开了，和顾绛僵持这么久，它已是强弩之末。

剧情崩溃的那一刻，那一页页纸张上原本清晰的字迹开始变得模糊，如泡入水里的墨迹，慢慢地晕染消失。

随着文字消散，浮于纸上的片段似的画面也在崩溃。顾绛看到了崩塌的思过崖，那蜷缩着躺在冰霜覆盖的地面上的身影和倾塌的山洞一起消散了。

“怎么回事？什么情况？”

“顾绛的神识终于要离开过去了吗？”

“不要啊！我还没看够呢！我还想多看看战损流血的小顾绛！”

“老实说，虽然现在的小顾绛外表看着已经跟后世的老魔头差不多了，但我就是莫名觉得他好嫩。”

“怎么搞的？这么快就回去了吗？”

“再来几场风暴吧，我特别喜欢看云，尤其喜欢看荡来荡去的云。”

“聂音之，再疼疼小顾绛，求求你了。”

“救命！我为什么突然卡了？”

“太卡了。”

顾绛分神地看了一眼飘过的文字，其实他之前看到过一次这些东西，是在与聂音之神魂交融之时。

随着这一段文字消失，剧情彻底崩溃，顾绛忽然被滚滚洪流淹没，定神看去，才发现那五颜六色的洪流全是由一行一行的文字组成，比方才更多，更密集的字幕，一股脑地涌来。

仓促之间，他铺开神识，下意识捕捉带有“聂音之”“阿音”“音音”的字幕。

剧情彻底崩溃，他的神识也开始从过去离开，长隐岛在他的视野里越来越远，顾绛听到师尊熟悉的唉声叹气：“还不躲开！愣着干什么？被一刀化神刀光砍中，你还不嫌痛啊？”

过去的他从呆怔中惊醒，手忙脚乱地躲开重置后再次混乱的刀光，似乎感觉到什么，抬头望过来。

顾绛有种和过去的自己对视了一眼的错觉。

嗡——

刀阵被人压下，顾绛落到地上，堪堪站稳了。

“你今日魂不守舍的，再继续下去怕是要被片成烤鸭了，为师可不吃人肉。”霁光道人说着咂了咂嘴，“在刀阵里分神，你是不是不想要你这条小命了？”

顾绛的表情有些恍惚，对他师尊的唠叨充耳不闻，有什么正从他的脑海里飞快流逝，但具体是什么，他却又全然分辨不出。

他刚刚似乎看到了一些奇怪的字幕，还有铺天盖地的一个名字：“聂音之。”

“阿音，聂音之，音音……”顾绛轻喃着，心中涌动着令他难以理解的情愫。他有些迷惑地按住自己的心口，很快，这个名字在他嘴里变得含糊起来。他不知道这个人是谁，但他试图让自己记住她。

但这个名字还是和其他那些说不清，道不明的感觉一起，飞快地从他的脑海里淡去，像风一样抓不住。

“你在瞎嘀咕些什么？”霁光道人一巴掌拍在他的头上，像是一掌将他散开的魂拍回了身体里。顾绛浑身一震，心一下子落到实处，刚刚那种微妙的感觉荡然无存，脑海里一片清明。

他抬手擦去嘴角的血迹，目光扫过周身的刀痕，拱手道：“多谢师尊手下留情。”

霁光道人眯着眼睛打量了他片刻，没看出什么异常来，只道是他近段时日修炼累了，遂道：“行了，今日就到这里。你去东座给为师打只鹤来烤着吃，为师就给你放两日假。”

顾绛闻言皱起眉头，无奈地说道：“师尊，踏云鹤是尤师叔的宝贝。”

“我当然知道那是他的宝贝，不是宝贝我还不稀罕吃呢！你打不打？不打就赶紧收拾包袱滚……” 雾光道人一边咂嘴，一边唠唠叨叨地走了。

顾绛靠坐在一块石头上望向头顶晴好的天空，片刻过后，去给他师父偷偷打仙鹤了。

太阳渐渐西斜，霞光铺在海天一线处，顾绛怀里抱着一只尖叫的仙鹤，急速从东座冲出，后面追着两三个叫骂的同门。

东座爆出一声厉喝，是尤师叔：“雾光，你这个不要脸的臭老头子！信不信我把你们两师徒都烤了！”

他师父从西座跑出来和对面的人对骂，顾绛提着鹤进了厨房，手起刀落，结束了那只鹤的生命。

等他师父吵完架回来，鹤也烤好了。雾光道人平时话就多，喝了酒更是不带停的。顾绛深受其害，扯了一条鹤腿，趁他师父还未来得及拉着他作陪，迅速从西座冲出去，钻入迷毂树林里。

顾绛侧身挤进密集的枝干，往昏暗的密林中心走去。他来了这里很多次，早已经轻车熟路。

他的师父实在是太吵了，不论他身在何处，不论在他做什么，师父鞭炮似的唠叨都能灌进他的耳朵里。只有藏在这里，才能暂时躲开师父的骚扰——他从来不会靠近这里。

顾绛钻进树洞，躺到突出的树根上。树洞顶上布着一座闪着幽幽荧光的阵法。听中座的师兄说，这是一个幻阵，整个长隐岛都是一个幻境。

顾绛伸手从树干上抠下一块干裂的木屑，他实在看不出这怎么会是幻境。这里的一草一木都那么真实，他手中烤鹤腿更是香气扑鼻，肉汁油亮，又怎么会是幻境？

吃完鹤腿，他擦干净手，有些昏昏欲睡。

顾绛的神识沉入灵台，将自己裹入绵软的云絮中，沉沉睡去。

灵台里静谧如画的云絮忽然起了微微的波澜，逐渐涌动起来。他意识到自己在做梦。修士其实很少做梦。顾绛还未入道修行前就很少做梦，踏入修行之途后就更加不会做梦了。

但他意识到自己在做梦，而且做的还不是什么正经梦之后，却鬼使神差地沉湎其中，不大愿意醒来。

梦里时而会听见轻轻的低泣，或是有人软软地喊着他“哥哥”，梦里的对象和他极为亲密，但他确实并不认识她。

直到感觉到自己身体的变化，顾绛才陡然惊醒，抬头往幻阵里望去。有那么一刹那，他似乎在等着什么人从幻阵里扑出来，扑进他怀里。

幻阵没有任何波动，光芒如一汪死水，亘古不变地幽幽亮着，让这个树洞不至于昏黑一片。

“真是被梦魇住了。”顾绛自嘲地笑了一声，化作一道光从迷榖树树洞里射出，遁往自己的房间。

红叶刀钉在门上，刀光布下一层结界，梦里的感觉还残留在他的身体里。顾绛倒在榻上，钻进被子里，他居然被一个梦撩到动情了。

虽然朦朦胧胧，他还是把这个梦记了好久。

顾绛偶尔会有灵光一闪般的错觉，觉得那不是自己的黄粱一梦，她似乎真实地陪伴过自己，虽然每一次都只是很短暂的片刻。

不过，这种感觉随着时间的流逝渐渐变淡了，那个被他记了许久，钻过好几次被窝的梦，也逐渐忘却，随着沉没的长隐岛一起尘封。

四大宗门分崩离析，外面天翻地覆，顾绛在世间游走了许多年，寻找五色露。迷榖树在缓慢枯死，五色露就算不能彻底救活它，也能极大地延缓它的衰败。

虽然他的师尊和师叔们不准任何人干涉迷榖树的生死，但不管他们答不答应，先找到五色露再说。可惜在他找到五色露前，手中的花就谢了，长隐岛沉没了。

迷榖树的花枯萎后，他连长隐岛沉在何处都找不到。他在东海翻找了许久，最后徒劳而归。

顾绛受一位长隐师兄的邀请，去他创建的仙门。顾家早就支离破碎，掩埋在了倾塌的法宗下。长隐岛沉没后，他本也没有归处，便同意了。

四大宗门解体后，修真界涌现出许多大大小小的仙门，在这动荡的数百年间，能成长起来的却很少，这位师兄建立的门派已是当时的顶峰。

正魔两道的争端不断，随着灵气衰败，正道修士被压制得喘不过气来，修真界大半领土都被掌控在魔修手里，正道修士被逼去了一些苦寒之地。

师兄联合各大仙门组建了仙盟，一步步地夺回失去的地盘，顾绛参与了不下百次的正魔大战，死在他刀下的魔修不计其数。

一次大战后，顾绛擦掉红叶刀上的血迹，毫无预兆地提出他要离开。

师兄看他的目光透着不解："遗世独立的长隐岛已经不在了，不论是修真界还是凡间，都被卷入这场正魔之战中，你还能去哪里？"

顾绛想了想："去找五色露。"

师兄更是不解了："迷榖树枯死，长隐岛已经沉没，你再找到五色露又有什么用？"

顾绛只是笃定地开口："早晚会有用的。"他说完愣了愣，那种久违的感觉一闪而逝，他没来得及抓住。

顾绛说走就走，任何人都拦不住他。踏入那些倾塌后危险重重的秘境后，他的修为也跟着水涨船高。拿到五色露后，为了躲避师兄一封接一封的信函，他干脆闭关修炼。

天劫压在头顶，也吸引了正魔两道的视线。

顾绛度劫到最后，法身开始被天道吞噬，他意识到不对的同时，残留在意识深处的一个念头被唤醒，就像是本能一般反抗了天道。

他刀下有无数魔修的血，就算堕魔也不为魔道所容，正道更是不可能眼睁睁地看着再多出一位魔祖来。顾绛和师兄反目，顶着天威，在正魔两道的围追堵截下，硬生生地将双方都杀退，再无人敢进犯，他这才带着一身洗都洗不尽的血腥味，找了一个清静的地方沉睡。

等他被烈火中的小鬼唤醒时，已不知是多少年后。顾绛看着自己的魔气兴高采烈地被那小鬼引动，生出几分好奇，颔首应允。

黑红交织的魔气钻入对方的灵脉，一刹那冲开了他的灵窍，烈火和脓疮被魔气冲散，顾绛这才看清他的模样。

就这样，他多了一个徒弟。

顾绛觉得养徒弟实在麻烦，就算当了师尊，他也理解不了当初霁光道人整天挂在他耳边的念叨。事无巨细地掰碎了，揉烂了，掺杂在一堆废话里灌给他，这简直是种折磨。顾绛决定放过封寒缨，选择了与霁光道人截然相反的教导方式——放养。

看着封寒缨磕磕绊绊筑基，有点儿自保能力后，顾绛大大地松了一口气，趁着他睡着，踩着红叶跑了。

这世间比起之前已经平静多了，正魔两道都不大景气，所以还算平和。

顾绛在浮云川出生，还是最喜欢那里的气候，遂钻进法宗遗址里找了一处宫殿安睡。

残破的法阵偶有变动时，他会醒过来，有时接着睡，有时会出去走一走，偶尔听到一些他那出息了的徒弟的消息。比起修真界，他更喜欢去远离仙山的凡间走一走，尝一尝美食，还在花灯节上收到过姑娘的手帕。

顾绛提着一盏老板赠送的兔子灯，慢吞吞地走在灯火辉煌的长街上。他敏锐的五感能辨认出整座城的声响。隔壁街上那群焦急寻找走失孩童的仆从在欢乐的街景中十分扎眼。

他们正在找的小丫头追在卖糖葫芦的小贩身后，跑来了这条街上。粉雕玉琢的小姑娘裹在毛茸茸的斗篷下，还没有别人的腿高，踮着脚费力举起手里的玉佩，想要换糖葫芦。

上好的羊脂玉上刻着一个小小的“音”字。

她换了一大堆糖葫芦，两只手都握不住。

顾绛的脚步顿了顿，停在远处的石桥上，神识飘去另一条街，在一名仆从耳边留下一句话，引他们前来。等到匆忙赶来的仆从将她抱起，顾绛才转身走到另一条街上。

他提着兔子花灯回了浮云川，再次沉睡。

崭新的花灯被水汽侵蚀，慢慢变得斑驳泛黄，最后在昼夜的不断更替中变成了一团看不出形状的破烂。

顾绛被如期而至的阵法变动惊醒，苟延残喘的阵法嗡地响了一声，不知道飞进来一个什么玩意儿，他睡眼惺忪地被那阵法卷入其中。

顾绛被阵法卷入另一个地方，浓郁的灵气表明这是一座仙山。他隐在魔气中，听了一会儿面前佝偻着身躯之人兴奋的念叨，失笑道：“将这副残败身躯和被侵蚀得千疮百孔的魂魄献祭于本座，真当本座是收破烂的吗？”

他抬起眼眸，直直看向那藏在竹梢上的身影。

香甜的血腥气钻入鼻息，他手指钩出的一缕魔气，借着夜色的掩护而袅袅而上，缠住了她的手腕。

真美味。

聂音之的父母都是凡人，对修士来说，凡人的寿命其实很短暂，就算有一些灵草灵药温养，也不过百来年的寿命。这过一日少一日的时日，对聂音之来说，便弥足珍贵，所以她与顾绛成亲后便一直留在沅州城里陪着父母，如同凡间小夫妻。

日子流水一样慢悠悠地逝去。

顾绛这个大魔头一如她意料之中的那样很喜欢这样的生活，懒惰如他，竟然还挺热衷于与聂家的亲朋往来，全然看不出他是个历史悠久的老魔头，一开始还对他抱有疑虑的聂父、聂母总算放下心来。

聂音之那些表兄弟、堂兄弟来找顾绛的次数多了，她反倒有些心疼他，替他回绝了那些拜帖，带着他去城外的别院避暑，躲开家里那些三天两头登门的亲戚，想让他好好睡觉。

聂家别院建在城外山中，有很大的一块地，周遭林木茂密，山泉叮咚，只有这么一座院落，很是清静凉爽。

后山还有一个猎场。聂音之未入仙门前，每年夏天都在这里度过，家中学堂也跟着搬来这里。她跟族中兄弟姊妹一起，上午习文，下午就去跑马打猎。

今年，这宅子让他们两人给霸占了。

一到别院，阿浣和澄碧就带着别院里的下人去收拾，聂音之牵着顾绛的手，带着他四处闲逛。

她指着一株高大的梧桐树道：“我六七岁的时候，玩捉迷藏，一个人哼哧哼哧地爬上树，躲进茂密的枝叶里，结果在上面睡着了。大家在别院里外找翻了天，还以为我被山里的豺狼叼走了。”

顾绛想象了一下，屈指弹出魔气，凝结出一道小小的人影抱着梧桐粗大的树干往上爬，自己被这个画面逗得哈哈大笑。

“你那是人吗？分明就是猴子！”

顾绛很认真地说道：“这是你。”

聂音之气得追着他打：“我再给你一个机会，你想好了。”

顾绛躲了几步，一挥袖打散那道身影，听话地用魔气重新捏出个一小小的人影。这下看着还算有点儿人样。

聂音之跳到他的背上，趴在他耳边回忆道：“我那时候穿的应该是窄袖的襦裙，扎了两个小丸子，发髻上还吊着流苏。”

顾绛反手托住她，将她往上颠了颠，背稳了。“血月影”照着她的话勾勒出轮廓，小小的暗红色身影呈半透明状，圆圆的小脸，魔气凝聚的一双眼眸仿佛带有神光，虚虚实实的魔气萦绕在周围，如飘舞的羽衣。

聂音之惊讶地问道：“你怎么知道我小时候长这样？”

“我猜的。”顾绛盯着那个身影，脑海里闪现出花灯璀璨的大街和那蹲在街边啃糖葫芦的小人儿来。对他来说，那并不算太久远的回忆，只是因为太过寻常且无关紧要，所以没有留下多深的印象。现在这段细枝末节的记忆突然翻出尘土，开出了花。

他嘴角含着一点儿笑意：“你还真容易走丢。”

“不是我走丢，是他们走丢了。”聂音之理直气壮道，白皙的手指灵活地掐了一个手诀，梧桐树下的小小人影突然蹦起来，提着裙摆一蹦一跳地在前面领路，发髻上的流苏摇来晃去。

顾绛背着她跟上去。

他们跟着那抹小身影逛了别院的学堂，学堂里还存着聂音之罚抄的诗文，字迹先是歪歪扭扭，后来逐渐工整起来，可见她被罚的次数相当多。

之后顾绛又在聂音之的软磨硬泡下去了马厩，去看她的小煤球。如今小煤球已经长成了成年的骏马，皮毛纯黑，油光水滑，十分高大俊美，马鬃被梳成长辫，昂首阔步，颇为威风。

一人一马久未相见，小煤球打着响鼻，在她身上嗅了许久才认出主人，兴奋得不停地跺着蹄子。

聂音之盛情难却，决定带魔头骑马兜风："你看看它，今天要是不骑它一下，它会不开心的。"

"我看是你今天不骑它一下不过瘾。"顾绛无奈道。

聂音之翻身上马，看了一眼天色。他们早上从家里出发，到达别院已是午后，又在别院逛了许久，现在太阳西斜，但并无妨碍。聂音之眉开眼笑地对他伸出手："我带你去个地方。"

这个马场的尽头是一片树林，聂音之策马跑了一程，进树林后就放缓了速度，沿着一条小道慢悠悠地往里走。

小煤球还认识路，自动往密林深处钻去。顾绛怎会猜不到她想带自己去哪里，应该是同他的迷縠树洞一样的地方。

到了一个地方，两人下马，聂音之把小煤球拴在树上，牵着他沿着山壁寻找了一圈，找到了那个隐藏在重重藤蔓下的山洞。

"如此隐蔽，你以前是如何找到的？"顾绛简直都能想象到她怎么拂开藤蔓往里钻的，胆大包天，也不怕遇上蛇鼠野兽。看来，不管是小时候还是现在，她都很能折腾。

聂音之想了想："好像是追着一只野兔进来的。"

一进入山洞，就有一股凉气袭来。这个山洞黝黑深邃，里面不见一丝亮光，不过，有微弱的风穿过—— 两头是通的。

顾绛已经听到了溪水哗哗的响声，不到片刻工夫，两人穿过山洞，拂开洞口的藤蔓，眼前豁然开朗。

洞外是一片缓坡，坡上生着数不尽的野花，正是花开季节，姹紫嫣红的花从脚下铺展开，一路延伸到底部的山溪边。山溪十分清澈，水上漂着零落的花瓣。

聂音之快走两步，在花丛里转了一圈，惊起纷飞的蝴蝶，得意地问："是不是很美？比起仙山也不遑多让了。"

夕阳下，顾绛的神色显得十分柔和，眼瞳中映着粉裙红帛的身影。他颔首道："嗯。"

聂音之熟练地脱去鞋袜踩进水里，被冰凉的溪水刺激得哆嗦了一下，随后舒服地眯起眼睛，慢慢往深水里走去。

顾绛四处看了一圈，靠到水边一块大石头上休息。石头被太阳晒得暖烘烘的，有些灼人，他半阖着眼睛，偏头看着泼水的人。

聂音之的衣裙全部被水浸透，湿漉漉的贴在身上，本就单薄的夏衫下透出了圆润的肩头。她眉心的花钿是今晨他用笔勾画的，被水晕成了一团毛茸茸的花。

雪白的兔子从半空显形，扑通一声落进水里，溪水的凉意立即漫入神识，驱走身体里的暑热。

聂音之吓了一跳，好奇地看着雪兔扑腾后腿，越扑腾，越往水里沉。她连忙走过去将雪兔捧起来，笑得喘不过气来："不会凫水你往水里跳？"

"热。"顾绛懒洋洋道。

"石头被晒了一天当然热呀。你躺哪里不好，要躺那上面。"聂音之好笑道。她托住雪兔，眼中含着一点儿狡黠的笑意，往那块大石头走去，举到他身边，“给你。”

她手上的兔子蹦开，跳到一边抖毛。顾绛抓着她的手，聂音之手上还没有使力，那人已经顺势滑进了水里。

“你……”聂音之话都没说完，就被他抱着一起沉进水里。

在水中被人含住嘴唇亲吻的感觉真的很奇妙，他们必须贴得很紧才能避免溪水灌进口中，即便如此，还是有凉丝丝的水从纠缠的唇齿间流入。

顾绛托住她的腰浮出水面。这下她眉心的花钿彻底糊掉了，眼睫往下滴水。他抬手帮她拂开贴在脸上的湿发，轻轻抹去眼角的水迹。

聂音之没好气地掐住他的脸：“你干什么呀？”

“你方才不是想拉我下水？”顾绛轻笑一声，从水面上拈起一片明黄的花瓣，贴到她额头上。

聂音之无言以对了。

霞光下，水面摇晃着粼粼金光，月白衣衫和纱裙缠在一起。聂音之趴在那块被水流冲得十分平滑的大石上，溪水一晃一晃地拍打在她的肩头上，顾绛站在她身后，手掌贴在她的肚子上，将她往上托了托，清澈的水波中，她纤细的腰肢水蛇一般柔软。

沁凉的水随着灼烧的热度一同涌来，聂音之皱起眉，有点儿分不清这到底是难受还是舒服。

额上湿透的碎发沁出一滴水，淌进她的眼睛里，聂音之眨了眨眼，满山坡五彩缤纷的野花都在微风里摇曳。

这一处山溪很深，形成一个小小的水潭，往下游十步远就是一道坎，水流冲出哗哗的声响依然盖不住周围水波晃荡的声音。

聂音之双手扒住大石头，低垂着头，湿润的黑发贴在脖颈上，黑的极黑，白的极白，渐渐地，那白皙中染上了红，一路染到耳垂，红透的耳朵尖上坠着一颗水珠，水珠被人的霞色、天空的霞色映出绮丽的光。

顾绛的喉头滚动了一下，凑过去舔掉了那滴水。

聂音之眼中浮出水雾，耳边是他要命的喘息声，魔头现在真的像是这山溪里的水鬼，温柔地缠上来，难离难分，想要将她溺死在这里。

斜阳的光太耀眼了，她几乎融在那朦胧的金光里。

聂音之游移不定的视线落在岸边花丛里扭来扭去的雪兔身上，涣散的意识收拢了片刻，她眯起一双迷蒙的泪眼，一只橘色的小猫身影忽聚忽散。

顾绛抬眸看见了，体贴地停下动作，沾着冰凉溪水的手贴到她的额头上："阿音。"

聂音之捏紧他的袖摆，下意识在他冰凉的手心里蹭了蹭，脑子总算清明了些许。她深吸了好几口气，岸边那忽聚忽散的小猫才凝聚成形，落到花丛里。

那是一只橘猫，毛茸茸的，镀了一层斜阳的金光，从花丛里一跃而起，扑到雪兔身上，四只爪子按住雪兔，对着它一通狂舔，就像想要报复顾绛在她身上做的事一样。

顾绛靠在她的肩头大笑："我还以为你要做什么呢。"

聂音之想：你可不可先出去再笑？

花丛被两只小兽滚出了一个坑，橘猫眯着一双琥珀色的猫眼，爪子按在雪兔的肚子上，一边踩奶一边对着它又蹭又舔，喉咙里发出呼噜噜的声响。

雪兔的红眼睛眯成了一条缝，团成一团雪绒球，尾巴不停地抖。

这种感觉直接反馈到神魂上，顾绛很快就笑不出来了，他有些受不住："阿音，不行了。"

"嗯？"聂音之的指尖缠着他的头发，用力眨掉眼中的泪。近在咫尺的面容上沾着水痕，眼睫低垂，眼角染着云霞似的红晕，她凑上去亲了他一下，反倒更加兴致勃勃了。

神识是很奇妙的存在，它可以随着心意幻化成任何样子，能够有无限接纳包容的样子，也能有进攻的形态，不再拘泥于躯体。

小橘猫的变化，顾绛立即就感觉到了，他转眸看向聂音之，后者无辜地眨着眼："可以吗？"

顾绛沉默了片刻，在她耳鬓厮磨："随你处置。"

斜阳的金光终于从天幕中散尽，太阳落入山后，漫山遍野的花也隐入黑暗中，水流越发湍急，哗哗地响。

溪水边飞出萤火虫，花丛里两只小兽的动静，惊得那星星点点的萤光四处飞散。

顾绛靠在她颈侧轻叹："阿音，饶了我吧。"

"才不。"

她心道，也没见你饶过我啊。

聂音之的化形术越来越得心应手后，有段时间她特别热衷于幻化成别的模样，体验不同的生活，顺便考验顾绛的眼力。

于是聂家众人经常撞见自家姑爷怀里抱着一些奇奇怪怪的小动物。

这一日，顾绛躺在花园中那棵海棠树下睡觉，秋千慢悠悠地摇晃，十分惬意。

某次和顾绛抢夺秋千失败后，聂音之一生气便将树下的秋千架升级成了豪华版，秋千座宽而软，铺着软垫，躺他们两人绰绰有余。

此时那秋千支架下突然冒出一根细细的藤蔓，藤蔓顺着支架底座的雕花往上攀爬，很快生长得枝繁叶茂，爬满了整个秋千支架，嫩绿的新枝往秋千座上蔓延。

顾绛睡得正沉，就算秋千晃不动了也没有醒，到最后碧油油的木香藤几乎将他淹没，藤上开出一丛丛绣球似的小白花，香气扑鼻。

顾绛被花香熏得鼻子发痒，终于醒过来。他睁眼看到眼前几朵簇拥在一起的娇嫩小花，怔了怔，不由得笑出声来。

他整个人都被这木香花的藤绑在了秋千座上，那枝蔓缠住他的身躯，绑着他的手臂，爬满他全身，正兀自开得春风得意。

“植物也能变了？”顾绛挣脱不开，索性继续躺着。

他一开口说话，气息全都拂在脸旁的小花上。那花蓦地抖动了一下，迅速从他脑袋边撤走，整株木香藤都跟着颤动了起来。

顾绛诧异地抬眉：“怎么了？”反应怎么这么大？

聂音之身为一株花，当然是不可能回答他的。

顾绛暗自思忖片刻，手腕轻轻挣扎着抽出来一点点儿，修长的手指就近钩住一簇花朵，整个儿包进手心里，指尖摩挲过层层叠叠的花瓣，按入花心。

雪白娇嫩的花瓣被刺激得猛地合拢，捆在他身上的木香藤骤然消散，花和叶在他的视野里留下一道虚影，“血月影”涌动起来，他身上一重，一个人落进他怀里。

聂音之撑在他的肩膀上，脸颊通红，眼瞳湿润润的。她第一次变身成植物，完全没有经验，哪里会知道植物的花蕾连接的感官竟然会是那里？她羞恼道：“笨蛋，你乱摸什么？”

顾绛一脸无辜：“摸摸花，怎么了？”

聂音之不想说话了。

顾绛抬起手看见指尖有些湿润，拇指和食指、中指合拢，轻轻捻了捻："这是什么花蜜……"

聂音之一把捂住他的嘴，不准他继续说下去，赶紧取出手帕捉住他的手给他狂擦，脸上才消下去的热度又开始翻腾。

她简直热得快冒烟了。

顾绛抱住她，笑得秋千架嘎吱嘎吱地响，整个人都笑精神了。

"这么开心呀？那再多笑一会儿吧。"聂音之哼哼两声，愤怒地挠他的痒痒。

魔头虽然修为高深，天不怕，地不怕，但是他怕痒。这是某次双修的时候，聂音之发现的。当时她的膝盖不小心蹭到他胳肢窝，然后他就莫名其妙地笑趴在她身上。

"哈哈哈，阿音别闹，快住手……"顾绛笑得喘不过气来，捉住她的两只手腕，"我错了。"

闹到最后，红叶刀布下了一圈刀阵结界，封锁住这个花园，过了好久才重新打开。

午后，两人陪父母用完饭，聂音之拉着顾绛要出门逛街。城南的胭脂坊到了新货，她想去看看，没想到刚出门就碰上在聂家门前徘徊的人。

聂音之起初还没认出对方，还是他背上背着的那把萦绕着水蓝剑气的长剑让她想起是谁。

曾经青涩的少年郎如今已经长成身量挺拔的青年，安淮很拘谨地站在原地，对她拱手行礼："聂师姐。"

"安淮？"聂音之面露惊讶，看他的模样像是特意寻过来的，应该是有事。

聂音之把他引入花厅，家中下人上了茶和点心。安淮现在已是金丹修为，本来已经辟谷，看到盘子里的桃花酥，他还是拿起来吃了一块。

桃花酥没有记忆中那般好味道，他再也没吃到过好吃的桃花酥了。

聂音之见他有些发愣，问道：“你是找我有什么事吗？”

安淮回过神来，道明自己的来意：“我听闻阮家有一种嫁梦之术，可以编制梦境，不过，因为咒术典籍丢失，就算是现在的阮家大公子也没办法编织出完善的梦境。”

安淮顿了顿，那双沉静的黑瞳泛出一点儿波澜，满含期盼道：“以前在刀山剑林时，我猜想聂师姐应该是用的嫁梦之术才能进入萧灵的梦境。”他站起身，躬身行了一个大礼，“我想请聂师姐为我编织一个梦境。”

聂音之扶起他：“关于白英的？”

安淮点头：“是。”白英从不曾入他的梦，他很想她。

聂音之看着他，没有说那些逝者已矣的安慰话，只是思索了片刻，说道：“嫁梦确实可以编织梦境，但是安淮，梦境和现实的落差你能接受得了吗？现实里有没有能留住你的亲朋？当你在梦里得偿所愿，见到你想见的人，你还愿意醒来吗？”

“太沉溺于过去和梦境，你若是内心不够坚定和理智，很容易滋生心魔。”聂音之说道，“这些后果我希望你考虑清楚了再来找我。”

送走安淮，聂音之没有了兴致逛街，便派阿浣和澄碧去取回她预订的胭脂。

她跟顾绛的性子实在是迥然相异，她情绪不佳的时候，就更喜欢搞东搞西了，必须要做点儿什么来转移自己的注意力，魔头就成了她现成的折腾对象。

“你想不想做梦？”聂音之诚恳地询问他。

顾绛眼皮都没抬就知道她打的什么主意："你想拿我练手？"

聂音之沉默片刻，无奈地说道："你怎么什么都知道？"她抿唇，"我还没有正经编织过一个梦。"

顾绛躺到软榻上，摆出一副任人采撷的模样："你来吧。"

聂音之坐到他身边："你还没说你想要什么样的梦。"

"随便，都可以。"顾绛毫无主见。

聂音之转了一下眼珠子，想了想，故意道："你就不怕我给你造一个超级恐怖的梦吓死你？"

顾绛扑哧笑出声："只要你有这个能耐。"

这也太瞧不起人了！聂音之摩拳擦掌，拿着小本子先暗自构思了一下梦境的内容，然后又做了一些准备，取出金色的小铃铛。

还在等待的时候，顾绛就已经睡着了。聂音之盘膝坐下，缥缈的铃铛声牵动着他的神识，让他开始产生梦境。

聂音之的神识随着铃铛声入内。

暮霭沉沉的荒野山林中，一个锦衣玉带的小公子跌跌撞撞地往前狂奔，后方传来壮汉的吆喝，那声音带着凶恶的杀气。

少年脚下一滑，跌了一跤，从陡峭的山道上直接滚了下去，短暂地眩晕片刻后，那几个追赶的劫匪跑到近前，凶狠的喝叫声又将他惊醒。

"小兔崽子，跑哪里去了？"

顾绛一时没能分辨出自己在哪里，只是后方杀气逼近，他本能地往前逃跑。

后面有人叫道："在那边！我看到他了！"

地震似的脚步声和大刀相撞的刺耳声响再次朝他追来。顾绛跑了许久，他养尊处优的身体已经累得快到极限了，头脑昏昏沉沉，他想，他肯定是在做梦。

耳边细小的铃音将他想要清醒过来的神识又压回去，顾绛清醒了那么一瞬，又心甘情愿地被铃音迷惑，继续陷在这个令人绝望的梦境里。

他是商户之子，长到十五岁后便要跟着父亲学习，以便接手家中的生意，这是他第一次随着商队出行，没承想半途遇上劫匪杀人劫货。

顾绛手无缚鸡之力，被人护着逃出来，最后只剩下他一个人，跑到现在已是累到极致，喘一口气胸腔都疼。后方的劫匪越来越近，正走投无路之时，前方出现了一个村子。

白惨惨的雾气浮在村子周边，里面黑沉沉一片，黑鸦蹲在村口的枯树上嘎嘎地叫着，这个村子一看就透着诡异。

但后方的喊杀声逼得越发近了，他只能大着胆子闯进去。顾绛在荒败的村子里乱跑，猛地撞进一间屋里。这屋子里四处挂着白幡，是一座灵堂，正中摆着一口巨大的金丝楠木棺材。

顾绛下意识想要退出去，回头看到追来的劫匪，又只能硬着头皮躲进去。灵堂里昏黑一片，他几次三番被白幡绊倒，不小心撞上桌角，晕了过去。

等到再次醒来时，已是半夜。灵堂里竟然有光，供桌上点着两支白烛，烛火在穿堂的风里摇曳不定，呜呜的风声像是鬼哭。

飘飞的白幡后面，一个浑身素白的人影跪坐在蒲团上，青丝曳地，正垂头做着什么，耳边传来一种黏糊的声响，听得人头皮发麻。

唇红齿白的小公子虽然害怕，但还是忍不住好奇地伸长脖子偷看。只见那灵堂的地面上躺着四五个人，血流了满地，白衣女子坐在他们中间，纤细的手指插在一个人的心口，用力一剜，尚在搏动的心脏被掏了出来。

顾绛听到的黏糊的声音，就是她掏心时发出的。

他干呕了一声，对方蓦地抬起头来，一双美艳的桃花眼笑意盈盈地对上他，唇畔尚在滴血。

顾绛的心跳几乎停住了，他手忙脚乱地往后躲。下一刻，白纱罩顶，那白衣女子眨眼出现在他面前，款款地坐到他腿上，沾满鲜血的手隔着轻薄的白纱抚摸着他的脸颊，手指冷得像冰："哎呀，被你看见了，这可如何是好？"她凑过去，几乎抵上他的鼻尖，伸出舌头舔了舔唇边的血，"那姐姐只好吃了你了。小公子，你说好是不好？"

说着，她冰冷的手指滑进了他不知何时散开的前襟，贴到他心口上。

聂音之的神识从他梦境里退出，掌心下的心脏跳动得很厉害。她得意地扬起眉，目不转睛地盯着顾绛，等着他醒转。

顾绛慢吞吞地睁眼，惺忪的凤眸中带着不解："这么快就没了？姐姐，后续呢？"

聂音之哼了一声："姐姐还没想好。"

聂音之在顾绛身上练了七日，给他编织了落难小公子遭遇山村女鬼，赶考书生爱上小狐妖，清冷大和尚被妖女强迫犯戒等一系列梦境。

顾绛睡觉睡得更开心了，每天都沉迷于拉着她睡觉做梦，都不愿意跟她的老父亲去钓鱼了，还时不时催促她快些编写梦境后续。

第十日，安淮再次上门。他只要了一个梦，是白英束起袖子，背着一个小背篓，提着裙子从大片的灵药田里穿过，去看自己照料的灵草的画面。

这是她的日常琐事。灵药田里有些药草娇贵，每日都需要灵力蕴养。

安淮就坐在药圃外等着她，两个人一个做，一个看，没有任何交流，连目光都没有交会。

聂音之根据他的记忆，给他编织了这个梦，装入蜃珠里，入睡时投入一缕神识，便可生梦。

安淮慎重地将蜃珠装进他的荷包里，取出一样他在复苏的秘境中探险得来的宝物当作谢礼，然后孤身一人，背着长剑消失在长街尽头。

番外二　此间只有你我，和无边风月

顾绛这一回苏醒过来时，正是春日。

窗外那株原本已经枯死的桃花树不知何时又恢复了生机，从枯朽的树干上长出了半截新的枝干，此时，那半截枝干上，桃花正灼灼盛放。

蝴蝶扇动着翅膀，在桃花上飞舞，抖落的花瓣触动了隐匿在空中的法阵。

残缺的法阵闪烁了半天，一个残破的符文突然被挤出来，不偏不倚地砸到了屋内之人身上。

顾绛就是被这样砸醒的。

他一动不动地平躺在床榻上，还未彻底清醒过来，神情有些呆呆的，点漆似的眼瞳似是蒙了一层水雾。

浮云川内气候适宜，且因无人敢踏足，十分安静。这片地界上残留的灵气都被散落在各处的阵法引走，对他来说，是个安眠的绝佳场所。

唯一不好的地方，便是这里的阵法实在太多，常有变动，有些时候冷不丁就会有残阵符文飞进来打扰他。就像今日这般。

顾绛抬手按住额头。他也搞不清砸到脸上来的符文是个什么东西。他闭眼内视了一下自己身体，没发现有什么不对劲的地方，便随它去了。

他抬手拂开重重帷幔，春日的阳光穿过红云似的桃花树冠，从窗口斜射进来。顾绛久未见过阳光，虽然那光芒落到身上依然刺痛，却也能带来久违的暖意。

难得醒来，出去走走也行，正好他也有点儿馋那一口桃花酿。

顾绛慢条斯理地坐起身，舒展四肢，伸了一个懒腰，招手取来衣袍套到身上，薄唇微动，唤道："红叶。"

话音落定，虚空中泛起一阵波动，一柄暗红长刀缓缓浮出。

红叶刀由寒铁所铸，通体玄黑，刀下亡魂无数，以至于血色浸入刀刃，只是这般悬空而立，刀身上都透出一股不祥的逼人戾气。

顾绛百年如一日地在这个地方沉睡，红叶刀难得有机会出鞘。如今破天荒地听到主人的召唤，红叶激动得刀身都在震颤，刀鸣声嗡嗡响个不停，激得周遭的空间荡开一圈一圈的涟漪。这座宫殿四周残留的阵法都被它激活，此起彼伏地闪烁起来，一时之间，竟然颇为热闹。

“安静点儿。”顾绛嫌弃地瞥了它一眼，慢吞吞地穿戴整齐，整了整腰带，这才抬手握住红叶刀柄。

露出袖口的皮肤因为久不见阳光，白得毫无人气，修长的手指从刀刃上擦过，握住刀柄一把抽出。顾绛反手挽出粼粼刀光，朝着虚空一刀劈去。

锋锐的刀刃破开空间，打开了一个通道。他收回长刀，抬步踏入其中。

通道的另一端在一个人间小镇上。顾绛虽然大部分时候都在睡觉，但偶尔心血来潮也会外出走走。他活的时日够久，踏足过的地方便也不少。

他不太记得这个小镇叫什么了，但依稀记得这里有一家酒楼的桃花酿是一绝。

凡间小镇的街道上人气很旺，满耳都是闹腾腾的市井喧嚣，傍晚的炊烟浮在青砖黛瓦之上，隔着几步路，飘入鼻息间的气味便各有不同。

比起离尘出世的修真界，顾绛更喜欢这种充斥着烟火气息的俗世。

他凭着记忆里模糊的印象寻到那家酒楼，远远便看见那酒楼上方飘着层层叠叠的文字。那些文字穿透屋顶梁柱，从半空飘过。

“聂音之怎么回事啊？桑无眠不是叫她立即回去闭关结丹吗？怎么还在外面闲逛？”

“有没有觉得聂音之修炼太轻松了？就只是去个秘境出来，就要突破结丹了。我没记错的话，她才拜入宗门五年吧？”

“别人五年都不一定筑基，她倒好，修为跟坐了火箭似的，喝口水都能升级，太夸张了。”

“灵灵当初为了修炼到金丹，比我上高三的时候都努力，不知道受了多少苦。替身这么轻松就结丹，这么一对比，让我这个女主角控有点儿微妙的不爽。”

“醉了。萧灵是女主，她的剧情比较详细，所以你觉得她辛苦。聂音之才几个镜头？你又知道人家私底下没有苦苦修炼？”

“聂音之在原著里就是根骨绝佳的天才设定，所以在修炼上比较顺遂。”

“别吵了，灵灵马上要出死寂深渊了，她需要金丹疗伤，聂音之不结丹，到时候桑无眠剖谁的？”

“为救自己喜欢的人，就剖了徒弟的金丹，这个男主角真是太垃圾了。”

“是女配角做了很多坏事，被仙门判罚剔灵骨，碎金丹，男主角才顺势用她的金丹给女主疗伤的。前面不知道剧情的，能不能别胡说？”

“我简直服气！弹幕能不能别剧透？麻烦了！”

半空中的文字一句接着一句地飞快掠过，顾绛一目十行地扫着，好奇地多停留了片刻。一缕魔气从他指尖悄无声息地溢出，顺着酒楼上方飘散的炊烟，眨眼没入那所谓的弹幕中。

然而，顾绛没能探到任何东西。这些不断浮出，又不断消逝的文字，没有任何依凭，没有灵气波动，也无法阵符文支撑，就这么凭空出现了。

周遭路人也对这些弹幕毫无反应，甚至因为文字太多，很多被挤到了地上，从行人身上穿过，那人也毫无所觉。

似乎只有他一个人能看见这种东西。

顾绛抬手抚了抚自己的眼睛，怀疑这是先前那个符文撞到脸上的结果。不过，这对他来说也并无太大影响。他眼中透出几分兴味，目光往下，落到酒楼门口。

顾绛踏入酒楼大门时，大堂内一男一女正往外走来。

剑修，顾绛心道。而且那女子周身灵力充盈，经脉里的灵力已经快要压不住，境界突破在即，快要结丹了。

看来，文字里议论的人，便是她了。

顾绛的目光在女子身上稍微顿了顿，对方便敏锐地抬起眼睛直直地看过来。她有一双很好看的眼睛，眼眸清澈而明亮，五官精致，眉心绘着应时节的桃花花钿，一袭明艳的石榴裙，整个人有种十分张扬的美。

她应该是习惯被人注目的，所以神情并无被冒犯的怒意，反而落落大方地回视他，纤眉微扬，露出一个礼貌的淡笑。

顾绛便也礼貌地勾了勾唇。

“救命！这个帅哥是谁？！”

“惊现大美人！三分钟内我要知道他的详细资料！！”

“这脸长成这样，不可能是个路人甲。这是新角色上线了吗？他们刚刚是不是对上眼了？这人看上去和聂音之有点儿瓜葛的样子。”

“我就说聂音之不可能单纯就是来买酒的！她是不是又要整什么幺蛾子？”

“老实讲，这个画面还挺养眼。”

“可能是AI剧改编加戏了？反正原著里聂音之结丹好像没出什么状况。”

这是在说他？

飘过的文字几乎扑到了顾绛的脸上，他心中疑惑，面色却如常，并未表现出任何异样来。先前他看到这些字幕时，字幕并未注意到他的存在，当他走近聂音之时，文字才开始提及他。

看来发出这些文字之人所见是有一定范围的。顾绛不动声色地将自己的神识铺展开，有些好奇究竟是什么人在注视着这一切。

以他的修为，神识可以轻松覆盖整个小镇而不会被任何人发现。但顾绛的神识在小镇扫了一圈，也未发现什么可疑之人。

他难得多耗费了这么几分精力，足以见得对头顶凭空出现的字幕有些好奇和疑惑，不过，也仅止于此，要他再多费心去一探究竟就不可能了。

比起这个，显然，那一口桃花酿更为重要。顾绛对层层叠叠的字幕视若无睹，与两人擦肩而过，走向酒楼的柜台。

“掌柜，来一壶桃花酿。”顾绛道。

掌柜面露难色，抬起下巴往他身后扬了扬，示意道：“客官您来得不巧，本店今年的桃花酿都叫那位姑娘买走了。”

顾绛眉尖微微一蹙，回头看去。已经跨出大门的人同时回过头来，聂音之整个人都笼在夕阳余晖里，面目显得有些模糊。她伸手在腰间的储物袋里轻轻一钩，一道影子飞出，凌空而来。

顾绛伸手朝着影子抓去，抓住一个青釉绘桃枝的酒壶，壶中酒水晃出轻响。

门外的人大方地赠予了他这一壶酒，却并未等他致谢，便同身边男子一道离开了。顾绛听到他们渐行渐远的话音。

“师妹，这种凡间酿造的酒杂质实在太多，你结丹在即，不比平时，还是稍微忌口一些比较好。”

“好啦，我知道的，孟师兄。这酒我先存着，等我结丹之后用来庆贺，这样总可以吧？”

“你结丹是大事，别在外耽搁了，快些回宗门吧。”

“好。”

很快，顾绛便感觉到远处的灵力波动，轻微的剑鸣声从头顶掠过，那成串的字幕也随着对方一同飘远。

“不会吧不会吧？聂音之就这么走了？那个帅哥真是个路人甲？”

“AI 公司有毛病吧？一个路人甲建模那么帅，不要钱的啊！”

“说不准是隐藏角色呢？就凭这张看上去就很贵的脸，他以后绝对还会出场，不出场我倒立吃屎！”

“聂音之不听桑无眠的话，专程跑来凡间真的就是来买桃花酿的？”

“讲真，她修行真的修得好随便，又不辟谷，还吃这种凡间的食物，桑无眠真的好纵容她。看到现在，我总觉得替身最后要上位了。”

“不只桑无眠，孟津现在不也由着她吗？聂音之现在就是团宠呗。我要是女主角，绝对要把这两个大渣男送进火葬场。”

“救命！前面的醒醒吧！狗男人要是真的宠她，最后怎么会挖她的眼睛，剖她的金丹？自从被剧透后，我现在看聂音之跟他们同框出现，都替聂音之瘆得慌。太惨了！”

顾绛倚靠在窗边，他铺开的神识尚未收回，将逐渐消融在夕阳中的文字看得分明。虽然有些奇怪的词汇他看不懂，但“挖眼”“剖丹”他还是知道是什么意思的。

顾绛低头晃了晃手中的桃花酿，默默叹了一口气。

云笈宗，折丹峰。

一只仙鹤从云端俯冲下来，扑扇着翅膀落在庭院中。透过附着在仙鹤身上的一缕魔气，顾绛来回打量了一眼周遭。

院中环境清幽，假山池水相映成趣，花草繁盛，修剪得很是漂亮，四周的建筑也宽敞大气，从雕花窗能看到里面精致的摆设。

这儿看上去可比他那破败千年的寝殿舒适多了。

屋里蹦出来一个活泼灵动的小丫鬟。她快步走到仙鹤身旁，围着它转了一圈，疑惑地问道：“咦，你不是来送蔬果的呀？也没有信件。那你是来做什么的？”

仙鹤歪了歪脑袋。

阿浣一拍手，似乎明白了什么，笑嘻嘻地说道：“我知道了。你等着。”说完旋身穿过走廊，飞快地往后院跑去。

仙鹤乃是云笈宗负责传讯、运送的灵兽，无法在一处久待。顾绛驱使着仙鹤在这里逛了一圈，没找到其他可供附身的活物，最后停留在厅堂的一盆海棠花前。

仙鹤低下头，鸟喙戳上海棠艳红的花蕾，一缕黑红交织的魔气从仙鹤眼中溢出，落往海棠花中。

正在这时，脚步声从外面传来。顾绛眼尖地看到她手中端着的油炸小鱼，魔气在花瓣上游曳了一瞬，又倏地缩回仙鹤眼中。

“你跑到这里来了啊？”阿浣将盘子递到仙鹤嘴边，“快吃吧。”

顾绛毫不客气地将一整盘油炸小鱼都吞了，等那丫鬟离开后，魔气才又从仙鹤眼中溢出，融入那盆海棠花中。

仙鹤茫然地左右望了望，奔出厅堂，展开翅膀飞离。

“这个魔气！是‘血月影’吧？！”

“封寒缨不是还被封印在万魔窟里吗？‘血月影’怎么会在这里出现？难道反派这么快就出场了？”

“啊啊啊，封总！封总！终于等到你！你好帅，我好爱！‘血月影’附身在花上干什么？附到我身上来，我承受得住！”

“姐妹你醒醒！‘血月影’能把骨头渣子都给你融了！”

“都是化神期修为，反派都登堂入室了，桑无眠不会还没发现吧？求求你们快点儿打起来吧，我等不及了！”

“剧情突然超出原著轨道，搓手手期待！”

顾绛的神识融在那株海棠花上，再次看到头顶滚动的字幕，还在弹幕中看到了他徒弟的名字。他看到“封印”二字，内心毫无波动，密集飘过的文字晃得他眼晕，他打起了瞌睡。

折丹峰上的练功房内，聂音之金丹将成。

她从凡间回到宗门之后，便闭关凝结金丹，结丹虽然艰难，但还算顺遂。

金丹初成之时，悬于她身前的如意剑突然嗡鸣一声，不安地躁动起来，剑气一圈圈荡开，在她面前颤动不休。她经脉里的剑气飞快地抽离，竟像是想挣脱她的束缚——有人正在召唤她的灵剑，而如意剑毫不犹豫地舍弃了她！

在结丹的最后关头，稍有行差踏错便是万劫不复。聂音之入道之时，桑无眠便给她赐下此灵剑，开灵窍时就将如意剑气引入经脉，修炼至今，浑身修为与如意剑气密不可分。

这时候剑气抽离，她初成的金丹上已经出现一丝裂纹。聂音之体内剑气紊乱，仿佛受到千刀万剐，痛得差点儿昏死过去。

但她心里清楚，这个时候要是失去意识，剑气抽离，她的金丹必碎。

聂音之紧咬牙关，嘴角鲜血直往下淌，她迅速结印，点在自己周身灵窍处，忍着剧痛封住自己的奇经八脉，强硬地不允许剑气抽离。

一院之隔的主屋内，桌案上的海棠花忽然剧烈一抖，一缕魔气从殷红的花瓣中溢出，仿佛一抹暗影从空中飘过，蛇一样顺着青瓦往另一座院中游去。

顾绛睡意未消，被那股香甜的气息吸引，毫无阻碍地破开练功房外的禁制，潜入屋内。

紊乱的剑气在室内横冲直撞，将周遭摆置劈得粉碎，在四壁上留下深刻的剑痕，而坐在屋中的人此刻满面痛苦，情况很是糟糕。

顾绛自魔气中现身，速度极快地闪过乱流似的剑光，闪身落到聂音之身前，出手如电，并指压在如意剑柄上。

魔气裹上如意剑，将它的剑光尽数压制住。

顾绛抬了一下眸，目光落到面前之人染血的嘴唇上。香甜的气息勾动着他的魔气，比方才的油炸小鱼还要诱人。

这血……

顾绛的喉结上下一滑，忍不住咽了咽口水，一缕魔气淌上盘膝而坐的人，漫过滴落在衣裙上的血迹。

闭眼打坐中的聂音之只觉得一股阴凉之气裹住周身。

聂音之死死抿着唇，趁着如意剑气被一股无形之力压制时，迅速将周身剑气汇入丹田，融进金丹内。

“封寒缨？你出来啦？”

“等等，这不是聂音之去买酒时撞上的帅哥吗？我就说这张脸绝对不是个路人甲。”

“拥有‘血月影’，只可能是封总了。封总什么时候从万魔窟出来了？我错过什么剧情了？”

“封寒缨和聂音之还有交集？‘血月影’在吞她的血。”

“原著里面，封寒缨从万魔窟出来的时候，聂音之早就领盒饭了，和反派有交集的是萧灵！是她的血！”

聂音之的眉宇舒展开，体内的金丹已经稳定。察觉到折丹峰外由远及近的剑气波动，顾绛漫不经心地瞟了一眼前方飘过的弹幕，屈指勾了勾。

魔气恋恋不舍地从聂音之身上脱离，最后一缕魔气在她唇上缠绵片刻，将血气尽数舔尽。

顾绛的身影从屋内消失，与此同时，一道白光落入院中，桑无眠大步向前，推开练功房的大门，视线直直地落在如意剑上。

屋内，聂音之双手结印往丹田压去，周身灵力尽数收敛，归于金丹。她睁开眼睛，长长地吐出一口气，抬眼便看到站在屋子正中的人。

“师尊。”聂音之起身行了一礼。

桑无眠的目光从如意剑上转开，看向聂音之，眼中如含霜雪，冰冷彻骨：“怎么回事？如意剑为何不安？”

聂音之也面露不解地看了悬空的长剑一眼："我结丹之时感觉到有人在召唤如意剑，如意剑因此而躁动不安，欲要脱离控制，离我而去。"

桑无眠闻言，一贯从容冷静的面容上闪过一丝诧异。他往前一步，逼近聂音之，用一种令人害怕的目光死死盯着她的眼睛，连嗓音都紧绷得有些嘶哑了："你说有人召唤它？"

聂音之从未见过他这般失态的样子，她仔细留意着桑无眠的反应，蹙眉问道："师尊，如意剑是师尊赐予我的，为何它会响应别人？"

桑无眠并未回答她。他一把抓过如意剑，堂堂栖真仙尊，化神剑修，伸手从剑身抚过，指尖竟然在微微颤抖。

如意剑上残留着一丝陌生力量，即便只剩一丝，也将如意剑气完全压制住了。

桑无眠捏住如意剑刃，寒霜剑气从他指尖迸出，涤荡过剑身，然而压制如意剑的力量依然未消。他的脸色顿时变得十分难看。他冷声问道："在本座之前，是否还有其他人来过？"

眼前的桑无眠让聂音之觉得陌生，她抿了抿唇，并未立即回答他。

桑无眠逼视着她，身上威压瘆人："回答我。"

聂音之被他身上的威压压得几乎要跪到地上，她咬了咬牙关，回道："我当时一心想要稳住金丹，并未察觉有什么人靠近。"

桑无眠似乎并不相信她。他微微阖眼，放出神识扫过整座折丹峰，没察觉到异常，这才收敛神识，说道："如意剑上有可疑的气息，本座要带回去细查。"

说完，他并未等聂音之答应，便化作一道流光远去。

身上的威压骤然一轻，聂音之浑身脱力，站立不稳，踉跄了两步，跌坐回坐榻上。

方才在她入定时，练功房里的确有谁来过。聂音之感觉到那人落在自己脸上的目光，不同于桑无眠。她拜入桑无眠门下五年，就算闭着眼睛也能分辨得出他的目光。

但她同时也感觉得到，对方对她没有恶意，甚至还帮她压制住如意剑，助她顺利稳定金丹。

聂音之抬手抚了抚自己的唇，却没有擦下一点儿血迹，从下巴舔舐而过的阴凉触感似乎还残留在皮肤上。

能避开桑无眠的神识搜索，对方的修为必定不低。

聂音之定了定神，抬起头来，对着空无一人的庭院朗声道："方才多谢前辈出手相助，不知前辈可否现身一见，晚辈好当面答谢。"

她说完之后，等了很久都没有等来回应。

因为一壶桃花酿，顾绛拿人手短，吃人嘴软，他也懒得去验证真假，只是分出一缕魔气尾随聂音之潜入仙山。他原想着，那些文字提到的事若为真，便在那姑娘遭受厄运之时，顺手帮她一把，算是那壶桃花酿的谢礼。

没想到竟让他撞上了神女血。

聂音之的血短暂地消弭了压迫在他身上的天威，让他能和正常人一样，享受风拂在身上的感觉，阳光洒在身上的暖意。顾绛已经很久没有如此舒坦过了。

"如意剑被人召唤，是灵灵！灵灵出来了！"

"桑无眠终于想到利用如意剑找灵灵了，太好了！桑无眠你给力点儿，快点儿找到她啊。"

"这跟原著剧情好像不太一样。不过，问题不大。灵灵赶紧出来吧！"

"灵灵出来，聂音之就要遭殃了，可怜。"

"前面的，聂音之一点儿都不可怜，可怜的还是萧灵。因为萧灵好不容易出来后又会被聂音之折磨，聂音之就是自作自受，谁叫她这么恶毒！"

"求求桑无眠现在就挖了她的金丹！别等她伤害灵灵了！"

聂音之坐到软榻上，阿浣和澄碧立即给她端上了一大堆点心、水果，还上了一壶桃花酿。

两人十分高兴地说道："恭喜小姐成功结丹！小姐，我们把折丹峰里里外外都收拾得特别漂亮，随时都可以开庆贺宴。"

聂音之起初是打算邀请一些同自己交好的同门庆贺一下的，但经过方才一遭，她心事重重，早就无心此事了。聂音之摆摆手道："我金丹未稳，先不急。"

屏退两个丫鬟后，聂音之独自坐在软榻上，一动不动地盯着几案上的海棠花。她虽看着它，注意力却并未落在花上，手指无意识地玩弄着殷红的花蕾，挤出汁液涂抹在指甲上。

今日桑无眠的反应实在太过奇怪。手中之剑对剑修来说，是性命相依的存在，如意剑在她结丹之时背叛她，也让她耿耿于怀。

聂音之不是一个稀里糊涂，得过且过的人，心中有疑惑，便会想尽办法弄清楚个中缘由。

顾绛的分神原本好好地附着在这株海棠里，被头顶弹幕催眠得已经睡着了，猝不及防被她用手指戳醒，躺在浮云川中的本体都不由得一颤。

他皱起眉，冷白如玉的手指收紧，抓乱了身下的床褥，脸上浮出奇怪的神色，有点儿后悔将神识附着在一盆花上了。

“血月影”从他身上溢出，顾绛睫毛轻颤，将魔气收敛回来。过了一会儿，又有丝丝缕缕的“血月影”溢出，萦绕在帐中。

折丹峰，聂音之蹂躏了一会儿海棠花，心中很快有了决断。她敛下眼底的情绪，取来手帕慢条斯理地将指尖擦拭干净，起身往外走去。

从桑无眠那里是肯定问不出什么来的，但也许她可以从孟津那里打探出一些信息。

桌上的海棠花被玩弄得有些颓败了，掉了好几片花瓣，花蕊被按揉得乱七八糟。“血月影”魔气从整株海棠中脱离，顾绛松了一口气，糟心地看了一眼桌上的残花。

直到入夜之后，聂音之才重新回到折丹峰。她的脸色很是难看，眉宇间凝着一股戾气，一进屋便发泄似的挥出一道剑气。剑气劈坏好几处摆置，几案上的花盆惨遭波及，砸到地上，哗啦一声碎了。

幸好他不在花里。顾绛庆幸地想。

聂音之结丹之时受的伤还没好，本不该妄动灵力，此时心绪不稳，灵力暴戾，胸口一阵剧痛，又偏头吐出一口血来。

阿浣和澄碧都吓坏了，急忙上前扶住她：“小姐，你怎么了？发生了什么事？”

聂音之的身形晃了晃，眼前模糊了片刻，被搀扶着坐到椅子上。她深吸一口气，结印梳理体内的灵力，过了好一会儿才重新缓过来。

等她再看去时，地上的血迹已经不见了踪影。聂音之的眼眸微微一眯，若有所思地抬手抹了一下自己的嘴角，指尖也无血痕。

“血月影”隐藏在房檐阴暗处，这一点儿血又能让顾绛舒坦一两个时辰了。头顶的文字很是热闹，五颜六色的文字几乎覆盖了整个屋顶。

“哦嚯，聂音之知道她是替身了！”

“孟津是傻子吗？瞒了聂音之这么久，这么容易就被她诈出真相了。”

“听到如意剑被召唤，知道灵灵没死，他估计都高兴傻了。”

“反正桑无眠已经去找灵灵了，灵灵马上就会回宗门，聂音之早两天或晚两天知道没啥影响吧？”

“知不知道蝴蝶效应？这一点儿不一样看似没什么大不了，说不准以后会引起大震荡。我记得有一部AI剧就是这么崩掉的。”

“这不就是追AI剧的快乐吗！要和原著一模一样，那我直接去看书不就得了？”

“你们是不是忘了还有‘血月影’！封寒缨潜入仙宗啥事不干，藏在聂音之闺房里，总不可能是他有偷窥癖吧？”

“我是说有没有一种可能，聂音之知道自己是替身后，心生阴暗，正好被封寒缨有机可乘，直接夺舍？咱封总可是夺舍小能手，原著里套了八百个马甲搞事的。”

“神女血在聂音之身上的话，封寒缨夺她的舍，就是引火自焚。”

顾绛说是来偿还人情的，但实际上，他大多数时候都懒得动弹，那一缕魔气摊成了一张饼，窝在折丹峰主院的房梁上，与梁柱上的雕花融为一体，毫无动静，也无人察觉。

也不知过了多久，顾绛再一次被香甜的血味唤醒，“血月影”微微荡漾，小蛇一般顺着梁柱游下去，顺着幽微的血味掠出折丹峰。

云笈宗内云蒸雾绕，重峦叠嶂，主峰巍峨地矗立于中心地带，守卫森严，结界严密，然而丝毫阻挡不住那一抹暗影，“血月影”长驱直入，穿透重重禁制，旁若无人地飘入慈虹殿中。

看来殿中正在上演一出大戏，层层叠叠的文字几乎遮掩了慈虹殿恢宏的穹顶。

“要是这里就直接问罪聂音之的话，那她是不是就没机会折磨萧灵了？”

“好耶！桑无眠你总算是干了一件人事！现在的灵灵千疮百孔，可禁不起恶毒聂音之的折腾。”

“如意剑上的魔气是她结丹的时候沾上的吧？这简直跳进黄河都洗不清了，聂音之大冤种！”

“微妙地感觉，桑无眠就是想以聂音之勾结魔修当借口，给她安个罪名，好剖她的金丹。”

“确实。书里面聂音之坏事做尽，被剖金丹合情合理，但是剧里面，如果桑无眠真的就因为这个剖了她的金丹，那绝对是他私心作祟，手段太下作了。”

“聂音之肯定跟大反派有关系，不然‘血月影’为什么替她压制如意剑，助她稳定金丹？”

“就算是为了她的血，封总又不是大善人。书里面，他第一次尝到萧灵的血，第一反应是又砍了萧灵几刀放血。要不是吞血过量，差点儿死了，他绝对会把萧灵吸干。”

“我就说嘛！像那样只会舔聂音之吐出来的血，实在太卑微了，根本不是咱封总的行事风格。他们两人绝对有不可告人的关系！”

“不会吧不会吧？AI 剧不会乱改剧情，给反派和替身加一条感情线吧？”

大殿之内气氛森然，聂音之跪坐在殿中，她嘴角淌着血，鲜血汇聚到白皙的下巴尖上，凝成一滴血珠。

“师尊，若我真的沾染了魔气的话，我的金丹，大师姐该不能用了吧？”她一开口，下巴上坠着的血珠便轻轻一晃，滴落到裙摆上，晕染开一片红痕。

桑无眠闻言，脸色微变：“胡说什么？”

听她提到萧灵，荆重山忍不住皱眉斥道：“此番要你来，是要你解释清楚如意剑上的魔气是何缘故，你少攀扯旁人。”

聂音之从鼻子里发出一声嗤笑：“真要论的话，除了我，如意剑也经了师尊的手，师尊不应该也有嫌疑吗？”

“如意剑上的魔气是掌门同我们几堂长老一起分离出来的，照你这么说，那是不是我们都有嫌疑？”

聂音之微微歪头，无辜地说道：“长老既然自认了，我也无话可说。”

“你！”

桑无眠抬起手制止了他们的争辩，面上没有丝毫波澜，嗓音冷凝，问道：“聂音之，你当日结丹，如意剑受旧主召唤，因此躁动不安，欲要脱离你而去，是何人帮你压制的？”

聂音之垂下头，裙摆上晕开的血痕果然不见了。她抬手擦了一下嘴角，摊开手心。

手心里，血迹鲜红刺眼，下一刻，便见一缕细微的黑气从她的袖摆里游出，顺着手腕飞快滑进她的手心，阴凉的触感舔舐过手心，吞掉鲜血，带来微微痒意。

聂音之的嘴角露出一丝笑意，握紧手指，将那一缕魔气攥在手心里。

整个大殿中，所有人的目光都聚焦在她身上，她的一举一动都被无数人盯在眼中，有长老察觉到不对劲，立即问道：“你手里握着什么？！”

“是‘血月影’！她果然和魔头暗中有勾结！”

主座之上，桑无眠倏地站起，反手拔出命剑，身形如闪电，只一个眨眼便瞬移到了聂音之面前。他居高临下地垂眸看向她，眼中没有一丝温度：“逆徒！”

聂音之的瞳孔里映出桑无眠纤尘不染的白衣和他手中的霜雪长剑。长剑挥下的瞬间，黑红交织的魔气潮水似的从聂音之的指缝中溢出。

魔气中伸出一只苍白的手，屈指在剑锋上一弹，只听到嗡的一声鸣响，桑无眠握剑的手大震，竟被魔气逼得倒退回去。

顾绛从魔气中走出来，看也没看旁人一眼，对聂音之说道：“我只是想来答谢你那一壶酒。”

聂音之看到他的第一眼就认出他了，毕竟眼前这张脸实在令人记忆深刻。要不是他长得太好看，她才不会那么大方。

“不过，好像给你惹麻烦了。”顾绛略有些歉疚地朝她伸出手，“我可以带你离开这里。”

聂音之并不信一壶桃花酿值得他这样冒险，不过她依然选择搭上他的手站起身：“我很庆幸送了你那壶酒。”

魔气之外传来荆重山的大喝：“桑无眠，不能让她走！”

“杀了他们，我跟你走。”聂音之说道，“你很喜欢我的血吧？”

桑无眠凌厉的一剑挥来，剑气凝为肉眼可见的雪风，海浪一般荡开魔气，巨剑携着浩瀚之威，朝着两人压下：“封寒缨，聂音之，你们谁都别想走！”

顾绛抬手接住巨大的剑影，魔气荡开，从容不迫道：“我可不是封寒缨。”

“前面镜头切换到万魔窟时，封总还在万魔窟里撞封印，那这里这个使用‘血月影’的人是谁啊？原著党人呢？到你们剧透的时候了。”

“原著党表示剧透不了，因为我也不知道。苦笑。”

“原著中只有封寒缨拥有‘血月影’吧？不然还有谁？总不能是他师父吧？”

“这么一说还真有可能，封寒缨好像真的有一位师父。”

片刻后，在文字刷出的一片问号中，“血月影”从沦为废墟的慈虹殿中消失。

聂音之跟魔头“私奔”已经有些日子了，她被带到了一片看上去就很古老的废弃宫殿，从爬满野草藤蔓的残垣断壁，依稀可见这里往日的辉煌壮丽。

魔头将她带来这里后，就钻进一座还算完整的宫殿，再也没有出来。

聂音之并不敢全然信任他。他是声名狼藉的魔修，还迷恋她的血，若不是当时走投无路，她并不愿意和魔修有牵扯。

在慈虹殿中，用血诱惑他现身时，聂音之就做好了出虎穴，入狼窝的准备。她的芥子中带了很多毒丹，甚至带了寄生在血液里的蛊虫，若顾绛强迫她，她断然不会让他好过。

目前看来，她准备的这些暂时都无用武之地。

独自待了七日之后，聂音之终于忍不住踏进了顾绛所在的那座宫殿。殿内其实并不封闭，阳光从大敞的窗子洒进来，窗边有一株桃花树，桃花快谢了，花瓣飘得满地都是。

聂音之慢慢走进殿中，目光落到中间垂挂的重重帷幔上。她犹豫片刻，掀开帷幔往里走去。帷幔遮住了大部分天光，越往里走，越是昏暗。

直到掀开最后一重轻纱，她才看到了躺在床榻上的人。

所以，这么多天以来，他都是在这里睡觉？聂音之觉得有些不可思议，故意将脚步声放重了一些，走近床榻。等她坐到床沿上，床榻上的人都毫无所觉。

这里光线实在太暗了，即便是修士的五感敏锐，聂音之也需要低下头才能看清他的脸。顾绛生了一副极好看的样貌，五官轮廓每一处都恰到好处，闭着眼睛沉睡的时候，像是匠人手中精心雕琢的玉像。

她看了一会儿，谨慎地伸手碰了碰他，试探性地喊道："顾绛？"

没有回应。聂音之便大胆了一点儿。摸到他鼻间的时候，她忽然顿了顿，又抚向侧颈探他的脉搏，然而，指尖之下毫无动静。

死了？

聂音之倏地缩回手。她愣愣地坐了一会儿，又分出一缕神识去探他的灵台，都未能探到任何动静。

确认眼前的人的确没有生息之后，聂音之蓦地起身撩开帷幔往外跑去，双手飞快地结印，打算御风离开这里。

但走出宫殿后，聂音之的脚步又有些迟疑。怎么说顾绛也帮助过她，他这样不明不白地突然暴毙，很有可能是为她诛杀桑无眠时受了伤。若她就这样走了，实在太无情。不论怎么说，也应该让他入土为安。

这么想着，聂音之来到殿外的桃花树下，用剑气很快刨出一个大坑来。她重新返回寝殿，用被褥将他裹起来，扯下一片轻纱，撕成条，在他周身捆了三道，将被褥固定好。

“现在也没有条件给你打造一副棺材了，便只好将就，委屈前辈了。”聂音之小声嘀咕。说完，气沉丹田，深吸一口气，抱起他往外走，小心地安置进挖好的坑里，然后往坑里填土。

片片凋落的桃花瓣混杂在土里，一起落在织锦软被上。

聂音之安葬好顾绛，御风离开。她万万没想到这个地方的法阵会如此密集，且毫无规律可言。她如今没有灵剑，御风就极其耗费灵力。小心避开几处残阵后，她一时大意，撞进了一张蛛网似的法阵中。

法阵的光芒转瞬吞噬了她的身影，这样的动静引起了连锁反应，灵力波动从半空蔓延到地面，唤醒了新坟里的“死人”。

顾绛醒来时动弹不得，埋在被褥里很是迷惑了一会儿，“血月影”荡开泥土，他从坟墓里爬起来，看到立在一旁的木牌上，用剑气雕刻的一行大字：大善人顾绛之墓。

顾绛愣了一会儿。他还是第一次被人称为“大善人”。

“救命！我第一次见一部剧崩得这么彻底！男主角死了，男配角死了，女主角身边能帮助她的男性角色都被杀光了，她以后该怎么办？”

“女主角那边的剧情已经进展不下去了。”

“我就说，我才翻书找到顾绛是谁，他就死了，也死得太草率了。”

“这要不是个仙侠奇幻剧，顾绛现在已经被活埋了！笑死我了。”

“聂音之，恩将仇报，不愧是恶毒女配角，哈哈哈。”

“‘大善人’三个字就很妙。”

“聂音之如果能从法阵中活着出来，看到顾绛估计会尴尬得死过去。”

被卷入法阵当中了吗？顾绛眯着眼睛四处望了望。这地方乃是两千年前的古法宗旧址，能够残留至今的法阵都不是好对付的，顾绛曾经不慎中招，领教过一二。

即便是他，每次进出浮云川，都只能避开这些恼人的残阵，用红叶开辟一条通道。

顾绛想想都觉得麻烦。他苦恼地坐在台阶上，犹豫着要不要进去救她。

按理说，是他将人带来此处的，那就应该要确保她安全，但古法宗的残阵实在太麻烦了。

聂音之的血真的很美味，也让他很舒服，但法阵真的太麻烦了。

她还给他安坟立碑，说他是大善人，但法阵太麻烦了。

顾绛从天亮拖延到天黑，这片地域上空的法阵激烈地动荡起来，闪烁的符光将头顶的星光都遮掩住了。他叹息一声，认命地站起身，身影化作“血月影”，冲入法阵当中。

顾绛蛮横地劈开了几处阵法后，终于在一个幻阵中找到了聂音之。

幻阵之景是两千年前的法宗，彼时，浮云川内琼楼玉宇，宝盖华光，凤鸣九天，龙游夹江，这个幻阵虽只能复刻昔日盛景十之一二，已足够勾起顾绛尘封的记忆。

幻阵之中弥漫着浓雾，将大部分的景致都遮掩其中，只在聂音之周围构建出精细的场景。

阵内、阵外时间流速不同，聂音之入阵不过一日，在幻阵中却已度过一年，她成了古法宗门下一名弟子。

顾绛从天而降，落到她面前。聂音之刚费尽心力修补完一个法阵，消耗太多灵力，反应便有些迟钝，看到他时，很熟稔地跟他打招呼：“小师兄，你来啦？”

顾绛挑了一下眉。

聂音之后知后觉到眼前之人的五官、气质明显要成熟许多，并不是顾家那位一上符文法阵课就头疼的少爷。

“你是阵外的顾绛？”聂音之一下子清醒了，震惊地问道，“你没死？”

顾绛想到她在墓碑上刻的“大善人”三个字，不由得失笑道：“多谢你为我选了一处好墓地。”

聂音之的脸颊飞上一抹红霞，她尴尬得耳垂都红透了。

顾绛幽深的眸子打量着她，目光落在她红得滴血的耳垂上，喉结微微滑动，咽了一口唾沫道：“原来你知道这里是幻境。”

聂音之的目光滑到他的喉结上，复又抬起，犹豫了一下，选择实话实说：“我进入这里时，身体里就被打入了一道禁制，只有修复浮云川内的残阵，才能出去。”

顾绛闻言皱起了眉头，这种听到法阵就头疼的表情，倒是和小顾绛如出一辙，聂音之忍不住扑哧笑出声。

顾绛侧眸看她一眼，探手往虚空抓去，从魔气波动中抽出一柄暗红长刀：“直接劈开这里就行。”

聂音之眼眸微微睁大，顾绛拔出刀的时候，她明显感觉到幻阵的震动。她慌忙扑过去，飞快地在指尖划开一道伤口，戳到他嘴边：“等等，我很喜欢这里，也很喜欢拆解阵法，暂时还不想出去！”

顾绛果然被血味分散了注意力，动作一顿，被迫张嘴含住她的指尖，柔软的舌尖来回舔舐掉指腹上的血。

指腹上那点儿伤口其实并不痛，不如顾绛的唇舌带给她的感觉大，聂音之的手腕不由得一颤，立即被他抬手钳住，不过片刻后，他便松开了手。

聂音之缩回手，指腹的伤口已经愈合。她默默在顾绛的袖摆上蹭了蹭手指，理直气壮道：“你收下谢礼了，便算你同意了。”

她紧盯着他，心里还是有些紧张。幻阵还原的是两千年前的法宗，幻阵里的顾绛，是他的过去，本质上虽是同一个人，但这个顾绛到底多经历了两千年岁月，还是个魔头，她不知道他们的耳根子是不是一样软。

顾绛垂眸看了她片刻，红叶刀重新被魔气吞噬，消失在半空。他问：“你想弃剑转法？”

聂音之暗自松了一口气，扬眉轻笑，自信满满道：“为何要弃？我要剑法双修。”她说着回过头，便见一个熟悉的身影站在树影之后的廊下，也不知看了他们多久。

聂音之松下的那口气又提起来。她看了看一脸寒霜的顾绛，又回头看了看身边的顾绛，头疼道：“这该怎么解释才好？”

……

顾绛怎么也没想到，他会被以前的自己拿剑指着喉咙。那时候的他，年岁不大，单单从那副尚未彻底长开的眉眼里，就能看出喜怒。

就算中间隔着近两千年的时光，顾绛对自己还是了解的。他的目光从两千多年前的自己脸上缓缓移开，落到被少年护在身后的聂音之身上，用一种复杂的表情说道：“他喜欢你。”

聂音之睁大眼睛，惊讶地问道：“什么？”

少年顾绛的脸一刹那间变得通红，一剑朝他劈去：“你闭嘴！你到底是什么人？胆敢闯入法宗地盘，伤我师妹！”

他没有否认顾绛的话。

“啊这！这是什么奇怪的走向？”

“啊啊啊，我是土狗，我喜欢看！自己跟自己吃醋什么的，简直不能太妙了！”

“果然，少年人就是容易心动啊！笑死我了！”

“笑死！顾绛，你不喜欢？你能为了她潜入云笈宗，杀了桑无眠，削掉折丹峰，还将她带回自己的老巢，为她进法阵，就因为一壶桃花酿？我信你个鬼！你根本就是见色起意！”

“我觉得也是。一个懒癌晚期的老魔头为了一壶酒大打出手，实在说不过去！”

“诡计多端的老魔头，年少时的自己暴露了你的择偶取向！”

“少年顾绛多可爱啊！别要老魔头了，年下就是最棒的！我投小顾绛一票！”

“好家伙！姐姐，两个都收下吧！”

顾绛动动手指头就能对付以前的自己，还能分神扫过不断掠过的一行行文字。他微微眯了眯眼，一缕“血月影”渗入少年的眉心，击溃了他的身影。

聂音之根本来不及阻止，难以置信道：“你杀了你自己？”

“这不过就是幻阵照着过去的我，复刻的幻象。”顾绛道。

就算他如此说，聂音之还是有些难过。她和这幻象相处了一年。她以为真正的顾绛因她而死，即便知道这个幻阵里的一切都是虚构的，依然忍不住对他额外关注些。

幻阵便也投她所好，不时让这位少年顾绛出现在她面前。

顾绛抬起她的下颌，俯下身凑近她，距离近到能从她的眼瞳中看到自己的投影。他不解地摩挲过她眼角的湿痕，捻了捻指尖，说道：“你现在眼睛里看到的人，才是我。”

聂音之看了他许久，点了点头。

聂音之在这个幻阵里待了一年，早就清楚法阵捕捉她的意图。与其说是想困住她，不如说是想她将法宗传承下去。修复浮云川遗留的残阵，只是对她修行成果的一种检验。

整个幻阵都为她服务，所以只有她所处之处，幻阵才会构建出清晰的场景。她修习到何种程度，需要何人引导，幻阵会根据她的境界变更指导她的修士，不需要的时候，那些人便都成了这幻阵里的背景。

聂音之不再去想少年顾绛后，幻阵自然不会再精心复原他出来。

顾绛不能蛮力破阵，便只好留在幻阵中，反正在哪里躺都是躺，唯一麻烦的是，他不能离开聂音之太远。因为一旦离开聂音之十里之外，周遭之景就会化作虚幻，罩在一层雾中。

他在睡梦中跌了数次，简直忍无可忍：“你不能安安静静在一处待着吗？总是跑来跑去做什么？”

聂音之很无辜地铺开一张绢帛，伸手点给他看：“卯时我要去猎云阁学习符文，辰时去青云峰学习布阵，午时休息半个时辰，然后去玲珑棋局内与棋灵以符为棋对弈，再然后……”

顾绛长长地叹息一声，这样的修炼课程安排，他可太熟悉了。

聂音之道：“你把陪我上课的小师兄打没了，就只有你亲自陪我了。”

顾绛抬手捂住耳朵，拒绝听。聂音之被他逗笑，他堵住耳朵，她便用神识传音：“反正我一离开你身边，你连睡的床都没有。”

顾绛屏蔽了她的神识，聂音之撑起身，越过几案，倾身过去，一根一根掰开他的手指，在他耳边道：“明日卯时前，我会叫你起床的。”

她话音刚落，顾绛忽然抬起手来，“血月影”从手心里溢出，很快凝聚成形，化作自己少年时的模样：“我把他还给你，让他陪你去。”

要早知道会这么麻烦，他当时就不会毁了自己的幻象。

聂音之惊讶地起身围着少年转了一圈，挑剔地说道：“可是他怎么不会动？”

然后，少年动了动手臂。

聂音之又道：“他会说话吗？”

少年张了张嘴，喊道：“聂音之。”

聂音之眨了眨眼：“他会走会跳，会前空翻，后空翻，转圈圈吗？会笑吗？会陪我聊天，给我讲笑话，逗我开心吗？”

顾绛操纵着“血月影”配合她，余光瞥到聂音之越笑越灿烂的脸，终于意识到自己被她耍了。

“就算是我本人陪着你，也没有什么笑话可以讲给你听。”顾绛一勾手，少年化作魔气重新回到他掌心里。

聂音之笑得像朵花：“但是待在你身边，还挺开心的。”

顾绛愣了愣，偏头盯着她看。

第二日一早，被聂音之从床上拉起来时，他一脸阴沉的样子，确实像个地地道道的魔头。聂音之戳破指尖往他嘴里挤了一滴血，才安抚住他。

魔头跟着聂音之辗转在不同的地方上课，聂音之埋头修习符文阵术的时候，顾绛就趴在一边睡觉。

她的确很有法修的天赋，那些在顾绛看来复杂得让他头疼的字符，聂音之轻而易举就能理解其中之意。古老的字符、繁复的法阵似乎对她格外亲昵。顾绛有些明白这个阵法为何会选择她了。

日子日复一日，流水一般消逝，聂音之的修为在幻阵里水涨船高，在修复一个法宗大阵“四象阵”时，最后一枚符文落入阵中，点亮了“四象阵”中所有星位，法光几乎照亮整个幻境，星轨勾勒而成的四方神兽一一落入她的灵台。

聂音之以“四象阵”结婴，结婴之时散去了如意剑的剑气。背叛她的剑，她也没什么好留恋的，她可以找到独属于自己的剑。

顾绛守在一侧，直到看到“四象阵”成，神兽归位，他才找了一张软榻躺下。

幻阵将阵中的灵气都供给了聂音之结婴，幻境无声无息地从边缘处开始坍塌，坍塌到这里时，却又缓缓停住了。这一处宫殿的灵气异常浓郁，形成了流动的灵岚，涌往殿内。

聂音之成功结婴，高兴地出来，想要与顾绛分享喜悦，他却早已睡得人事不省。周围弥漫着灵雾，他看上去像是卧于云端的仙君。

他的呼吸很浅，心跳迟缓，聂音之已经习惯他的这种状态，哪怕他心跳停止，也不会傻乎乎地挖坑把他埋了。

她知道怎么快速叫醒他——划开指头喂他一点儿血。但她现在并不想他醒来。聂音之伸手轻轻地抚摸过他的眉眼，视线停在他唇上片刻，屏住呼吸，慢慢低下头去。

即将贴上时，顾绛睫毛轻颤，睁开了眼睛。

聂音之的目光陡然和那双黑眸对上，吓得屏住的一口气都松了，她眨了眨眼，迅速往后退去，狡辩道：“那……那个，我不是想亲……”

顾绛没等她把话说完，抬起手扣住她的后颈，将她往下压。

聂音之睁大眼睛，感受着唇上柔软的触感。她知道他的唇舌很软，每次舔舐她的血时，都能让她心猿意马。

“嗯，顾绛……”聂音之轻声哼道。

顾绛从鼻子里发出懒懒的回应：“嗯？”

聂音之一瞬不瞬地盯着他道：“我方才说谎了，我就是想亲你。”

顾绛张开手，做出一副任君采撷的样子：“我知道。”

聂音之踢掉鞋子，扑进他怀里。

“哦，这就是外面一天，幻境一年的快乐吗？我们就出去几天，眨个眼，你们就滚到一起了？”

“不行！我要看过程！”

“看什么过程？看结果就行！”

“那是不是下次镜头切进来，他们俩孩子都生了？”

“还不知道有没有下次呢。女主角都快要死了，这剧也要崩了，估计就是个悲剧。”

“这幻境不是在崩溃了吗？估计待不了多久了。”

“救命！幻境怎么又开始复原了？”

宫殿里的灵气往外溢出，周遭坍塌的幻境又如重新描绘、填涂的画卷一般，在灵气下缓缓复原。

顾绛心想，这个幻境倒也还可以再多存在一些时日。

聂音之也这样想，虽然她身上的禁制已经解开了，但她不介意在这里多待些时日。

至于外界的风雨，暂时都抛诸脑后吧。此间只有你我，和无边风月。